U0021903

海神家族

Mazu's bodyguards

陳玉慧

Jade Y. Chen

目次

這兩個傢伙是誰？

二〇〇一．柏林

這世界上只剩下兩個人知道這兩尊神像的典故。

那兩個人是我母親和心如阿姨，雖然她們知道神像的故事，但她們並不知道神像的下落。她們不知道是我帶走了祂們，一個叫順風耳，一個叫千里眼，祂們來自一個叫台灣的島。那也是我出生的島。

這兩尊十公分寬十五公分高的雕像，已經跟著我流浪了二十年，不知道什麼原因，在不斷地旅行搬家，從一城市遷移至另一城市後，許多重要的物件都再也找不到了，像出生證明或學歷證明，甚至像家人給我的保身玉石或黃金戒指，而這兩尊神像卻始終如影隨形地跟著我。

彷彿祂們有意要跟著我。

「這兩個傢伙是誰？」有一天，一個男人問我。

那是一個週日下午，猛烈的陽光從窗外瀉進來時剛好照向他，使他的笑容看起來特別燦爛，而那時我還不知道，他問的問題正是我的人生答案。過去多年，我一直在等待著，我覺得我有時像站在一艘正在沉沒中的大船上，等待救生小艇來載我。

那麼多年，我因過久的等待已陷入沉睡，我一直渴望著靠近另一個靈魂，現在終於遇見了，他就是那個划著船來載我的人。但我卻想起我的母親。她總是說，「妳呀，妳這個人老是遇見不該遇見的人，做不該做的事。」又或者會說，「你們上輩子不知道造了什麼孽喔！」我不喜歡這些說法，從小便為此跟她吵過無數次的架，也暗中發過誓，無論將來我的生活會怎麼樣，我都不能跟她一樣。我不能有那樣的人生觀。

而我此刻實在沒有理由想到她。

「祂們是海神媽祖的保鏢，」雖然才認識不久，但這個人讓我放心，「這兩座神像也是我們家的故事。」我鼓起勇氣對他說。

「媽祖的保鏢？」他拿起另一尊雕像，似乎很感好奇。「媽祖是什麼人，為什麼會有保鏢呢？」他問。

「或許說是部將好了，」我試著回想，努力在記憶中搜索詞彙，「祂們是媽祖的將軍，一個可以看千里之遠，一個聽力可以跟得上風速。媽祖是海神，是台灣和中國閩南地區的女神，而這兩個『傢伙』隨她上山下海救濟漁民和百姓，祂們是該區的重要神祇。我外婆就是虔誠的媽祖信徒，這些雕像都是她的。」

那天晚上，這個男人要離去前問我，「妳明天有時間再跟我說說『那兩個傢伙』的故事嗎？」

*

我二十歲從台灣來歐洲讀書，從此便留了下來，再也沒回去了。那時我一心一意只想離開，義無反顧地出走，並沒有什麼一定的理由，有的話，是我討厭那奇怪且充滿祕密的家。那個被人詛咒的家，那個讓我們出門會被人吐口水的家。鄰居老男人會假借關心卻對小孩進行猥褻，在學校被老師同學嘲笑成狗熊的女兒。那個沒有男人的家。我不但未看過祖父、外公，我也很少看到我父親。

我來自一個奇怪的國家。我是在出國後才知道，在國外幾乎沒什麼人知道或承認台灣，我以前以為「中華民國」是一個相當有國際地位的國家，版圖甚至包括中國大陸，台灣政府只是暫時從大陸遷台，將來會「反攻大陸」。我出國以後才知道這是莫大謊言。以前我們在學校的地理課上只有中國大陸的地理，雖然那些地方聽起來都很遙遠，像東北的長白山或新疆的戈壁沙漠，除了「外省人」誰也沒去過，但我們被迫學習那樣的地理。我一直不明白，但我出國後才終於明白，台灣是一個很奇特的所在，台灣既像一個國，卻又不是一個國。

而我既有一個家，也沒有家。

那已經是將近二十年前的事情了。

因為你，我們終於去了一趟台灣。這一切都要謝謝「媽祖的保鏢」，若沒有這兩位「保鏢」，我的人生肯定不一樣。我不會重新尋回我的家，甚至重新回到我出生之地，那個叫台灣的島。

當然，如果沒有你，我也不會明白千里眼和順風耳的故事，一個屬於我的故事，一個台灣的故事。

那隻叫 yes 的狗去了哪裡呢？

二〇〇一．台灣台北

「這裡是台北，蔣介石機場到了。」在空服員傳來的播音聲中，跨海航行數千公里的漂泊大鳥逐漸收翼，準備降落滑行。

而清澈的北台灣的天空，空洞得像面無瑕的鏡子。巨大厚實的白雲層層疊疊包圍著沉寂廣袤空間，「這邊是台灣，那邊是中國。」後座的女人告訴她身邊的女孩，我看到那小女孩張大眼睛望向窗外。

我也望向窗外，亞熱帶區的田野展現堅毅的綠色，彷彿向我證明深藏在內心深處的情感，我失落已久的童年，隱隱約約地在召喚我。飛機往左斜飛而去，我的記憶逐漸醒來。記憶像個長期昏迷不醒的病人突然清醒過來。

我們走出機場海關，自動門打開，站在玻璃窗外的接機人群眼光全射向我們，似乎在問：你們是誰？為什麼一起出現？我拉著你很快離開現場，為什麼一群焦躁而充滿情感在等待親友的人讓我感到怯生？二十年前為什麼頭也不回地離開？而且再也沒回過家，在人生最失望的時候，也從來沒想過回來？

「足久未轉來呀乎？」一名計程車司機非常客氣地過來幫忙提行李，我們便坐上他的車，「恁是都位人？」過了一會，司機又問我。那時車子已奔馳在往台北的高速公路上。

「我的曾祖父是蒙古人，蒙古白旗人，他和家人在遷移北京後，與江蘇人的曾祖母結婚。我的祖父和父親都在北京出生，後來全家搬到安徽當塗附近種田做買賣，父親十八歲離家後便到台灣來，與我母親結婚，我的外婆是日本人，外公是福建來的台灣人。」我說得太快，並且有意說得很快，我很想知道他認為我是什麼人。

司機要我再複誦一次，然後他做下結論：「妳的父親是應該算北平人，妳不是台灣人，妳是外省人。」

「北京」在台灣有時被稱為「北平」，因為蔣介石統治的時代就如此稱呼。北平，這個古怪的字陰魂不散，仍然占據在某些人心中。它就像柏拉圖所描述的「亞特蘭提斯」，《可蘭經》裡記載的「烏巴」，一個失落不復尋的古老地名，也有可能從來並不存在，至少不是存在人們想像的地方。而「外省人」在台灣一直都不受「本省人」的歡迎，那麼多年了，他們在台灣生育的兒女也被視為「外省人」，而「外省人」這三個字聽起來像是莫名的譴責。

天色已暗，遠處天空分不清是暮靄還是污染的氣層，收音機的脫口秀全以閩南語進行，不少人名和時事我已聽不懂，未離開台灣之前，我幾乎都和母親說閩南語，那麼多年沒說過話，這次見面時該說什麼？萬一我無法用閩南語表達我的意思呢？我究竟又有什麼可以對她說的呢？

「恁邁去都位？」只講閩南語的司機轉頭問了我。

中和鄉廟美村水源路五號

我很驚訝自己還可以用閩南語把這個住址唸得如此清楚。好像這些字那麼多年來一直儲存在腦中，也好像這些字是一組密碼，從這個密碼我可以解開一個屬於自己的謎。

中和鄉廟美村水源路五號，我回答。

這個地址我一共住了二十年，一直到我二十歲，我都住在那裡，然後我從那裡去了法國，從此再也沒回來。

我在水源路長大，在那昏暗潮濕的房子中，生病、憎恨、詛咒、恐懼，一個人孤獨地幻想，作過春夢，甚至祕密地愛戀，期待。

這棟我父親和朋友一手建蓋的房子經常出現在我的夢中。不同的房間，不同的窗戶，凹凸不平的瓷磚地板，房間裡的榻榻米氣味，梅雨季節中，石泥牆壁總泛出微微的水珠，像拭不去的誰的淚水，多少次，我躺在榻榻米上輕輕地以手背擦去牆上的水氣，誰來愛我啊，那時心裡我常常這麼呼喊著。

我不知道，那棵母親必除之而後快的桃樹還在嗎？我度過多少白日夢的房間呢？我聽到房子左前方不遠的河流潺潺聲，我聽到牛車軋過門前小路的聲音，我聽到有人在呼叫我的小名，我尋聲思索，但我無法分辨是誰？

那聲音逐漸不明確。消失了。

＊

或者那是我自己呼叫的聲音？那是一個黃昏逐漸圍攏的秋天下午，我和兩個妹妹站在屋頂上呼喚我們走失的狗，或者棄我們而去的狗。一隻叫 yes 的狗。我們一直亂喊亂叫鬧到天黑，沒有人理會我們，沒有人理會這個奇怪、不符合常規、經常吵吵鬧鬧哭哭啼啼的住家。

我們的鄰居都是那種跟蔣介石一起從湖北、湖南遷台過來的將軍，或者代表四川或江蘇省的國民大會代表。在那些年代，他們去陽明山開會討論四川或江蘇的內政問題，他們根本不知道他們再也回不去那裡了。但是他們全是「正派人家」，只有我們什麼都不是。他們坐在黑色的裕隆轎車裡，看都不看我們一眼，我的父親是一個被人當成匪諜的人，或者他本來也就是無所事事的人，很多年我們幾乎都沒有看過自己的父親。一個沒有男人的住家。

緊鄰我家右鄰的鄰居姓纂，他們的姓很少有，說來以前在大陸便是有錢人，他們一家鄙親我們，不時的爭吵喧嚷及哭鬧聲使他們不悅，使他們以為他們緊挨著瘋人院，有時我們出門時看到纂家人，他們彷彿看到野生動物，先是驚悚及詫異，然後便是不屑和規避。

我父親還未入獄前曾去問過纂家的家長，一家大型化學公司的老闆，父親打算在花園擴建一個房間，希望能使用我們兩家共同的圍牆來築屋。我父親的徵詢當然很怪，但那個姓纂的人不滿地看著父親：那怎麼行，那你家哪天被拆是不是我的圍牆就沒了。纂家人覺得我們的房屋本來便是違章建築，遲早會被人拆除。

父親回來告訴我們整件事情，我們聽了覺得羞愧得無地自容。從此不敢再和他們家的小孩說話。

纂家人也為了我家花園裡一棵桃樹生氣，茂盛的桃樹枝葉都伸展到他們那邊，他們和大多數村子裡人家的花園種著修剪良好整齊的玫瑰花，我們家的花園被母親用籬笆圍起來，在裡面養雞又養鵝。別人家的大門深鎖，我們家的大門像沒有扣子的襯衫，老是敞開著，誰都可以走進來。

不但如此，父親找了一個從軍隊退伍的朋友來加蓋房子。那是一個山東人，綽號叫大頭，他為我們加蓋的房間，颱風來時，沒有人敢久待。父親說大頭在軍隊蓋過房子，因此大頭便搬進我們家，他大部分的時間都坐在餐桌前喝酒及嘆氣。他喝酒配生蒜，有一次他在草地上捉到一條蛇，便大聲吆喝，把我們孩子全叫來集合，當著我們面前，將蛇吊在樹枝上，拿出小刀剁開蛇膽便吞了下去，我們站在樹下，看著他用小刀將蛇肉仔細剁開，氣氛嚴肅，簡直像參加一場祭祀。那個山東叔叔終身未婚，蓋房子的彼時他還以為「反攻大陸」有望，他想著他在大陸的女友，不敢結婚，或者也沒錢結婚。

童年唯一的朋友是一個家裡開棺材店的同學。她家沒有客廳，起居空間便是棺木的工作室，她父親一個人在那裡製作各式的棺木，棺槨形狀像船，他會先做些大樣，那些粗樣的棺木便一具一具架在牆上，等顧客挑選後，他會再繼續施工完成。我感到無聊時便跑到隔幾條街的棺材店逗留。

有一天下午我又上了門，同學的父親忙著處理一個迷你棺材，我從來沒看過那麼小的棺木，便好奇地坐在旁邊打量。同學的父親忙得連午餐都沒吃，被妻子叫去吃一口飯時，我做了一件奇怪的事，我悄悄爬進那個小號棺木，躺了進去，發現棺木並不夠大，我必須彎膝才能平躺。我坐躺在棺材內許久，同學的父親一直沒回來，然後，我似乎聽到棺木發出什麼細微聲音，便立刻爬了出來，嚇得跑回家了。

棺材店的街上有個駝背老婦人，她和兒孫同堂，但不知為什麼全家只有她一個長者忙著家務事。她總像個傭人般忙著，從來不說話，背駝得幾乎使她矮了一大半，還能挑水煮飯，她沒有一刻閒著，既不說話也不抱怨，終年一身黑色傳統漢族服飾，像個鬼魂，沒有人理她。鬼魂般的駝背婦人有時也走過水源路，她以極緩慢的速度扶著牆，有時還挑水挑柴。歲月被她慢步走過，她的人生壓著她，使她再也抬不起頭，而她連抱怨也沒有。

而緊鄰老婦人家是一個早出晚歸的韓戰退役軍人，他的手臂刺滿了中華民國國旗及殺豬拔毛的刺青，他每天騎三輪車出去收拾垃圾，家裡什麼家具都沒有，只有滿屋子的垃圾。由於他的房子磚牆上出現了幾處裂縫，我們常貼上眼睛往裡瞧，但我們很少看到他，只有幾次看到他與一個懷孕的女人坐在床沿說話。

挨著我家左鄰的人家是一個跟隨蔣介石來台灣的將軍，那個將軍已病了許久，妻子兒女都去了美國，只有一個他當年的侍衛兵在照顧他，為他主持家計及打掃。那個侍衛兵年紀也不小了，至少已禿頭了，在小孩的眼中是慈祥的老人，他單身一人住在房子的邊間，那是一個獨立的房間。那棟房子有座大花園，大門外有一條長巷，我們喜歡聚在那裡玩遊戲。那管家的慈祥老人從不禁止我們，有時還會讓我們到他房間玩，給我們糖果吃，送我們玩具。有一天他給我們看他的鑰匙環，那環上有一個葫蘆，透過葫蘆口上的放大鏡看進去，裡面是裸女照片，慈祥老人給我們看，但我和妹妹們都不喜歡那葫蘆玩具，比較喜歡「真正」的玩具，他把玩具放在房間一只箱子裡，偶爾他會拿出來發給我們一些，像塑膠製平版人物像或尪仔標。

有一天，再平常不過的一天，他在巷口看到我，他說，「我給你一個別人都沒有的玩具。」他要我跟他去他的房間，我高高興興地去了，他果然給我一個可以站立的金髮娃娃，體積滿大的娃娃。我抱著娃娃要走時，坐在沙發上的他拉住我，他拉下我裙子裡的內褲，摸著我的下體，我好像明白又不太明白他在做什麼，忍受了片刻，便丟下洋娃娃跑了。那一年，我十歲了。

我後來都沒忘記那片刻，對我彷彿是一世紀那麼久。我記得的那一天，他的房間跟平常沒有兩樣，房間的紗窗門也沒關好，一切都那麼正常。

在這之後，每當大人提到這個人時，我佯裝沒事，但盡力傾聽，想知道所有關於他的事情，想知道他是什麼人，我聽到母親抱怨他的鬼鬼祟祟，動機不良，但我不知道他們是不是知道那件事。自從將軍病重去世後，他自己也病了，再過幾年，我已確知他不是慈祥的老人，從此再也沒問過他的下落。

我不明白那時我為什麼不告訴父母，一個人被拉到隱晦的角落，在內心裡為他背著他那形狀扭曲的人生。因為他的出現，使我被迫很快明瞭，生命的機制必定不是以我的想像進行，他向我所展現的是一個黑暗的男性房間，那苦悶與孤獨的邊間。

*

計程車已穿過台北市，有許多不曾見過的高樓大廈，也有許多熟悉的建築卻拆掉了，繁華台北像不會打扮的少女，似乎隱藏著滿腹心事。日式建築的總統府還在，我就學過的女中也還在，外交部也還在，外交？自一九七二年與美國斷交，隨後退出聯合國後，台灣還有外交嗎？有的話便是花錢和一些非洲和南美洲窮國家建交，不然怎麼辦呢？沒有朋友就租個朋友吧。

紀念蔣介石的歌劇院是我走以後蓋的，看起來像一個仿中國明式建築，而一些所謂的古蹟都是日本殖民時代蓋成的，台北，這個城市有多少身世之謎啊？

經過中正橋後，車子再度加入塞車的行列。「在賣房子。」司機指著滿街的看板和廣告說。港星肉彈會搭馬車來剪綵，還請了許多歌星來唱歌跳舞，還有一位尼姑也會來講黃色笑話，他說。

我仍望著窗外，你知道我一直喜歡望向窗外。

在狹小的巷道中，許多人群聚集在燈火通明處，擴音機大聲而鉅細靡遺地播出喝采的談話，熱烈帶著激動推銷的聲音透過麥克風滲透到街上。

你看那邊，我小時候天天在這裡走動，我對你說。你正目不轉睛地看著窗外的台北，一個你無法想像的城市。一個傳奇的孤島。

出國前，現在圍著巨大看板的建築空地原本都是四層樓建築，整條街道兩旁都是商店，我常常在商店區的騎樓裡走動，從這裡一直走下去會經過涂家。我告訴過你，我父親一輩子都要個男孩來傳家接火，他無法如願，所以向涂家收了一個「乾」兒子，父親一向跟涂先生關係還不錯，他甚至在我出生前便和涂家說好，將來我長大以後，會嫁給涂家老大。

好幾次舊曆年春節，我們都必須去他的乾兒子家，也是我「未婚夫」家。我們有五個女孩，他家則有五個男孩，兩邊彼此都不說話，各自玩各自的遊戲，因為兩家大人在打麻將，我們必須等到天黑才能回家。每次要去涂家我先是假裝生病後來真的生病，父母非要我去不可，我帶書和幾大本集郵冊去，觀賞和同學交換的郵票或一讀再讀那幾本東方出版社印行的少年讀物，那些中國古代俠義的故事書很吸引我。有一次，我在涂家前院翻書，涂家老大走向我，「這本書我也有。」他的表情很害羞，我點點頭，覺得非常窘，那是我那時唯一和他談過的一句話。

那些年中，先是搭三輪車去，後來是計程車，然後，突然我父親失蹤了，我們便再也沒去過了，我們成了不受歡迎的客人。

高中畢業後，我考上了大學，那時愛看法國和義大利電影，整天就到小試片間看電影，也因此開始學起法語。有一次我在外語補習班門口碰見一名年輕男人，他走向我，「妳不記得我了？」我故意搖頭，想躲開他。「我是涂大明！」他那時已是西門町的一個幫派人物，他留一句話給我，「我知道妳在這裡補習，如果有人對妳怎麼樣，或有什麼事，妳打個電話給我，我會照顧妳。」他沒等我回答，便走開了。我手上握著他的電話號碼，看著他消失在西門町的補習班街頭。我從未撥過那電話。

我父親的乾兒子是他家老二，他從來沒理過他「乾爸爸」，更別提父親出事後。他後來喜歡眷村裡一個喜歡被男生觸摸的女孩，那女孩與我國中同班，「被人摸沒什麼嘛，很好啊。」她那時才十三歲，她這麼告訴我。從那裡一直走下去便是加油站，應該是加油站吧，讓我想想，再下去是衛生所，一年四季都張掛著布條標語：兩個孩子恰恰好。過了衛生所便是中和了，但是加油站呢？衛生所呢？

「這裡是中和市，妳剛才講什麼路？」司機先生回頭問。我張大眼睛並驚奇地唸著：中和國小！「請停一下。」我曾在這個學校度過幾年時光，但原始印象已被許多大樓擋住，原來的大門已變成側門。

「妳要去中和國小？」司機似乎開始失去耐心，我要去水源路五號，我說。「沒有這條路吧？」他搔著頭皮，「水源路？」他停車並搖下車窗問一個路人。

菜市場呢？國小旁邊應該是菜市場，那裡有個幫媽媽賣菜的女孩跟我一樣大，她跟我同班，我們從來沒說過話，我只知道她國中畢業後沒再讀書而去工廠做事，我出國前，有一天在菜市場還看到她，那一年她不小心被工廠的機器切過手掌，手上都是繃帶的她仍在賣菜。那個女孩現在又在哪裡？

我彷彿聞到菜市場內各種新鮮蔬菜夾雜著腐敗的氣息，昏天暗地的菜棚內只靠小燈照明，討價還價的女人爭著要賣菜的人送一把蔥，搖著尾巴的混色土狗，切魚切肉的赤膊男人，將水潑在水泥地上的魚販。牛肉攤總是最冷清，很多信佛教的人說他們不吃牛肉，牛肉攤老闆也有個女兒與我同班，有一天，她因為笑我們的男老師披著花圍巾，老師便把大塊圍巾罩在她頭上，讓她整堂課罩著圍巾坐在那裡，一個斯文的小女孩，我們也從來沒講過話。她呢？還有那些下午收攤後坐在菜攤上聚賭的男人呢？

計程車因逐漸阻塞的交通走走停停，我的思緒也跟著窗外景物而起伏變動。總是飄著亞摩尼亞的冰塊店早就不見了，現在取代的是一家全新的 7-Eleven，老廟還在，但看起來不復以前雄偉，街上的建築大多已改了，但我感到萬分驚訝，那條經過我家附近的河已不在了，變成水泥地，上面停滿了汽車和機車。

「水源路早就沒有了，」司機小心怕擦撞地駛進一個巷道，「現在這裡便是以前的水源路，要下車還是要繼續？」

我抬頭看著窗外兩棟二十五層大廈，轉頭望向你，我久久沒開口，你也無聲，你沉默地隨著我進入兒時歷史。怎麼會呢？這裡便是水源路？我在心裡喊著，不但那條路，那條路前的河流，那條路外的稻田、屋舍，一切都消失了，只剩下眼前這兩棟無法想像的摩登現代化大樓。

天公聽不懂外國話

二〇〇一．台灣台中

「你們來得正好。」我們才踏進外婆家，心如阿姨便指著中埕兩張供桌對我們說，「在我告訴你們媽祖的故事前，今天凌晨我們要先拜天公和拜祖先，外國人也可以一起拜，天公可能聽不懂外語，但會看得出來他是否有誠意。」

那時我們站在台中大甲外婆的老厝前，前院的大樹多不見了，只剩下一棵榕樹。門外左側已變成寬敞的柏油路，鄰居已多為四層樓的建築，與我童年記憶更背道而馳了。

「蓮霧樹不吉利，桃樹會長桃花，家裡是非多。」曾經有風水師說這兩棵樹給這個家帶來厄運，但外婆一直不願意砍除，大約七年前，大舅因重大盜案被捕後，外婆才決定將樹砍走。儘管如此，大舅仍然去坐了牢，不但欠了許多債，有一陣子還被一幫黑道人物追殺。

「現在只剩下這棵榕樹。」心如阿姨蹲下來撫摸著盤露在地上的浮根，她說。有一年大甲媽祖遶境到北港，鞭炮才在街上響起，一條草蛇便從榕樹下鑽了出來，而且自行往門外走，外婆從此誓死保護這棵榕樹，她多年來頑固地拒絕建築商來洽談改建的計畫。現在鄰居都已改建成樓宇，只有這棵老舊平房猶獨處於樓群中。

外婆曾經說過，她要死在這棟房子裡，兩年前，她終於完成了她的心願。她去世時我正一個人在義大利威尼斯旅行吧，那時我不但失意也失戀，滿心想法但漫無目標，在那個城市四處遛達，我知道我的心愈來愈冷，我想把自己丟在遠方。

在威尼斯的街上，我如斯寂寞，在旅館房間，我試著祈禱，但首先出現在我腦海的形象是基督耶穌，祂留著長髮，穿著白袍和涼鞋，但那畫面逐漸被佛陀取代，盤腿而坐的佛陀，行走於水上的佛陀。

然後便是阿拉，但我想像不出阿拉長得什麼樣子。你說，阿拉長著山羊鬍吧。山羊鬍？我父親在牢裡服刑時也留山羊鬍。

之後，媽祖那張祥和戴著冠冕的臉便浮現了。

心如阿姨坐在房間的榻榻米上為我們準備床褥，聽到我問起外婆，她似乎欲言又止，一度陷入沉思。「妹妹呀，我得從頭告訴妳外婆的故事，妳才會明白她為什麼信媽祖啊！」心如阿姨站起來，走出房間，我也跟著她走出房間。

那時你已經一個人走出房子在街上四處走動了。

「還有，妳回來得正是時候，妳可能幫我完成一項心願也不一定。」心如阿姨發出祈求的眼光，「妳願意幫我嗎？」她的聲音突然像小女孩似的。「嗯。」我看著她，心裡猜著她的心思。「我想請妳轉交這封信。」心如從抽屜裡取出一個信封交給我，我看到信封上的兩個大字：遺囑。

我又好奇又緊張，正想打開來看時，心如阿姨打斷我，她堅定地看著我說：你先不要看，你一定先要親手交給你母親。

【拜天公需知】

台灣的民間信仰中，糅合了道教、佛教及儒教，信仰的神繁多，且各神各有司職，信徒也會根據自己的生活需要選擇神祇奉拜。崇拜多神並不衝突，但是神祇地位跟人一樣，有高也有低，有陰也有陽。這其中最崇高的神便是天公。

每年舊曆年正月初九是天公的生日，天公形同掌理天庭和眾神的玉皇大帝，地位崇高，神格尊貴，「天上有玉帝，地上有皇帝。」天公住在凌霄寶殿，主宰天地水三界，所以拜天公非常重要，要特別慎重。

拜天公的時辰從正月初九的子時開始，就是晚上十一點到凌晨一點以後便可以開始祭拜，愈早祭拜愈有誠意，若家附近沒有天公廟者，可在家中自行祭拜，也可以先在家中祭拜，再到廟裡的天公爐去上香。天公爐設置在一般廟宇的天井，爐腳由三隻贔屭背負，爐身則由兩隻狻猊拱抱。

祭拜時需準備兩張供桌，頂桌比下桌高，頂桌是獻給天公的祭品，天公清高所以必然吃素，以齋品水果為主，下桌則是為天公的幕僚神明準備，以葷食為主。

頂桌兩旁必須繫上甘蔗，陳設如下：三座代表天公的天公燈座，左右側各置鮮花和紅蠟燭，燈座前置香爐以供插香，香爐前置三只酒杯，因為一生二，二成三，三便是宇宙，三象徵天地人，也代表萬物。

酒杯前置三束紮紅紙的麵線，麵線前則置糕餅，糕餅前置五種水果，而五果前則置六齋，最好是金針、木耳、冬粉、花生、紅棗等。

下桌準備如下：先置糕餅，再置六齋，六齋前則置三種牲品或五種牲品，如雞鴨魚豬羊，也可以豬肝或豬肚、豬腸代替，雞必須是閹雞。

祭拜時必須穿戴整齊，依長幼秩序先後上香，行三跪九叩禮，行禮如儀後，先燒為天公準備的天金紙和長錢，再將天公座焚化。

要是你知道我以前多麼孤單

——外婆三和綾子的故事

一九三〇・台灣基隆港

君が代は
千代に八千代に
さざれ石の
巖となりて
苔の生すまで

（吾皇盛世兮，千秋萬代；砂礫成岩兮，遍生青苔；長治久安兮，國富民泰）

三和綾子站在基隆港口的碼頭上，等著她的未婚夫吉野。

那是秋大一個中午，天氣鬱熱得像蒸籠，她不停地流汗，她可以感覺到包在和服裡的身體都是汗水，而臉上都是灰塵，鼻樑上架的眼鏡幾乎要往下滑，她踮著木屐，心情頗為緊張，來接她的人她只見過兩次面，未來會一起共同生活。她對他所知不多，身上只有一張他送給她的照片。

港口碼頭上都是大和丸上的旅客和來接旅客的親友，三和綾子盯著站在碼頭上的人，發現這裡的人絕大多數都穿白衫，其中也有人抬著中國轎子來接人，她從未看過轎子，便好奇地打量了一下，更遠處一輛轎車駛過街道，立刻掀起漫天的風沙。

三和綾子在人群中探頭尋覓，會不會她錯記未婚夫的長相？不，她確定沒有一個是她在等待的人。這裡便是台灣，被日本國總督府統領的台灣，過去幾個月她收到好幾封吉野的信，吉野在信中這麼描述台灣：毒蛇遍地的地方，人的臉上都是刺青，他們以打獵維生，偶爾會殺人頭來祭神靈。

皮鞋叩路的聲音在耳後響起，她一緊張，手上的一盒以布綁好的禮盒不意掉在地上，那是她未婚夫最喜歡吃的和果子。剛才在碼頭上維持秩序的日本警察靠近她問，「是內地人嗎？哪裡來的，有人接行嗎？」他還沒問完，三和綾子立刻便點頭，彷彿他的發問立即可以幫她找到人。

「內地人？」警察又問一遍。「琉球。」她也不確定琉球是否是內地。

「是嘛！」這名日本警察沒有任何表情，拾起禮盒交還給她。他提著一把劍，靴子又黑又亮，一頂黑色寬帽襯托他的臉顯得很有英氣。但剛才她在下船時看到他時，聽到他不客氣地對幾個返鄉的台灣人「里拉」、「里拉」（你啊）喊著，但他對她至少稍稍客氣，令她受寵若驚。

「誰來接妳呢？」可能警察也對一個隻身從琉球出來旅行的少女感到好奇。綾子將手上另一包行李放下，拿著手帕按著臉上的汗漬。

「我的未婚夫吉野，在霧社馬力巴駐在所服務的吉野。」「霧社？」他以狐疑的眼光看著她。「霧社。」她肯定地再說一次，她以為她發錯了拼音，而警察狐疑的表情更嚴重了，他沒再出聲。

*

那一年是昭和五年，三和綾子十八歲，形單影隻到台灣來投靠她的未婚夫。她還沒愛過別人，也還沒有人愛過她。

她的父親是海人，在她三歲時出海後再也沒回到陸地，母親隨後也死於難產，她和弟弟由舅舅撫養長大。舅舅是個沒有意見的人，因為舅媽不喜歡她，遂也逐漸放棄對綾子的關愛，初中畢業的綾子便留在家裡幫忙曬魚乾、魚卵的家計。

這一年初春，好心的鄰居為子作媒，對象是同村的吉野，那時吉野已去過日本本島接受過警察事務練習，被派至台灣任職，他正準備離開琉球。

＊

在舅舅家，她有做不完的家事，除了必須清洗衣物、撿柴升火、準備三餐，還有曬魚乾的工作，而弟弟卻得以和表弟妹一起出遊。無論她做什麼舅母總是嫌棄，她不停地工作，總未得到任何鼓勵，只有責備和抱怨。

有時，綾子也略感悲傷，她看著自己親愛的弟弟逐漸向舅母靠近，而有意無意地忽略她，他總是將頭別開，以企圖避開她注意他的眼光。

沒有人與她主動說過內心話，在失去父母後，她也漸漸失去了弟弟。她成為這個家的累贅。她在這個暫時居住的空間裡成為她父母的鬼魂縮影，影子在時間中傾斜而去。

綾子向自己發誓，無論未來如何迎接她，她都要離開這裡，如果可能，遠走高飛，在所不惜。當她第一次與吉野見過面後，舅母喜孜孜地問她：你覺得如何呢？她立刻點頭答應了。她答應的是自己要離開舅母的決心。

＊

綾子與他的未婚夫吉野第一次見面時，只看到他的眼鏡樣式跟她的一模一樣，當天都是她的舅媽和吉野說話，她陪坐在旁邊。

第二次見面是為了訂婚，他送給她一張他的照片。那是她第一次聽到大家談起台灣，她喜歡這個字，她覺得台灣這個字代表著希望。那次席上她聽到吉野告訴大家，那是一個到處都是鳳梨、香蕉、甘蔗等熱帶水果的地方（她後來最喜歡的水果是釋迦），那裡的女人還綁著小腳，穿著如雲彩那麼柔軟的絲綢，躺在中國床上吸食鴉片。

*

那一天，她沒有等到她的未婚夫，等待她的是一具沒有頭顱的身體。原來吉野已於二天前被高砂族人殺害了，那就是霧社事件。

三天前是霧社公學校運動會，吉野和駐在所的長官連袂前往參加。泰雅族人因長期受到日本人「理蕃」政策的壓抑，那一天，由馬赫坡社頭目莫那．魯道率領各社族人發難，趁公學校舉行運動會時，攻擊在場的日本人，一百三十多位日本警察、教師、家長和學生全慘死在憤怒的泰雅族青年手下。

*

霧社山區已進入軍事管制，全面封鎖，交通斷絕，手押台車也停止行駛。三和綾子在埔里等待了數日才得以和日警一同上山。

霧社公學校的教室已成為停屍間，無數屍體已排至操場。才一接近學校大門，死屍的臭味便撲鼻而來。

「不知道妳有沒有勇氣辨認屍體？」一位警吏問她，並在拍字簿上尋找姓名。「是的，吉野。」她點頭並小聲地說，同時忍住惡臭和內心的恐慌。

當他指引一具無頭的身體要她辨認時，她因驚嚇過度，一時失音，以至於之後好幾天都不能說話。她衝出教室，一直跑到操場外，她大力呼吸著，然後她將早上吃的稀飯全吐了出來。

操場上圍站著一大隊從外地調度來的日警和幾個剛剛從台北趕來的軍官，飛機在山區裡巡迴，隆隆的轟炸聲從山谷傳來，沉重的悲悼氣息混合於山嵐中，霧氣瀰漫著，逐漸包圍住她。

一種無以名狀的東西包圍著她。

除了轟炸聲她還聽到不連續的槍聲，退避至深山裡的泰雅族人仍在做最後搏鬥嗎？她跪在草地上想，如何辨認吉野的身體呢？她不認識他的身體，她再不可能認識他的身體。她也從來不認識任何一個男人的身體。

他的身材不高，還有什麼特徵嗎？她回憶著，眼淚不斷地湧出，她其實不想回憶，她和他之間並沒有太多回憶。她握著有人交給她的一付鏡片已破碎的眼鏡，她仔細地辨識，發現這隻眼鏡的鏡框比她的大出許多，雖都是玳瑁框，但顏色較深，她連他的眼鏡都無法確定，還記得他什麼呢？她努力地想著，只怕連他微笑的模樣都記不住，但現在並不需要記住他的笑容，沒有人要她去記這些。

她住在吉野的宿舍裡，發現吉野訂做了新的棉被，也買了一只木製的澡盆，房間整理過，他的衣服都整齊地排列在櫃子裡，他的鞋子大得像隻小船，房間裡有一股樟腦木香，夜晚的空氣涼涼的（在多年後有人說起日本人以毒氣毒害高砂族時，她感到驚駭莫名，不敢置信），躺在吉野睡過的被子裡，一整夜她都沒睡著，沒有吉野的未來茫茫，她沒有看到出路。

她在舅舅家時，記得舅舅與別人談過牧丹社事件。那是一八七一年，一艘琉球來的漁船因颱風來襲，便靠岸台灣屏東附近，但船上的漁人卻被山番殺害。

清晨時分，光線才略略照進房間，她便起身，在屋後看到一小隊日軍隊伍在宿舍後方的山丘搜索，也看到群鳥亂飛，附近一隻狗正斷斷續續哀鳴著，她想，高砂族人若要再出草，不如殺了她吧。來吧，現在就來吧，斬她的首吧。

這個世界毫無理由便拋棄了她，她已成為無家之人，哪裡都去不成。隨後，她又後悔她這麼想過，她有許許多多奇怪的念頭，她還是個少女，現在她被迫成為一個獨立的成人。

＊

因為一場瘧疾，三和綾子認識了台中青年林正男。

她將吉野的骨灰帶回琉球後，兩年後又回到台灣，並與林成婚。從此半個世紀再也未踏上日本土地。一直到她弟弟去世那年，一九八〇年，她才首次回到琉球，家鄉的一切恍如隔世，舅舅早已過世，她失去最親的弟弟後，家鄉人也遺忘了她。

五十年後的那一次返國之旅成為墳墓之旅，她分別在父母舅舅弟弟的墳前一一祭拜，也到過久米島上的天后宮去膜拜媽祖，除此，哪裡都沒去，什麼都沒做，便直接返回台灣，她後來沒再去過琉球。

＊

三和綾子步伐緩慢地走進郵便所時，剛好也去寄信的林多看了她一眼。他要離開時，她在他面前嘔吐了一地。他很少看到單身行動的日本少女，何況會嘔吐的日本少女？他覺得這個女孩跟別人不同，她並不美，有一些人比她美多了，她是日本人，但她卻不像日本人。這一點使他產生興趣。他一直想認識像她這樣的女孩。

「我想發一封電報到琉球。」她靦腆並猶豫地說。「對不起，我不是郵便所。」他看著她泛白的嘴唇，這個女孩不只特別，也很古怪。

他靠近她並詢問是否還有什麼可以效勞？對任何日本人他都使用像這樣的敬語，這是他的教育，他相信生在皇國是台灣人的幸福，中國腐敗無能，不但把土地一塊塊割讓給外國，最後還拱手將台灣割給日本，他寧願效忠天皇，八肱一宇、至誠一貫。女孩沒說話，她的臉色蒼白，全身顫抖不停，然後她吐了。

林立刻向日籍的郵便所所長報告，並且自願騎腳踏車送她到醫院。

*

林成為她的救命恩人。他也常常到醫院來探望她，總是帶食物或水果來，或者為她跑腿。他很喜歡和她聊天，常問她內地人的生活情況（她總是說我是琉球人），她則聽他談台灣人的風俗習慣，譬如養豬公怕蚊子咬得掛蚊帳，而豬公肥大如小屋，貓死了要吊在樹上，最毒的蛇若知道是誰殺死牠的家族，會出現復仇，或者纏足者腳痛會以尿泡腳的種種，她聽得津津有味。

她要返回琉球那天，他送她到台中驛搭火車，站在月台上的他心事重重，他的人生已經有了畫面，他想要用什麼顏色捕捉住它。她手上抱著骨灰盒，但是臉色已不像一個多月前那麼黯淡，站在急行的列車前向他道謝後要登車了，他突然說，「希望您有一天會看到我開飛機。」他雙手交錯，神情有些焦慮，個子也顯得更矮小。

她想她從此再也看不到他了。

綾子神情悽然地走入車廂，念念不捨地離開，她喜歡台灣的食物也喜歡和善的台灣人，像林這樣的人。林替她將行李提到座位後，便站在月台上看著火車駛走，他不斷地揮手，連火車已走遠了還在揮著。她看到他神情恍然若失，沒注意到自己也是一樣。

*

他給她寫了不少信，他的日文並不十分流暢，錯別字可能也不少，但她明白他的心思。她知道那便是情書，她把那幾封信夾在她母親留下來的漆光木盒中，無人時便拿出來一遍一遍地讀著，只有如此，她才能安心地睡著。她開始盼望和等待他的信。

半年後，在一個晚上，她做完繁重的家事後，向舅舅提起她想再去台灣的念頭，這件事她已想過無數無數次了，她必須向舅舅提出。舅舅剛從外頭湯池回家，毫無心理準備地聽她提起台灣。

「真是大不敬啊，吉野家的人會怎麼說？」正在廚房燒水的舅母，走近客廳嘮叨著，舅舅卻一句話也沒說。「吉野家怎麼說啊？」舅母對她說話卻看著舅舅，但他始終沒有說話。最後他說，「就算吉野家不反對，我們也沒有錢讓你再去。」

「我只是不想增加你們的負擔。」三和綾子卑微地說。她站起來將碗筷收走，舅母以不屑的眼光射向她：「那妳去台灣做什麼呢？」三和綾子低著頭，她不用抬頭都知道她的舅舅，甚至弟弟的表情。

＊

她愈來愈少到吉野家去了。剛回來時，她幾乎天天去陪伴吉野父母，除了為他們分擔喪事，也試著照料兩個年紀大的人。逐漸地，她發現她並不像原來那麼悲哀，當她發現這個事實後，她自己也大為吃驚。那是吉野死後的一年。

她夢到自己睡在平常睡的床鋪上，吉野靠近她，掀開她的棉被，要與她同眠，這時，她才看清楚，原來那個人不是吉野，是林，他笑起來完全看不到牙齒，正像她的祖父。一段時間以來，她未收到林的信，不知道林已在東京就讀飛行學校。她擔心這個夢會帶給林什麼不幸。

她隱約覺得她的命運與那個叫台灣的島有所關聯，她必須再度前往，林會指引她一條路，她相信林會接納她，或愛她，但那時她還不明瞭什麼是愛，她從來沒用過這個字。

吉野家人和綾子的舅母說過，如果綾子能再嫁，他們不會絆留綾子。綾子舅母為綾子急著找再嫁對象也使鄰居閒言閒語了一陣子，在林家的聘金寄來後，綾子的舅舅很快決定讓綾子嫁到台灣去。

那時，台灣在日本治理下已經稍微繁榮，不少琉球人覺得去台灣是為日本國貢獻心力，是光榮的事，那裡的工作機會也比琉球多。

「既然喜歡那個地方，就不要再回來吧。」她的舅母想通了，不希望再留這個倔強不討人喜歡的少女。他們用林家的聘金為三和綾子訂做一件上好的絲緞和服，還買了一面珍貴鏡子及一些首飾給她做嫁妝，並送走了她。

一九三二年，昭和六年，三和綾子已二十歲，她二度搭乘內台聯絡船來台灣，這次她果真成了婚。

*

林正男決定婚禮以日式為主，還在台中神社舉行，然後才在家裡辦桌宴客。林的寡母抗議，「那裡奉祀日本神明，我只信媽祖，你要我怎麼去？」這是她的意見，但她也僅僅輕聲抗議著，之後便一直都保持沉默。她的男人已過世了，她則百病纏身，「而且不管她是日本或琉球人，我們都高攀不上的呀！」

女方家人都未出席婚禮。林家辦的酒席也草草了事，倒是林家該來的親戚都來了。三和綾子穿著她從琉球帶來的和服（那也是她最喜歡的衣服，在物資缺乏的大戰末期，她將和服腰帶拿去變換了三隻雞，並且將和服變換一座媽祖神像），她還特別去櫻橋通梳了文金高島田的髮式，他們照了幾張結婚照，她在照片上沒戴眼鏡，顯得十分迷人。她在結婚那天，突然變成一個嫵媚的女人，她似乎也對這個改變感到疑惑。

＊

綾子過了十年還算平靜的生活，生了三個孩子。林正男也取了日本名字，叫中村正男，他們家是模範家庭，也是國語常用家庭，因為三和綾子的關係，也得到較多的優待和配給。一直到二次大戰中期，他們總是領待遇最好的紅米單，總有吃不完的蓬萊米和日本醬油。

林正男比綾子更希望能搬到內地人聚集的新盛橋通一帶，他的心願對一個台灣家庭的長子而言有些困難。林家在干城橋通街上開草藥店，他是長子，照顧他的寡母是天經地義的事，他不能背負不孝的罪名。這個罪名會讓他無法走出街上。

＊

一天深夜，三和綾子在店鋪後的中庭裡發現一條龜殼花，隨後，又在房間發現另外一條。林懷疑是一些仇日人士故意下的手，但沒有人找出證據。這件事讓怕蛇的綾子魂飛魄散。

自從林由日本回來後，原本與台中一些參與「台灣地方自治聯盟」的成員走得很近，但那些人有幾個對日本和台灣的差別待遇感到不滿，言談中常常顯露對日本人的仇視，林逐漸與他們疏遠，他被一些人視為親日的既得利益者。

與綾子結婚後，林更感受到這些人的敵意，「會不會這些人中有誰要教訓我呢？」他問綾子，綾子也一籌莫展。她並不擔心林與人為敵，她擔心的是林有一天還要重操舊志，去開飛機。

三和綾子的台灣家人都很善待她，他們什麼事都請問她。他們學她說話用字，陪她去新盛橋通買日式食物，偶爾因言語不通，她懷疑自己或許做事不得體，她總是謙虛請教，但沒有人告訴她應該如何改善，她問她丈夫，也得不到回答，「是我們該向內地人學習才對呀。」

綾子懷孕時，林送她一架收音機。那時，她想念著琉球島上櫻花及海邊的風浪，還有家鄉的海鮮和生冷食物，她曾經想過或許回家去看看，但她也都很快轉念——她並沒有家呀，這裡才是她的家。

她的婆婆給她煮帶著中藥味的肉湯，那就叫進補。照台灣人的習慣，她必須躺在床上做月子，一個月都不能喝冷水、吃冷食，更不能洗澡或出門。她偶爾忍不住走到中埕去呼吸空氣，家人都大呼小叫，彷彿世界末日到臨。

綾子挺喜歡她的異國家人。這個家再怎麼樣都比舅媽家好。她的丈夫對她非常體貼，她常感動得掉眼淚，林總是分不清她是高興還是悲傷。她對丈夫說：「要是你知道我以前多麼孤單！」他是她的恩人，她這一生是為了要報恩於他。

她不知道那是不是愛。她那時讀過一本日文小說，故事中兩個男女主角決定要雙雙「心中情死」（殉情），她想她永遠都不會那麼做。她喜歡和林在一起，喜歡看到他的笑臉，像島國家鄉的陽光（這裡的陽光比較惡毒），她喜歡撥他濃密的髮、細緻的耳朵，喜歡聽他說話，他說起日文像個孩子，他的字彙不是過於文雅，便是粗魯，但她完全明白，從她認識他的第一天，她便明瞭他，他愛她。如果那是愛的話。

＊

珍珠港事變後的第二年，一九四二年冬天，太平洋戰事開始對日軍不利，時局逐漸艱苦困頓，那時林在高雄岡山維修軍機。隔年，不顧綾子的勸阻，林決定志願從軍，與一群被日本政府徵召的台灣兵從基隆搭上軍艦前往菲律賓。

綾子無法阻止林的決定，她知道是飛行這件事情在召喚著林，而不是戰爭。她已經和他談過幾天幾夜了，但他毫不為所動。

林要出發的前幾天，他母親要求綾子為抱病的她去廟裡向千里眼和順風耳爺求拜紅布綾，她照著婆婆的囑咐去求，在廟裡，她看到有人抱著病兒在媽祖神桌上挖木屑吃。從那時起，她便對媽祖感到好奇。

在琉球，一些小島上也有祭拜媽祖的天后宮或天妃廟。她兒時便聽過「姊妹神」的故事，當地的習俗是男人出海前，會把姊妹的頭髮或手織巾戴在頭上，她相信媽祖便是姊妹神，或者是姊妹神的姊妹，她們都是權威至上的海神，年少的她便相信女神，她始終認為當年她的父親出海時不知道祭拜姊妹神才遭來厄運。父親和舅舅家只祈拜風獅爺，認為風獅爺可以避風祛災、帶來財富，她在台灣的廟裡也看過風獅爺，但她更相信海神的力量。

林要離開的那天，街上都是辦喜事般的氣氛，舞獅陣到家門前打鼓喧鬧，並圍著他前往干城橋通派出所參加為十八個台灣志願兵舉辦的壯行會。

戰爭究竟多麼危險？綾子並不知道。她想，就算整個世界都沉淪掉，她也無所謂，只要林能留下來，她多麼害怕林走後的孤單。現在她開始期盼日本贏得這場大戰，因她希望林能儘早回家。

她的小姑勸她別擔心，因為小姑曾去廟裡求籤求到了上上籤。但綾子對籤文一知半解，一顆心一直懸著。

那一天，家門前插著二、三十枝竹竿，竿子上掛著三公尺的白布，每塊白布上都寫著「祝出征中村正男」，除了舞獅隊伍，街上的保正、士紳以及皇民奉公會的一些成員手上持著日章旗來迎接他，有人還贈予他一面簽滿人名的日章旗。

冬天的寒風襲人，白布條也被風吹得啪啪作響。

綾子跪在和室的榻榻米上，交給她夫婿一塊千人針，那是她一個月以來背著家人，在街頭向人懇求在布上縫下針線的祝福布，她相信這比婆婆的紅布綾還能保佑林安全歸來。多年後，她才開始信仰媽祖。

那塊祈福布上繡著五個大字「武運祈長久」，字與字中間是咬指頭沾血染的日章。

他們最小的兒子在她懷裡正掙扎地哭著，綾子的眼淚忍不住掉下，林用那塊千人針為她拭去眼淚，脫去身上的軍裝，將布綁在腰間，才又穿上軍服，他抱哄著兒子一直到孩子的哭聲停止，才小聲對妻子說「妳多保重」，她難過地抱住他，他輕輕地拍她的背，然後站起來走到門口與家人合照（照片上他的表情有些猶疑，他的寡母看起來好像受到什麼驚嚇）。

＊

三和綾子到很老時仍清清楚楚地記得當時飢餓的滋味。戰爭使人的勇氣消沉，但未使人的身體消沉，愁苦愈大時，飢餓也愈大。

戰爭中期，林家還常在雜貨店買到鹹鴨蛋、煙腸、豬血及醬菜。到了戰爭末期，他們只能靠配給過活，尤其因為綾子是琉球人，有一些賣黑市貨品的人更不敢將食品賣給林家。

鳥群已感受到戰爭恐慌，早已遠走高飛，河裡的魚不再浮現。在戰爭末期，綾子跟著夫家的人到溪邊去釣水蛙，他們說吃水蛙能補元氣，她曾經捕獲一隻極重的水蛙，後來油炸分給家人吃，三和綾子到很老時都還提這件事。

＊

「住得慣嗎？吃得慣嗎？」雖已來此地十來年了，別人仍然經常這麼問，彷彿她來台灣是不得已的決定。綾子卻覺得琉球料理和台灣客家菜甚至覺得當地方言和客家話也頗有雷同之處，譬如當地人把「吃」說成「出」。食物口味類似，不但注重鹹、油、香，還有黑豆司，而抹茶和擂茶也很像，但她這麼說時別人都很驚訝。

她總是帶著微笑，總是殷勤地鞠躬。而情況愈來愈不比過去。市役所配給的食物愈來愈缺乏，而且夫家食指浩繁。

每個月配一次豬肉，小姑就立刻將肉熬湯，之後以油炒熟肉後再加飯水煮成糜，因為她婆婆沒有牙齒，三餐只能吃糜，也因而林家三餐都吃糜，有時配一點豆腐乳，每當豆腐乳一端上桌，那氣味立刻令三和綾子想起她曾聞過的綁腳布。

她常在夢中清清楚楚夢到家鄉的刺身、海鮮，而每次她正要用箸時，夢便無故中斷。

＊

夫家的親戚在市外種田養豬，巡查上門時，他們少報了一隻小豬，那時豬隻由經濟警察管制，被查到私宰豬隻是天大的罪項，她的親戚一直很擔心那隻豬最終被緝查出來，已經私下表示要出售。綾子不忍心看著兒女挨餓，決定想辦法來交換那隻小豬。

她和小姑合作偷偷宰了一頭豬。當豬氣絕時，她們用大桶熱水燙豬。她們喝了幾口親戚泡的薔薇甜茶，急忙趕路回家。她們將偷偷宰殺的豬隻用棉被包著，佯裝成孩童抱回家，她穿著木屐走在田野的土埂，幾度因緊張而滑倒，她與小姑一直走到平坦的路邊，然後坐牛車回家，她們戴著斗笠扮成農婦坐在牛車上。

她發現豬血滴染在她的衣服上，快抵達家時，街邊一位日本刑事要牛車停下來，「這麼晚了，還要出門去哪裡？」他問，她的小姑立刻指著綾子胸前的小豬回答：「姪子發高燒，要去看先（醫）生。」

日本刑事望向三和綾子，她的心跳加速，滿臉漲得通紅，深怕他走近來看孩子，這時她聽到對方說「那快走吧」，然後向牛車伕揮了揮手。綾子的心簡直快跳出來了。

這時，晚風驟然吹起，綾子頭上戴的斗笠立刻被旋風捲去，「糟了，糟了。」她的小姑整個臉色都變了，「斗笠吹走，大難會臨身了，」當車伕將斗笠還給她們時，小姑告訴她：「我們回家第一件事便是要拜天公，也要拜媽祖。」

＊

綾子受婆婆的影響，更多是為正男，她開始祭拜媽祖，她也為家人拜，她打算與他們過一樣的生活，也願意像他們那樣活著。他們建議她吃豬腳麵線以消霉氣，她立刻學著照辦，但哪裡去找麵線？三和綾子又偷偷以幾兩肉和鄰組換了麵線。

為了她的兒女，尤其是大兒子，綾子可以赴湯蹈火。在她的看法，這個孩子眼神流露出一種狡黠和好奇，他精力充沛，他與別的孩子很不一樣。她不希望他受到任何折磨，只要孩子一有委屈，她的心情也跟著起伏，她愛這個孩子甚於其他兩個孩子，甚至於孩子的父親。

＊

孩子的爸先去了馬尼拉，之後一直在菲律賓附近。他定時寫信回家，每一封信封都有好看的郵票，林家的種籽店生意也受到戰事影響，一家人的生活愈來愈拮据，林的軍餉剛好解決了家計問題。

第二年起，林的信開始減少，最後一封信只說他參加的部隊將從巴丹島移往印尼泗水。三和綾子也聽說，美軍在南太平洋上猛烈轟炸，她私下開始擔心林的生命安全，「聽說海上到處布置魚雷，已有日本艦隊遇難了呢。」她問一位上門拜訪的皇民產業會的日本會員，那個中年男人怒目而視，彷彿她是罪人：「日本皇軍絕不會敗於美軍，大東亞戰爭必勝，大和民族必勝！」

＊

「日本軍已顯露敗勢，我看是不能撐久了。」她夫弟秩男正坐在店裡和鄰組（居）的人閒聊，看見她走進店鋪，急忙閉起嘴，綾子剎那間彷彿看到自己努力經營的生活全倒了下來，她立刻坐了下來，「可不可以告訴我，」鄰組的人告退後，她緊張地問夫弟：「關於這場戰爭，你到底知道什麼？」但她的小叔那天下午緊閉著嘴。

「我知道並且深深體驗的事情，卻一輩子都無法告訴妳。」日落時分，他在弄堂對與他擦身而過的她說，綾子反覆回味他的日文句子。

＊

林走後，種籽店的店務便由三和綾子接管。林的弟弟秩男結婚後，他的新婚妻子希望秩男也管管店務，但秩男對店務不太熱中，他似乎對什麼都不太熱衷。他只做木工和讀書之類的事，他常常坐在四腳凳上蹺著腿，一邊搖晃，一邊面對木頭沉思著。

有時，他會一個人關在店後的一間房間裡。那房間放置了一具磅秤、木材、刨木工具，靠牆處有一張書桌和成堆的日文書籍，秩男常在房間裡走來走去，他在那裡做木工，也讀書寫字。那間房間是他的活動空間，只要他感到不高興，他便走進房間，他不准任何人打擾，包括他的妻子。

秩男在綾子和正男結婚後的第三年結婚，很多人都說她的妻子秀文很賢慧，秩男卻很沉鬱，總顯露不悅的神情。三和綾子一直以為，那是秀文沒生育的關係。

沒有人知道，為什麼他常常停留在那間房間，但綾子知道，他並不是一個古怪的人。他的木工或木雕技術一流，或許他只是比較沉默，喜歡一個人安靜，他怕喧譁。

他有自己的想法，他不像他哥哥崇仰皇民文化，他和日本刑事交談，一副謙卑的模樣，等日本刑事一走，他卻判若二人，林家門口掛著「國語常用家庭」的木牌，但他只在日本人面前才說日文，他在她面前說閩南語，「承認日語是國語，是因為當初懦弱，我是卑鄙的人啊，」他對她誠實，「不管如何，我是台灣生，台灣魂。」

綾子非常尊重他的看法，她欣慰於他不視她為日本人，因為他對自己身分的堅持，她有時也覺得自己不一定是日本人，她是琉球人，琉球人既不是日本人也不是中國人。

*

林出征後的第二年入秋，秩男為練瓦會社的長官家製作和室紙門，那家人留秩男吃飯。那晚，三和綾子坐在店鋪裡算帳，秩男走了進來，「妳在等我？」他突然以日文問她，三和綾子注意到他神情古怪，她說：「不是，我只是閒著沒事做，想再算一次帳。」

他走向她。

她突然發現，這時，家人都上床睡了，只有她一個人坐在那裡似乎像在等著他回來。她站起來離開座位，他卻拉著她的手臂，「妳在等我，是否？」他看進她的眼睛，他的目光赤熱，她只能迴避，「綾子，我一直在等待這一天。」他有些口吃地說著。

綾子明白這個句子，只是沒想到自己會聽到這個句子，而且從她小叔口中。她沒想到像戲劇般的事情會發生在自己身上，她完全不知該接什麼樣的台詞。她停頓了一會，「秩男……」她沒法說什麼便只好轉身離開。但他搶步擋住她，他的臉那麼靠近她，她停步下來，還沒說話，他便抱住她。

綾子從來沒想過她的小叔原來是一個寂寞的人，她現在才明白，他們原來是一樣的人。林走後，她面對的是深淵般的孤獨和寂寞，而她的小叔輕輕便揭發她內心的那口井。

她之所以死命地掙扎躲開，只是怕被人撞見。惴惴不安地回到房間，她把整件事像吃肉般反覆地咀嚼著，像在為一樁罪案找尋罪人，一遍又一遍，怎麼回事呢？他喝醉了，但喝醉酒的人如何以那看穿她的目光看她？她被看穿了嗎？她有什麼可以被他看穿？所有的問題都沒有答案。她回味著那個接觸她的身體，她回味著他發熱的體溫，她回味著，並且感到害怕，她害怕自己被那樣熱的身體吸引。

＊

她急忙從衣服內掏出林的信件，並且一封一封地從頭讀起，一個字一個字地讀。那些字像針一樣會刺人，她的眼淚又流出來了，但她擰著臉頰不允許自己再流淚。她聽到房外木屐聲，秩男的妻子在屋外喚他回房睡覺。秀文一聲一聲喚著，但四周除了她的呼喚聲，一切是那麼寂靜，簡直靜得像她心底那口可以吞沒她的井。

＊

綾子已有一段時間沒有收到夫婿的信（她在戰時將所有他的信隨身帶著）。她開始注意聽收音機，並勤於到大日本婦人會走動，希望從那裡得到任何有關戰事的消息。因沒有得到回答，她的疑問不斷擴大，很多人紛紛談起日本聯合艦隊司令官山本五十六元帥，傳說他已被美軍擊斃，這會與林有關係嗎？林有一次在信中提到山本五十六的英勇。

她到市役所去詢問，但沒有人知道林的下落，她想起他在出征前曾在神社的一只盒子裡留下頭髮和指甲，她開始害怕哪一天她必須取回這些遺物。

有關戰爭的耳語已在街上四傳。謠言使綾子不敢出門，但謠言有腳自己會走上門來，會躲在門後，隨時碰見。她決定與謠言背對背而活，她不想正面看它，也不想去相信它。

＊

那一年綾子的婆婆已病入膏肓，常常在半昏迷狀態唸著兒子的名字。綾子以還算流利的閩南語和病人交談，並為她餵食清洗。她很驚訝地發現，她的婆婆其實是一個善良的女人，生活的重擔使她的背脊全都彎了（她還不知道那是因為骨質疏鬆），因為感動，三和綾子決定侍奉婆婆，她連躲防空洞時都先帶孩子，再回來背她。

婆婆的原名叫查某，從名字便知道她在父母心目中的地位。她五歲時便被父母送給林家當童養媳，從小便與林的父親一起長大，十六歲時與她一向稱呼哥哥的人成婚，林的父親一生酗酒，酒後會毆打他的妻子。

不但如此，他還娶了一個妾，與她生了一個兒子。那位妾什麼都不管，整天只躺在眠床上吸食鴉片，因綁小腳行動不便，她常常在房子的弄堂上慢慢扶牆走路，心情不好時便以鴉片菸管敲下人的頭。

家中重擔全掉在查某人身上，她雖然與她的男人生了幾個孩子，但兩人一生中卻沒講過幾句話，他們是對沉默的夫妻（在那個年代，沒人聽說有離婚這種事情）。結婚二十年後，林的父親生了重病意外身亡，那位妾也在一天深夜捲款攜子而逃，查某人便成為寡婦。

與婆婆最後相處的日子中，三和綾子的童年記憶全都回來找她，她想起一張熟悉的臉，她母親將笑聲摺進紙鷂或者一艘艘紙船裡，她想起那些雨後的紙船，舅父母家裡的風獅爺，母親為她唱的童歌。

*

秩男再也沒有三和綾子說過話，他甚至再也不敢看她。彷彿三和綾子是一個透明的人，她再也不是同一個人，或者他自己不是那天晚上的他。他不知道綾子正等待著他開口，任何話都好，她等待他開口說任何話，而他仍然抑鬱的樣子，常常躲到他的房間裡，聽說他在修理一隻錶。

＊

「妳和我哥哥是命中注定的，這是因為五行。」小姑說，你命中帶水，而哥哥命中屬木，「木需要水的灌溉，」她說，「妳的兒子也屬木，所以你們才合得來。」三和綾子笑出聲，她想像她自己如何灌溉別人，她問：那我女兒呢？她小姑翻著手上的一本黃曆，她說，「靜子屬火。」小姑沒再說下去。

那林秩男呢？三和綾子假裝隨便問及，她小姑說，「他屬金，」她小聲地告訴綾子，「秀文屬木，妳想一想，金是不是可以剋木呢？鋸子一鋸，樹木就斷了。」她說完很不安心地望向秀文的房間。「秀文跟我很合，因為我是土，木需要土。」彷彿為了安慰秀文，小姑又加了這一句話。

那麼「金」與「水」是什麼樣的關係？綾子的腦子閃入這個念頭，她清清楚楚記憶起秩男的形象，他的臉像印書似地印在她心底。

*

他們都說婆婆在睡夢中去世是福氣。福氣是什麼？每個人都有嗎？怎麼樣才會有福氣呢？三和綾子很想問問他們。

她老是在夢中看到家鄉的黑色巨浪。一艘船載走所有她認識的人，岸上她一個人，什麼都沒有，只有恐懼。她更為專注地祈求媽祖的庇祐。她婆婆想見兒子最後一面的心願沒有達成，他的兒子正在南洋出生入死。

綾子為婆婆辦了一場對戰時而言已算隆重的葬禮，綾子以台灣習俗為婆婆辦喪事。在她死前一個月，將她置於正廳，兩隻並排的板凳上鋪上棉被，將她置於那裡（他們說如果死於眠床，靈魂就不能投胎轉世），並且奉了腳飯，當她嚥氣時，他們來不及摔茶碗，因為在半夜，所以一大早就先摔碗，然後請道士來作法。

但是，他們得偷偷進行，那時日本政府已嚴禁以台灣習俗辦喪事，何況在戰時，一切都得節約。綾子的小姑明芳不但會裱畫，也學過山水畫，她決定自己為母親用紙糊一個靈厝。

綾子的小姑先以紙為母親製成靈像，將靈像安置在正殿中央（她猶疑了一會兒，但最終仍然將父親的靈像置進去），雖然紙已不多，但她仍然決定製作女婢和一具乘馬（那時台灣的馬少得稀奇）、幾件家具。小姑還仿照綾子的收音機做了一架唯妙唯肖的紙收音機，最重要的是她放進了許多黃金錠和冥鈔票。

＊

「人死後會到哪裡？」綾子問小姑，「死後先到陰間。」小姑明芳說，每個人都必須接受十殿閻王的審判，好人被送到西方淨土成佛，壞人被送到十八地獄受苦罰。「婆婆怎麼會認得陰間的路呢？」她感到滿心好奇，「道士啊，道士唸經指引她去。」她的小姑理所當然地說，「將來我們如果想問她在陰間過得如何，也要靠道士，他會替我們問她。」

綾子想起自己的父母，應該去了西方淨土吧，也許他們在那裡會遇見婆婆美保子吧？三和綾子流下眼淚，但她分不清她在為誰而哭。她多麼盼望此刻正男便在她身邊。即便是一刻鐘也好。

＊

為了報答婦人會會長相贈的干貝和螺肉罐頭，綾子加入了婦人報國貯金推進隊，挨家挨戶拜訪人家，規勸大家為國防獻金盡一分力。她以忙碌忘記恐懼，她害怕留在家，她不但憂心林的安全，其實她知道她更害怕看到秩男。

躺在床上時她也總聞到他身體的氣味，這讓她恐慌，心裡的事她捉摸不定。她遺失一把木梳，為此她心急如焚，以為大不吉的事情終要發生，數夜不能入眠，兩種力量撕扯著她。

她背著孩子挨家挨戶去勸人貯金，理由便是想打聽林的下落。如果有人家中也有人到南洋當軍伕，她便仔細聆聽，「會不會遣散到拉包爾島去了？」有人說，「美軍控制了大部分的海空權，皇軍無法補給糧食和彈藥，很辛苦呀！」也有人這麼說。綾子一一鞠躬言謝，她把這些消息拼湊起來，想像著林的生活，她的腦中浮現林正在求救的畫面，她似乎看到一顆炸彈正向他襲去。

*

「靜子，靜子，」防空警報響了好久了，綾子仍在家裡四處叫喊著女兒，「快戴上防空帽。」她催促著大兒子，抱起幼兒跑進另一間和室尋覓女兒，但她找不到，她的小姑和小叔帶著孩子都已戴上防空帽往後院走了，「哥哥，你跟姑姑他們走。」她著急地對兒子喊著。

「靜子。」她生氣又著急地喊著，三和綾子從店鋪奔回後面連接的房間前前後後一遍一遍地呼喚著女兒的名字，除了空襲警報的哀號，黑暗中的房子沒有任何回音。時間一秒一秒地經過。「這次逃不掉了。」她站在中埕想，一種邪惡的力量正在積極與她作對。

綾子絕望地抱著幼子跑出家門，這一天她因吃壞了肚子，整天鬧肚瀉，她已非常虛弱，擠進家裡附近權充防空洞的地下室內，她還在問，「你們有沒有看到靜子？」她痛徹心肺，虛脫得就要倒下去。

＊

B-52轟炸機沒有眼睛，將干城市場炸毀了一大半，半條街的房子全著了火。綾子抱拉著兩個孩子走回店裡，幸好她家沒有殃及，她看到靜子站在門口。「我醒來時，你們都不在了。」靜子安靜地說。

三和綾子虛脫得說不出話來，她只明白自己此刻還活著。等她稍微清醒過來時，無由的恐懼讓她甩了靜子一巴掌。

＊

一個衣不蔽體的祭文（台灣人稱抽籤仔）站在店前的亭子腳一天一夜了，沒有人趕得走他。他拉著一把月琴，臉色非常憂傷，綾子從來沒有看過那麼悲傷的人，似乎已把所有的人生苦痛全都和血吞下了。

她給他一碗糜和水。乞食仔大約五十來歲，因營養不良顯得非常瘦，滿臉鬍鬚的他主動搖晃著罐裡的籤文，「免驚啦，不必付錢。」他有氣無力地說。

綾子隨手取出一紙籤文。帶著愁容的乞丐說，「這條歌叫一隻鳥兒哮救救。」他靠著亭子腳的柱子唱了起來：

嘿嘿嘿都什麼人仔甲阮弄破這個巢都呢被阮掠著不放伊干休呵嘿呵

綾子被那抽籤仔的悲傷歌聲傳染了，她走回中埕井邊洗衣服。能夠用腦子思想是幸福還是折磨？很多時候她情願自己不能再思想了，她已想過太多，太多。抽籤仔在亭子腳繼續唱著歌，當她抬起頭時，她的小叔林秩男走過中埕邊的走廊對她說：「如果你喜歡聽台灣民謠，我也可以唱給你聽。」他沒等她回話，便直接走入廳堂。

在黃昏的餘暉中，她瞥見秩男熾熱的眼光，她還記得他身上的熱氣，他那晚喝醉了酒。

她想，其實他不知道她多麼希望他能靠近她。

從那晚後，他們沒再說過話。她極度避免與他同室共處，她怕他挑起她小心隱藏的欲望。她怕聽到他和其他人聲東擊西的對話（有時故意說台灣人才知道的用語），她怕他主動提供協助，也怕聽到半夜秀文呼喚他回房睡覺的聲音。

她已經成為一個無法明白自己的人，他時時刻刻讓她想到她自己的不滿，好像有什麼在心中膨脹著，並且幾乎瀕臨破碎。

＊

他在她的夢中向她走來，突然抱住她，並溫柔地吻她。她迎向他，像順風的船迎向大海，柔情的海洋。他撥開她的衣服，撥開她的頭髮，她又聞到她熟悉的男性氣息，他的陽具貼著她緊得發痛的下體，一股高潮的巨浪即將她淹沒。

＊

兩位警吏所來的日本警官帶著金屬探測器，正在婆婆的房間裡搜查著，一位以長劍指著牆上的冥像，大聲地問：她手上戴著的手鐲是不是黃金？

「有黃金必須立刻繳出來！否則會重罰。」

小姑的女兒站在旁邊似乎被現場凝重的氣氛嚇哭了，婆婆的妹妹則以不流暢的日文解釋著：「那只是一塊不值錢的玉鐲，畫圖師畫的顏色不對，看起來才像黃金。」

另一位刑事則露出不滿的表情，「現在是什麼時代，你們還有錢買這麼好的棺木？」他沿著棺木繞了一周，那是一副雕琢繁複的大棺，不但畫滿了華麗的樓宇，棺蓋上還裝飾著仙鶴，他問：「玉鐲呢？」有人小心翼翼地回答：「陪葬了。」刑事隨即不耐煩地揮著手，「開棺開棺，看了就知道。」

棺木正等待日師選定的吉日，還不能下葬，這是為什麼棺木還停在家中。說要開棺，大家都愣住了，不可能吧，這太大不敬了。但刑事卻堅持不走。就在這時，屋外響起淒厲的叫聲，一隻貓從窗外跳過。兩位刑事目瞪口呆，他們臉色沉了下來，過一會沒再說話立刻便走了。

大家跑到後院，才發現原來是秩男在搞鬼，他將他的工具鋸子拿來當樂器，剛才的鬼哭聲，是他以樹枝拉出來的怪聲。以後，每當她回憶這一幕時，她常常忍俊不禁。

＊

夏至那天晚上，綾子最小的兒子發高燒已近昏迷，綾子急著叫起小姑商量，她們決定立刻送到櫻橋通鈴木診所。由秩男騎自行車載他們趕去。

一路上秩男沒說話，綾子更沒說話，這是她生平第二次如此親近他，如果不是孩子生病，她多麼想就這樣坐在他身後，天涯海角，只要能與他相靠。

他們在醫生家玄關坐著等待醫生洗把臉時，秩男終於對她說，「我的日子雖然過得苦，但我希望妳比我快活。」她努力地噙著淚，一句話都說不出來。

＊

道士做完功德後，家人在中埕焚燒靈厝、庫錢、銀紙、往生錢，一時之間，煙火一片，鼓吹才開始吹出音響，有人突然上門前來通知綾子到小學校操場聆聽日皇的玉音放送。喪事才進行至一半，哪裡能說走就走，三和綾子吩咐女兒靜子前去，其餘的人繼續前往路祭。

＊

日本天皇裕仁宣布無條件投降了。後來他們在抬棺遊行的路上聽到這個消息時，幾乎沒有人相信，很多人都驚訝地搖頭：「怎麼可能？」棺木遊行的隊伍停了下來，孝女的哭號也停了下來。

綾子看到幾個路過的日本人都紅著眼睛，黯然神傷，在豔陽天下，她只感到昏熱。戰爭結束了，但居住在她心底的恐懼並未因此而離開，在南洋某一處的林是否即將返家？

現在她生活中只剩下一個問題：如果她丈夫永遠不會回來了呢？她看著自己正遠遠地看著這一切，彷彿這個問題既不屬於她，也不屬於他們，她只是恰巧在這裡出現，她看到自己正在看著身上披著孝服的家人，看著暫時停在路邊的棺木，她站在他們後頭，彷彿自己已不在了。

她望向有意避不見面的秩男，不是別人，正是他，他已成為她的一道難題，是神在考驗她嗎？還是他在考驗她？他讓她明白自己並不是他哥哥的賢妻良母，他讓她明白，自己身體內住的不是她自己，是另一個人，一個不貞的女人。此時此刻，一個念頭閃過，林可能再也不會回來了；而同時另一個念頭出現了，若她丈夫果真不回來也沒有關係，她還是可以活下去，秩男會讓她活下去，她為這個想法顫抖著，同時又深深感到羞慚。

送葬的隊伍開始放鞭炮，為的是要嚇走妖魔鬼怪，但不知為何，路上的人群立刻嚇得四散，他們還以為轟炸又開始了，記憶混淆後，戰爭只剩下一副荒謬及瘋狂的表情。他們在鞭炮聲中為她婆婆送葬，看起來正像在慶祝一場戰爭的結束。

然後，送葬隊伍繼續開拔，幾個請來的「孝女」沿途為美保子哭號，綾子彷彿回到琉球的母親跟前，她仔細聽著，要人把那幾個字說給她，她幾乎想為自己的母親好好這麼哭一遍：

我母也嗬，你今行到這路，放棄阮大細，無人成致物得可大，叫阮要怎樣嗬，母啊，母啊喂。

＊

一九四五年冬天，許多出征的志願兵或徵召兵開始返回台灣了，但林正男還未回來，綾子到市役所打聽，但是日本官員都以即將遣調回國為由，拖延她的查詢，「到現在還未回來，是不想回來了吧。」有人這麼說，綾子因氣憤而面紅耳赤，但也說不出話，原本打算再問軍事儲金的下落，便再也不提。

走出市役所時，看到幾個台灣人訓斥著一位身穿軍服的日本軍官，其中一位抓著日本軍官的衣領說起台語，「幹你娘，日本都戰敗了，你還穿什麼軍服？」另外兩人揮拳狠狠對日本軍官又揍又踢，三和綾子不忍再看下去，急忙跑步回家。

在市役所時她至少得到一個好消息，因為嫁給華男，她不必隨著日眷返回日本，這讓她鬆了一口氣。

*

綾子常向她的小姑問及秩男，她知道他在那年冬天開始參加地下聚會活動。他畢業於台中一中後，和一位一中的學長一直頗有來往，接觸社會主義思想便是受到學長的影響，台共在日據時代被壓制，日本人走了以後，讀書會、工委會等組織逐漸復甦。他先是早出晚歸，有一陣子幾乎都不回家。

秩男的妻子秀文在吃遍中醫藥方後，那年冬天終於懷孕了，懷孕後的她幾乎看不到秩男的人影。她聽到共產這兩個字手便會發抖，懷孕的她神情反而更憔悴，每次秩男回家，綾子都看到她一副準備死諫的表情。可能是為了孩子，那一年，秩男並未加入台共組織，但師長有求於他時，他總是出錢出力，義不容辭。

綾子看到他時，他不再注視她的眼睛，不再注視她的臉，那張因而確定而無法展現安詳的臉，他假裝不再存在，他彷彿要她明白：只有更大的不幸才能代替此刻的不幸。她看著他穿過弄堂的背影，她知道，他內心的情感火種並未熄滅，也沒有表達出來的可能，他只能是個不幸福的人。

*

林正男在戰爭結束的次年返回台灣。他在戰爭末期被日本陸軍收編，參加的八人隊伍逃入深山中不知戰爭已結束，過了一年多的叢林生活（後來發現還有人獨自在印尼叢林如幽靈般生活了三十多年）。他到家的第一件事是洗澡（之後，他都經常必須洗澡，每天數次或無數次），然後，他從腰上取下千人針布，他告訴綾子：這塊布救了我一命。三和綾子緊張地微笑著。

*

但是微笑並未持續，綾子很快便發現從印尼回來的林並不是同一個人。他看著她，彷彿她是一道門，他的眼光從那門穿越過去，到別的房間，別的界域。他對待她的身體，像他以前收藏的骨董茶壺，他幾乎不再觸摸、觀賞。

他仍然熱心、善解人意，但是一個巨大的、隱祕的什麼占據了他。他經常顯現心滿意足的模樣，但是轉眼之間，他又誠惶誠恐，深怕天掉下來似的。

他在夢中「啊」、「啊」地哀鳴著，綾子推醒他，問他作了什麼夢。他被敵人殺死後變成鬼魂，卻活在敵人的身體裡呀，軍隊要離開小島時，沒人發現他被困在敵人的身體中，再也動彈不了，他努力地叫著，但沒人聽見，他們留下他，一個孤單的鬼。一個敵人。

三和綾子有時覺得，也許他真的是那個鬼。他已經不再是他了，而是有人冒充他，一個跟他長得一樣的人冒充了他。這個冒充的人完全不認識她。

他經常算錯帳，或者，他根本沒仔細算過什麼帳，他不喜歡坐著，而且不能一個人獨處，他睡覺時不能關門，他不喜歡任何關閉的空間，在身上總是帶把刀子。他經常出去散步，與其說散步，但更像快步走，沒人知道他都去了哪裡，綾子帶著擔憂的眼色觀察著他，她覺得她明瞭他，但也不明瞭他。

「回來就好，讓他休息休息。」綾子總是這麼對詢問他近況的人說，大家也都彼此同意這個說法。

她真的以為他太累了，戰爭耗盡他的體力，只要休息便可以好轉。

林一個人出去散步，有時他笑容滿面地回家，有時則愁雲淒慘。他愈來愈不跟任何人說話，他連他最鍾愛的女兒靜子也不再關心，每次端食物給他時，女兒站在房間裡東張西望，希望父親能與她說話，但林正男總是揮手要她走開。

到底發生了什麼？為什麼他變了一個人？綾子並沒有機會問，他看起來氣色並不特別差，也逐漸發胖中。在戰爭時他究竟如何求生？那幾年他是不是想念她？

他回來了，但是她卻比任何時刻都更孤獨，一種熟悉的感覺悄悄長出來，被遺棄的刺痛經過一些年又回到心靈深處，像翻倒過來的沙漏，慢慢地準時具體呈現。他們之中有一個一個抽象的洞，她企圖填滿，但永遠填不滿。

*

她跟著他身後走，他這次走得慢，是一種可以保持適當距離的速度。他走路的模樣仍然沒變，那是他，那個愛綾子的男人，總是一手插在褲子口袋裡。他從南洋回來後開始嚼檳榔，自從回家後，大家都不敢談起他，似乎是不知道該如何形容他，他喝酒喝得很凶，吃得很少，睡得也很少，常常心神不寧，也常常洗澡，泰半的時間很沉默。

她跟著他走到一座廟旁，那裡鑼鼓喧天，戲台上一位美豔的旦角正在嗲聲嗲氣地吊嗓子，台下清一色是男人。三和綾子曾經好幾次帶孩子來看野台戲，大部分都是全家老幼坐在一起打蚊子，吃烏梨仔糖，台上不管唱的是閩南語或福州語，她全聽不懂，她發現大部分的台灣人跟她一樣，其實也都看不懂，他們只是湊熱鬧。

綾子喜歡台灣人辦桌及廟會的熱鬧，但這裡的觀眾全是瞪著她看的男人，四周都是惘惘的威脅，一股邪惡的氣氛不斷擴散中。

台上的小旦向台下拋下一顆繡球，台下的男人全發狂地爭奪著，綾子躲過壓擠過來的人群，藏身在臨時搭的舞台木架後，她看著她的丈夫無動於衷地站在那裡，搶繡球的人潮擁擠至他身邊，剛好淹沒了視線，綾子往後台看，剛才的小旦已退入後台，妖嬌的她將髮飾扯了下來，她竟然是一個少男。

莫非這就是白字仔戲？邪戲？戲中的旦角以目箭射入，被射中的人會挨嫉妒的眾人打？她目視她丈夫剛才站的位置，他已離開不在了。她四處張望，但再也找不到他。

＊

「紙人會代取他的病，紙馬是紙人升天的坐騎，紙虎會吃掉他的病。」留著一嘴山羊鬍的道士取出他準備的人形、馬形及虎形的冥紙，他開始在庭院的祭桌前作法，持劍的他繞著林正男的一件衣服唸著口令，然後畫符，最後再把冥紙燒掉。「他的病來自南方，」他對三和綾子的小姑說，「以後初一及十五要在南方焚香燒銀紙。」

綾子無法想像紙虎如何將她丈夫的病吃掉？但她不得不相信老道士。林正男的生活逐漸正常，他在收音機裡聽過莫札特和蕭邦，還決意要買留聲機，他不再作噩夢，也不再天天出去散步，偶爾他恢復從前的柔情的眼光，他開始吃多一點食物，但仍然常喝醉酒。

*

國民黨阿山仔接收部隊進入台中市區時，林秩男已近月沒回家了。他的妻子秀文已懷第二胎，因擔心流產，再加上丈夫已不見蹤影，整天幾乎都躺在床上，綾子經過房外時，彷彿都聽到秀文在流淚嘆氣。

接收部隊走過店鋪前時，幾乎整條街家家戶戶都關緊門窗，綾子和林正男剛好坐在桌旁，他們往外看，幾乎以為自己看錯了，一群穿著草鞋綁著褲腿且服裝不整的中國軍人，走在街上喊著口號，綾子聽不懂那些口號，她發現林正男也聽不懂他們叫喊什麼。

「這叫接收部隊？這是我們的祖國軍人？」林走向街上，望著愈走愈遠的軍隊，「幹！」他一口血紅的檳榔汁吐在街上。綾子從來沒有看過他如此粗魯而且激動，但當他走回店鋪時，卻突然以溫柔的眼光對著她，彷彿像久別孩子期待投入母親的懷抱，綾子有點驚訝，但街上鬧得烘烘然，使她感到不安寧，她透過拉開的一小縫門板看著外面，回頭時，他一個人已走入後院的客廳，又開始獨飲。

＊

秩男已經一個多月未回家了，有人曾偷偷捎來口信，他先是加入吳振武的「民主保衛隊」，後來又加入二七部隊。捎口信的人話不多，但願意對綾子說明什麼是二七部隊。對方告訴他們，二七部隊是為紀念二二八事件取的名字，因二二八事件其實發生於二月二十七日，一個阿婆菸攤因賣禁菸被國民黨查緝人員打傷，隨即機關槍掃射前去抗議的台灣民眾，已在全台灣引發動亂，「暴政當頭，整個台灣都怒火中燒，」那個人最後說明來意，「秩男要你們別擔心，如果有人問起他的事，就說出國去日本了。」

情報單位果然上門來查詢林秩男的行蹤，「去日本了。」林正男這麼回答。情報人員不相信，在家裡搜查，連和室的榻榻米都掀開來看木板下是否藏人，他們來了兩次，兩次都空手而返。

綾子私下擔心秩男的安全，她想，既然情報人員仍然在找他，那麼他一定還活著，她這麼告訴秀文，秀文緊鎖雙眉，沒說話。綾子立刻漲紅了臉。秀文知道秩男對綾子態度與對別人不一樣，或許秀文猜出什麼？但，是什麼呢？綾子悲傷地想，是什麼呢？她自己也不知道，她常常想到秩男，當她閉上眼睛時，秩男的臉便浮現在她所看透的幽晦宇宙，好像是但這又是什麼呢？

綾子陪罪似地面對秀文，但秀文愈來愈冷漠了，她一點都不願意接受綾子的好意，甚至當面要孩子將綾子給的食物吐出來，綾子不以為忤，只是情感上有時也脆弱無助。後來，她才明白秀文並不知道她與秩男之間「有什麼」，秀文不理她，只因為她是「日本人」，想與她劃清界限。當時，有留日回來的學生慘遭打死，有人被指是日本人的走狗，也有人被懷疑搞台獨運動。

綾子看著秀文深閉房間門窗，與綾子不期在廳堂上撞見時，會拉著孩子轉頭便走，綾子內心蒙上一層愁霧。「妳不會明白，在這世界上只有我跟你一樣關心秩男的下落呀，」綾子在心裡一個字一個字地唸著。

而綾子沒想到愁霧越發愁慘了，等待她的是一場厄運。

出事那天，林正男坐在臥室榻榻米上安靜地聽著華格納，他出神地聽著，綾子則跪著縫補兒子的衣服，「這歌曲真是天籟呀！」他說完，穿上出外衣褲，留下無言以對的綾子，便往街上走去（沒人知道他去哪裡）。一個小時後，有人看到他在台中師專附近被好幾名武裝憲兵以軍車載走。

從那時起，沒有人知道林正男的下落，沒有人知道他究竟是生是死，如果是死的話，他的遺體又在何處。

＊

三和綾子陷入無限的焦慮，雙眉深鎖，臉色木然。她到處打聽正男的去處，但不得要領。一天夜晚，她聽到鄰居的狗吠聲甚急，正在擔心發生什麼事時，有人敲她的房門，她才拉開門，一個滿臉鬍鬚戴斗笠的男人便搶身進來，她驚慌地發現，陌生男子原來是林秩男。

她在那一刻才明白，原來自己心裡一直在等待他，她激動地看著眼前的男人，她明白，就算碎身粉身，他也會找到她。而他平靜地拿下斗笠，並為她關上門。

「你，你去了哪裡？」她不可置信地望著他，也似乎曾經有過預感他們會如此見面。

「我不會久待，馬上得走，專程回來看妳。」穿著一件破舊的白唐衫，林秩男曬黑了臉龐，長長了頭髮和鬍子，看起來粗獷些，一雙眼睛透出熱情的光芒，他幾乎完全變了樣子，只有說話的聲音一樣柔弱，「我想再看妳一面，跟你道歉。」在黑暗的房間裡，他的眼睛正在發亮。綾子只意識到自己的臉頰上已都是淚，屋外，她的小姑以喑啞的聲音正詢問著：「綾子？」

「沒代誌，去睡吧。」她對屋外的人應了一聲。他們就站在和室前的玄關，動都沒一動，他移步靠近她，她迴避地讓了一步，「有沒有你哥哥的消息？」她問，他停步且沉默著，許久，「沒有。」他勉強張口回答，他似乎有話要說，卻說不出來，而鄰居的狗仍狂吠不已。

「你走吧，這裡極不安全。」綾子望向他的眼睛，她看到他的恐懼，那使她感到不忍，她知道以後也可能再也看不到他了，她能做什麼呢，除了哽咽及流淚，只能看著他走，看著他從這個房間走開，從她的生活中走開。

「綾子，我必須讓你知道，妳是我這一生最珍惜的人，請妳原諒我，我給妳添加這麼多的痛苦。」秩男終於說話了，他說起日文，他的靈魂正催促著他。綾子淚如決堤，她必須忍住不哭出來，「你是不是知道你哥哥的下落？」

「我懷疑他可能前兩天在馬場町被槍決了，」秩男的眼角閃著淚水。「請妳原諒我。」他說完話便跪在玄關上，綾子急忙拉他一把，他不肯站起來，她則當場被槍決的消息嚇壞了，「妳怎麼知道的？」

他從口袋中掏出一小張報紙，並交給她，她激動地看著報紙，只看到林金男三個字被人用筆畫了一條線，「是同一個人嗎？名字差一個字？」她仍不放棄，也不相信林正男已死。

「綾子，我們一起走吧，讓我代替哥哥照顧妳。」秩男慢慢站了起來，戴上斗笠，他的良心受到譴責正如刀割，說話聲音細微如蚊，弓著肩膀，一手握拳不停地擊向另一手的手掌。

保。」

「我不能這麼做，我對不起正男，」綾子掩面低泣，過一會，「而且你有家室，也自身不

「如果我先逃到日本，那妳便帶孩子來投靠我。」秩男小心說出他的計畫，看起來他對未來並未絕望。這並不像她所認識的他。

綾子仍搖著頭，「不，我不能這麼做。」她反覆說著，像在安慰自己，她覺得若不這麼說便會褻瀆林正男。

「我只要妳明白，我對不起妳。」秩男猶疑了一下，「時局若好轉，我會再回來看妳，如果妳要找我，記得到山上的廟來，就說你要找林師父。」他說完話，便拉開門走了，綾子跟上去，再看門外時，屋外已無人，狗吠聲也早停了，四周一片死寂，只有秀文的房間似乎有什麼談話的聲音。

她傾斜身體想要傾聽，但聲音又消失了，她懷疑剛剛所發生的只是一場夢，但她手上卻握著那張報紙的一角，「林金男」三個字被人用筆畫了一條線。她反覆讀著那段在馬場町處決的判決書，判決書上總共有十二個名字，她不認得任何一個名字。

綾子瞪著那三個漢字，「林金男」彷彿便是她的判決書。走回房間，關上門，先是站在門後，逐漸地她滑坐到地上，手上仍握著那張紙條，她還來不及感到生命的恐怖，胃酸已先湧了上來。

在外婆的房間

二〇〇一．台灣台中

「這便是林家的墓園。」心如阿姨指著前面，並回頭告訴我，「你們知道媽祖也姓林嗎？」心如阿姨說，林在中國閩南地區是大姓，很多人因此信奉媽祖，還有幾百年前閩南地區移民前往台灣時得踏風蹈浪乘船而去，也經常會遇到颱風，所以很多人都會到媽祖廟去分香火或請媽祖分身一起到台灣。最早台灣的媽祖都是從唐山來的。

我們爬過山坡地來到墓前，你對墓碑上的文字很好奇，「本來刻墓碑的人不會刻平假名，把外婆的日文姓名刻錯了。」心如阿姨說，這是最典型的台灣式墓園建築，她說，外婆早在很多年前便買下墓地，她早已決定葬身台灣。

阿姨說，「二二八事件後，二叔公秩男以前就在這山坡後的一座廟裡躲了半年，後來偷渡到外國去。」幾年後，他把秀文和孩子接到巴西去，從此定居在巴西。再幾年後，他們卻在那裡仳離。

一直到此刻，我才發現，我從來沒想像過二叔公後來的生活，我也很少想到外婆，我似乎有意不想知道外婆的事情，我看著墓碑上外婆的名字，這個名字與多少記憶緊緊聯繫，而那些記憶過去卻被我掩埋在心裡的角落。

外婆，我在這裡。我小聲地說著，彷彿在和自己說話。我那樣站在那裡，良久，良久。

「這個墓碑為什麼跟別人不一樣？」你指著外婆墓碑旁的白色石碑。

我不敢問心如阿姨，心如似乎明白你的問題，但她沒說話。你一下子便碰觸到這個家的深處祕密。從小，我們便不敢碰觸這些祕密，我和姊妹只要提起一些人或一些事，父母便皺眉不悅，彷彿那些事情像野獸般住在森林深處裡，我們不該去招惹它們。

我們走過山坡，站著眺望遠景。在後來的日子裡，我才慢慢知道，這個家族一直隱身於這個祕密之下；不但那白色石碑與眾不同，有一個家族成員還不允許下葬於此。

外婆的喪禮舉行那天，她的兩個兒子都無法前來，葬禮由母親和心如商量辦理。起先兩人意見差不多，都想辦得盛大隆重，後來母親認為兩個舅舅不克出席，希望葬禮能改低調些，為此，母親數度要姊姊傳話給心如阿姨。還有，母親堅持不同意心如的建議，讓二叔公秩男也下葬在此墓園。「除非要我的命，一切免談。」母親好幾次堅決地這麼說。

母親從此再也不要聽到任何人提起心如這個名字。

「妳外婆一生好苦，」一陣風吹了起來，把心如阿姨的頭髮全吹亂了，「下葬那天本來明明是太陽天，一下子便飄起雨來，連老天都為她一掬同情之淚。」她上了一炷香，並要我祭拜，「來，妳先向外婆介紹一下德國人。」

我向外婆介紹了你。我說，你是德國人，德國就是那個很會製造機器和汽車的國家，也是那個兩次發動世界大戰的國家。你父親為納粹出征至俄羅斯，他殺過好幾個紅軍，有一次必須躲在一輛坦克車下靠隨身攜帶的一條香腸活命，他躺了四天，等俄軍全走後，他才逃到另一個小村。那些年他殺過人，他的同僚也放火將好幾個俄國農莊燒掉，他真不知自己怎麼活過來了。

多年後，他仍然在夢中遇見那些冤魂。那個送給他活命香腸的俄國農夫。

你的母親是麵包師傅的女兒，因母親早逝與繼母生活了八年，因繼母對她過於惡毒，只好設法自立，她在另一個小鎮市場上賣麵包，用父親從奧地利帶回來的點心木模做點心，賺取生活費。你的父親退役後來到這個小鎮，在市場遇見你母親。

你的母親遇見了一個和她命運息息相關的人，她找到了家和生命的意義。他們生下了你，並且許願讓你成為他們無法成為的人。他們給你一切，他們愛你。你是一個和氣的人，你不像「德國人」，並不像好萊塢電影中的德國人總是惡形惡狀。你在電影院門口遇見我，才沒幾天就決定和我到台灣來。

*

在外婆的房間，這個記憶的房間，這個歷史的房間，滿月的亮光使房間籠罩著一股柔和，我們兩人都睡不著，便坐起來聊天。

我從來不明瞭外婆，我以前其實很恨她，我對你說。

童年與她在一起的那兩年，她只給我嚴厲和冷漠的眼光，那眼光如此沉重，我從那眼光裡只了解到孤單生活的本質。我坐在走廊盡頭看著她沉默的身影，我趁她不在時去偷窺她的和室，一個外國人的房間，我盯著牆上的相片，只覺得她像日本女鬼，我暗中詛咒她。

我的外婆曾在台中大甲買下一家理髮店，那時外公失蹤了，她有點走投無路。台灣人其實看不起這個行業，理髮業是三教九流裡的下層，但她無所謂，雇請幾個剃頭師父經營起鎮上最大的理髮店。我在理髮店裡度過的童年是不愉快的毛髮記憶，店裡地上到處是頭髮，那些從陌生人頭上剪下來的頭髮，有粗有軟，大部分是黑色，偶爾也有灰白色摻雜在其間。不管冬天或夏天，我常光腳走在堆滿頭髮的地上，那兩年中，我一直坐在店前的毛玻璃窗下，等著外婆叫我掃地，我痛恨清除頭髮的任務，我以為接下來的人生都必須坐在那裡等著外婆叫我掃地，而且不管怎麼掃她都不滿意。

我很少和她說話，我不會說台語或日語，她也不會說國語，她不喜歡我不吃完碗中的米飯，包括最後一粒，也不喜歡我把衣物弄髒，更不喜歡我去她的房間。

有一次我偷偷打開她房間的紙門，正好看到她在梳妝鏡前梳頭，鏡中的她臉上一種迷惑的表情，彷彿正在思索什麼，沒等她說話，我立刻便跑走了。

我知道她的衣櫃中有一套和服，床几上有她收集的一些娃娃，我知道牆上有一張少女照片是外婆，她的頭髮總是梳理得很整齊，一些女客人來燙頭髮時都會問她有什麼祕密保持青春，她都只一句：哪有像你們那麼好命？

我很怕外婆，曾暗中計畫逃走，但我從來沒對任何人提起，包括心如阿姨。那時心如在外頭讀書，並不住外婆家。有一天，試著執行我的計畫，打算先走到我自己心裡的邊界——小土地公廟，我那時覺得從那裡再走沒多遠便可以到台北，事實上從那裡到台北有至少幾個小時的車程，但我那時卻如此相信。我走了很遠，已經遠離了邊界，一直走到一座小橋，我站在小橋上往下看，發現橋下有個小坡，我想察看橋下是什麼樣子，便撥開比我還高的雜草，繞到橋柱後，卻看到石墩上背坐著兩個大人，他們正在談話。我要上坡時，卻聽到外婆的聲音，是的，那是外婆的日文，但語調跟平常不一樣，聽起來似乎有一絲哀怨。四周只剩流水聲，談話聲音不見了，就在這個時候，我聽見外婆哭了，而男人以和緩聲音安慰著她，哭聲愈來愈淒涼，然後才逐漸安靜下來。我爬回小路，離開這座小橋。

我從來沒告訴過任何人這件事，事實上，離開小橋走回外婆家後，便把這件事給忘了，我從來沒想過那天那個安慰外婆的男人是誰，我回去以後，也沒有人知道我的逃走計畫。一切如常，外婆仍然將她的頭髮梳理得很整齊。

你說，其實我和外婆很像，不然我不會記得這件事，你說，我的性格似乎繼承了外婆。你是指我像她遠離自己的國土，少小離家，我們都像一盆移植後的盆栽？

或許吧，我們在很年輕時離開家，只是為了離開家而離開家。我跟我外婆一樣，我母親也一樣。我們都渴望那個說不出是什麼，卻非要不可的東西。

*

你問及的白色墓碑是我外公的墓碑，但是他卻未葬在裡面。

以前的人都習慣先買好墓地和棺材，很多人買了棺木放在家裡等著用，因人隨時會死，如果先看好墓址和棺木，比較放心。現在台灣地少人稠，已經沒有很多墓地了，所以到處蓋靈骨塔，那是一間間像火車站上貯藏行李的空間，而這種買賣也像買公寓，很多人不但為自己買，而且也為家人買，可以分期付款，有時候多買幾間，靈骨塔公司也會打折或送禮物。

但是我外公的故事是一個奇怪的故事，他的屍體至今下落不明，那空出來的墓地只是為他預留。石碑上寫著「林正男天之靈」，我外婆說，那是給外公的魂靈認路，讓他知道那裡是他的家。但是沒有人知道他的遺體到底在哪裡，外婆曾託人寫了許多信，要求尋問下落，但從來沒有回音。時日久了，竟然有人說，林正男並沒有死，被槍殺的人叫林金男，然後，便再也沒有下文。

林正男便是我從來沒見過面的外公。

駛飛輪機，你駛去水田啦！

——外公林正男的飛行夢想

一九四六．南洋群島

林正男出生那年是一九一一年，由孫文所領導的辛亥武昌革命獲得成功，滿清宣統皇帝退位，中國已走上了全新紀元。那一年，日本統治台灣進入第十六年，日本貨幣正式在台灣使用。在那年前，第一位華人馮如在美國自己造飛機已登上天空，不過，兩年後，他駕機在中國廣州飛行時卻失事殞命。

一九一四年，日籍飛行士野島銀藏駕駛卡其斯複葉機飛抵台灣，並在台灣上表演飛行，雖然只是幾分鐘的低空飛行，已使當時據說幾萬名台灣觀眾全發出不可置信的驚嘆。

林正男出生那天是一個惡劣的颱風天，台中街上雨水成河，助產士被困在流水湍湍的街邊，無心繼續走遠，林保吉用木板當街編成木筏，當場拿出紅包並保證會將她送回家，才勉強說服助產士。難產的母親用盡所有的力氣，才終於生下腳先落地的男嬰。

林正男的祖父林金木早年在唐山做藥材批發，後來從漳州過台灣，曾經在彰化附近租田種藥草，後來搬到大屯。林金木的兒子林保吉則在大屯街上經營草藥店，林保吉不但從父親那裡學得抓草藥，還會製作鐵藥，生意和人緣都不錯，再加上林保吉曾經救過一名遭毒蛇咬傷的日本保正，那位叫高井的保正後來與林家有密切的往來，林家因此很早便受到內地文化的影響，被當地人視為保皇派。

在當時的台灣，許多人因不滿大清帝國在「馬關條約」時將台灣割讓給日本，普遍興起一種仇中親日的情緒。面對大日本的工業興起，昏庸的大清帝后坐視無能的微臣，將他們所形容「鳥不語、花不香」的台灣割讓日本，為的是交換數十年的海峽平靜。那個被稱為「埋冤」之地，過去多少人從唐山渡海來台，喪命於海上，或者水土不服，但是幾代的流民留了下來，這裡成為他們的家。而從此，台灣步上「亞細亞孤兒」的命運，一直到一九四五年，日本戰敗，蔣介石的國民政府收復台灣的彼時，台灣人雖是或早或晚都是來自中國的移民（除了原住民），但是仇視中國的情緒彷彿像海水受到月球的牽引高漲起來。

*

九歲那年，林正男在台中練兵場目睹了台灣第一位飛行士謝文達的空中表演，從此便迷上飛行。

＊

林在公學校畢業後，考上高等科，那一年他十五歲，父親與一個朋友想去瞻仰台北藝妓風采，便藉口要到艋舺及台北迪化街與批發藥材的人談生意。林保吉和他的朋友都不會說日文，也許他們擔心無法在車站購票或者遇到什麼旅行的麻煩，便決定讓林正男同行。

林正男因此第一次走進台北最大的日文書店新高堂。

一身唐衫的林保吉只受過私塾的漢文教育，對日文一竅不通，他和他的朋友走入書店裡，他們東看西看，都是看不懂的日文書，只能在靠門的地方，翻閱著架上的婦女雜誌，他們還不知道那是專門給婦女看的書冊，看到一些女人搔首弄姿展示新裝時，他們都很驚訝，闔上書冊時不免東張西望。當兒子興奮地央求他買好幾本日文書時，他立刻虛榮心大發，以子為榮的表情流露無遺，但當他看到書的封面時，卻猶豫起來。

林保吉從來沒看過飛機，依他的想像，飛行這檔子事似乎就像神話故事裡的哪吒踩著風火輪，但哪吒是神，一般人只是肉身，哪可能飛上天呢，飛行根本是自殺的行徑。

林保吉示意兒子離開，倔強的兒子卻不肯走，父子二人僵持了大半天，父親最後終於為兒子付了錢。「駛飛輪機，你駛去水田啦！」他詛咒般地說著。關於飛行，他曾經聽說一位姓陳的新竹人曾公開表演過，最後卻將整架飛機插入水田。

他不知道，展開在他兒子前面的是一個馳騁天空的未來夢想。

＊

中學時代的林正男已讀過多冊飛行書籍，對飛行機的結構和運作原理有了初步的概念，他渴望的便是有一天能飛上雲天，「飛機是靠逆風起飛，」他對弟弟秩男講解飛行的奧祕，「最困難的部分是風向和氣流。」當時的氣象學還未發展到可以詳細地預報，而一旦遇見氣流不穩定時則需力持穩定，弟弟秩男說他沒那麼大膽，可不想駕駛飛機。「你可以做機關士，」他一本正經地對弟弟分析，「你可以學學如何聽音辨位啦，螺旋槳轉動的時候，要分辨引擎聲是否有異樣啦。」他講解時一副專家的模樣。

他弟弟秩男顯然對機械並無大興趣，他要到後來才知道，弟弟更喜歡發掘知識，樂於表達對事情的看法，而他自己則是一個不善表達自我的人。

＊

中學五年，他一直在注意一個不起眼的地址，發現幾乎所有他從日本訂購的飛行書籍全都是來自這所叫伊藤的飛行學校，而這所學校每年都會招考飛行生。十八歲那年他從中學畢業，林正男悄悄地下決定，遲早他會到東京報名及參加考試。

＊

除了飛行，林正男心裡常常有一個人的倩影，那是台中大戶李家的千金。聽說她在日本讀家政學校，每年暑假都會返台探親，林正男在街上看到李家開著私人轎車去火車站接她，她坐上車前，回頭看站在人群中的他一眼。

那一眼，使他魂牽夢繫。

中學畢業的那個夏天，林正男天天到街上鬼混或看電影，希望正巧能碰到他的夢中情人，他不思不眠，一個腦子塞滿對未來的想法和期望，現在他將認識那個女孩，並且與她到日本去。他讀過日文版的《少年維特的煩惱》，偶而對自己的生命也感到一絲輕浮，他不但憂鬱也愈來愈清瘦了。他已經知道他不會走上他父親那條路，在他想法，中藥太落伍，並不是他的興趣，每次他走過店鋪，一聞到熬中藥的味道，都只使他想吐。

＊

林正男去樂舞台戲院看過一部飛行的影片，從此也愛上電影。他幾乎天天去電影院看電影，久了之後，老闆問起斯文的小夥子：「你那麼愛看電影，乾脆來學放電影，可以免費看，又可以賺錢。」

他接受了老闆的建議，開始學起放片。電影放映前，有時幫老闆為人倒茶或收錢，也賣鴨蛋冰，有時賣得多他也獲得吃鴨蛋冰的機會。有一次，他看到一位貌似天仙的女孩走了進來，林正男的心怦怦跳了起來，她就是他晨昏思念的李姓女孩。

他急忙趨前去，想與挽著另一個女孩的她打聲招呼，他站在她們面前，卻突然一句話也說不出來。李姓女孩瞪著他，彷彿她一輩子從來沒看過這個人，他根本不是他自己以為的那個人，而只是個再陌生不過的人，「喂，你擋住我們的路了。」她的眼睛看著地面，語氣些微不悅地對他說，然後拉著女孩與他擦身而過。

他的世界彷彿像幾塊堆積的積木一下子便垮了下來。喂，你擋住我們的路了？她說話怎麼一點教養都沒有呢？喂？你？這些字怎麼可能從她的口中說出呢？怎麼粗魯又無禮？

站著放片，再也不敢注視坐在榻榻米座上的女孩，那個冷漠的女孩，他不知道自己怎麼度過那兩個小時，從來沒有人喜歡他或愛他，那部美國默片膠捲曾經中斷過兩次，默片的故事引起觀眾不停哄堂大笑，只有他一個人流著淚，他不知道愛情是什麼，也不知道自己為什麼哭？影片中斷了兩次，他根本沒注意，整個人似乎不在現場，一直到日本老闆衝過來時，他才會意過來。那天，他不但失戀也被革職了。

＊

林正男的失魂落魄很快便被母親林查某發覺了，「是都幾位？我幫你去說媒。」母親追問他女孩的姓名，但他不肯說，「我想去日本，你可不可以幫我？」他乘機爭取母親的同情。

「你不要命了？真的要去學開飛機？」她猶疑地問，她的兒子身上有一種她丈夫所沒有的氣質，他安靜，但自有主見和想法，誰也改變不了他的決定。林查某是童養媳，與她的丈夫林保吉從小一起長大，她從來不喜歡他的個性，在她的眼中，林保吉既懦弱又自大，在外人面前喜歡膨風，而私下則會打她。林查某也曾經想逃離這個家，但那已是多年前的事了。

現在她全部的希望都在這個兒子身上，她用全部的心力和時間愛他，彷彿那是她生活的力量，「我給你五百圓，但是你不要讓那賤女人知道。」她說的賤女人是丈夫再娶的妾，五百圓則是她多年來攢存的私房錢，本來便是為兩個兒子做成家準備。

飛行計畫露出一點曙光，林像男孩般燦爛地笑了起來，他想像的是一架法式紐波特飛機，而他駕機雲遊於台灣上空，一個人！快了！他也想像，許多人站在地上仰頭羨慕地望著飛機，而李姓女孩也是人群中的一個，他想，她也許正後悔她如此對待他，也許她正打算在他的飛機著地後，來送花束給他。

他暗中發誓，有一天他要讓李姓女孩看到他駕飛機。

＊

在父親的堅持下，他在家裡幫忙抓藥，從藥店門口望出去經常是無際的白雲天空，他分配藥材時，心卻在雲層上飛行。他準備到日本去，逢人便打聽那邊的情形，很快便淡忘了李家女孩，快得令他自己驚訝，他似乎對感情的事不再那麼在意了，一直到他認識三和綾子。

他去郵局取從日本寄到的郵包，卻發生了兩件奇妙的事，他打開郵包，在所收到的航空書冊上看到一個改變他一生的消息：日本遞信省將招考飛行生。他一遍又一遍地讀著報考規定，直到他確定自己完全符合報考資格。

就在這剎那間，他遇見了三和綾子。

認識三和綾子之前，他在學校雖學的是日文，但只限與同學交談，從來沒和一個日本女性講過日文，一時詞窮句拙，口齒不清。「……您是不是有問題？」他問她，他的造句聽起來似乎像責備似的，「身體不舒服，有病，是不是？」

他將這個叫三和綾子的女孩送到醫院後，才知道她是琉球人，在台灣並沒有親人，而她的年紀與他一樣，二十歲，最不可思議的是他們竟然在同年同月同日出生。後來，她對他說起她的身世，她的未婚夫是日本警官，前不久才死於霧社，他不清楚霧社在什麼地方，聽起來就分明像內地的地名。霧社，一個充滿霧氣的地方？

*

林正男自願照顧生病的綾子，他向母親佯稱他以前的中學老師松本生了一場大病，並將他從電影院放片所賺來的零用錢拿出來，請求母親熬湯做飯，俾使他能天天帶到醫院給三和綾子食用，那也是他唯一能見到這位女孩的機會。

「從來沒聽你提過松本老師，他得了什麼病呢？」她問。

「不太清楚，好像是瘧疾吧。」他看到母親眼神透露出懷疑，他的母親可以閱讀他的心思。

*

「等一下，林桑，謝謝你送來這麼多食物。」一個溫柔的聲音從走廊盡頭傳來，林正男停步站在那裡。

三和綾子虛弱地扶著牆壁，試圖向他靠近。林正男急忙衝上前幫助她，「是我母親烹調的，妳喜歡嗎？妳還喜歡吃什麼，我會再帶來。」他一心一意只想對她好，帶食物來只是微不足道的小事，如果她需要的話，他可以為她做別的事情，任何事情。

「謝謝你，很不好意思麻煩令堂呢。」她說話時眼睛裡閃著慧黠，林正男向前攙扶她走回病房，那是一個靠窗的床位，陽光透過窗戶灑在綾子的臉上，她看起來蒼白、脆弱，但又十分堅強。

林正男坐在床邊看著她又昏睡過去，他還沒來得及告訴她，他要到日本學開飛機，他還沒來得及告訴她所有他知道的飛機原理。他站在窗前看著院裡的幾株大王椰子，內心暗自感到榮幸，她竟然容許他在床邊等她。

那一天傍晚當她醒來看到他還在床邊陪她時，三和綾子感激地流了淚，「從來沒吃過紅龜粿，不知道原來這麼好吃呢。」她破涕而笑，林正男連手巾都沒有，只呆呆地看著她用被單拭去淚水。

*

三和綾子的病情已好轉，不久即將出院，然後便要將未婚夫的骨灰帶回琉球。他不但不必偷偷送食物來，而且從此再也看不到她了。林正男有一個奇怪的念頭：如果三和綾子的病不那麼快復元就好了。

琉球雖然也是日本的領土，但聽說比內地落後一些，「琉球是什麼樣的地方？」他問綾子，「那裡有沒有飛行學校？」綾子彷彿興致十足地聽著林講述飛行機的奧祕，林說起飛行便眉飛色舞，「以後我會開飛機去琉球找妳噢！」復元中的綾子臉色不再枯槁，但她總是微笑不語。

「誰要你來看她？」病院裡有個從日本留學回來的台灣醫生，他曾經這麼問他，林支吾不知如何啟齒，有一次便被趕出病院。

沒人要他來看她，是他自己。他只是想討她歡心，希望她能恢復健康，男孩在黃昏的路上快速地走，對自己說話。在逐漸降臨的黑夜中，女孩的音容召喚著他，他已將她的名字寫進他的靈魂。

她不是一個美麗的女孩，也不會說好聽的話，但是她的輪廓裡有一種溫柔，聲音裡有某種力量，一種磁力，將他吸進一個神祕的未知，他知道她比他強大得多，在他的想像中，她已成為他未來人生的支柱，沒有她，他的未來將歪斜傾倒，或沒有依靠。

*

她盼望著他的到來吧，他想，她那麼多話要告訴他，每當她對他侃侃而談時，林的心裡便充實著飽滿和溫暖，他相信那便是他的人生，他是飛機的話，她便是他的停機場。而當他離開時，他立刻感到無助或無措，彷彿他與任何人都形如陌路，這使他不安，使他覺得不能離開她。離開她，他的夢想便像冰塊，一旦融化後，他便不存在了。他需要一個需要他的人，他需要一個接納他的夢想的人。

他不知道她如何對別人描繪她對他的感受，他有時渴望化身醫生或助手接近她，想問她，是否思念著她的未婚夫？為什麼她的臉上有一種接近苦痛的忍耐表情？好像她在忍耐著痛苦，或者忍耐著什麼他不明白的東西。是什麼東西呢？她的人生是否已包括了他呢？

她的瞳孔裡彷彿藏著驚慌，那是一雙情感的眼睛，她在等待著情感，從她的眼睛裡，他看到渴望的呼喊，她似乎等待著他來的到臨，雖然如此，她卻堅持著一種理性，對待他猶如弟弟，使他陷入迷惑。

一個無人能替他解開的迷惑，無法像機械原理或化學元素般去分析、研究，那疑惑化為她的身影，籠罩著他的心頭，像是乾菇在水裡浸泡，形狀會愈來愈大，水蛭碰到鹽軀體便逐漸水化消失。但她呢？她對他的感情是什麼呢？沒有什麼道理的事情，他怎麼也想不通，也許那叫希望，像站在黑夜中看天燈，愈飛愈遠，心裡便愈激動。

後院梔子花開時，他猶豫著應不應該帶幾朵花給她，像電影中的人物和故事，但他始終鼓不起勇氣。

*

他目送她離開台中車站，心如刀割，他再也留不住她了。她畢竟從未屬於他。只是她將他的夢想也一起帶走，他從此成為一個空洞的人。或者，他快成為那樣的人。他不知道如何繼續如此的人生，總是如此殘缺不全，彷彿總是少了零件。她走後，他將更枯槁，更虛無。

她回去琉球後，曾寫過一封信來道謝。林接獲信後，像接獲出獄的宣判，沒錯，那是心獄，她走後，他幾乎天天都在心獄中坐牢。他將信收在上衣的口袋，日日夜夜貼在心上，深怕遺失。不久，他告別母親，一個人搭火車到基隆港搭乘輪船到日本去了，他在東京準備報名投考飛行學校，他打算一旦考上便留在東京，到時他將設法和綾子在東京會面，若不，則不動聲色回台灣去，才不會顏面盡失。

他考上了飛行學校，且是唯一來自殖民地被錄取的學生，他首先便寫信告知綾子，但並沒獲得綾子的祝賀。他寫了好幾封信給她，並反覆讀著那封她寫給他的信，字字句句地斟酌著她的心意，綾子，他一封一封地在心裡寫信給她，你究竟在哪裡？你到底在做什麼？你是否偶爾也想我？你難道已遺忘了那段兩人相處時光？

*

飛行學校學費昂貴，一學期便要一千日圓，林私下去找高井在橫濱的弟弟靖，請靖寫信給高井，只有高井才能說服父親寄學費給他。

靖也是一個對機械著迷的人，他對台灣來的林很有好感，答應幫忙，何況，「日本的科學所向無敵，不只造艦，日本有全世界最先進的造機技術。」他不但告訴他，也在給哥哥的信中詳細地說明航空母艦和飛行機的重要性。他並且要哥哥遊說林家支持林的學業。

在米國海軍的格魯曼地獄貓式戰鬥機發明之前，日本零式戰鬥機所向無敵，不僅打垮 P—40、野牛式、颶風式、布倫亨式、哈得遜式轟炸機，連在歐洲把德國空軍最好的 BF109E 戰鬥機打出一身洞的噴火式戰鬥機，也拿零式戰鬥機沒有辦法。高井一家鼓勵著林家，日本航空時代即將到來，大丈夫應加入空軍，有為者應若是。

*

林正男在開學之前如數收到家裡寄來的學費，才得以註冊上課。第一天去上課，以為自己像個混在樂隊中的音癡，遲早會被人拆穿。逐漸地，他發現周圍的學生知道的航空理論比他還少，自信心不斷地膨脹起來，後來，他還試著給日本籍同學解讀學業，引來不少嫉妒的眼光。

有一天，課堂老師正在對全班說明日本海軍一架金屬製及單翼的艦上戰鬥機設計時，一位工友將林正男單獨叫到校長辦公室。

「聽說你不願意讀機關科？」小川校長坐在一張大得可以當床的辦公桌前問他，他立刻搖頭表示不願意。「你的保證人是誰？」校長是一個講究穿著的東京市人，他告訴林，學校的督學認為林不適合操縱科，請他改讀機關科。

「因為你不是內地人，學校顧慮將來你會投效中國軍隊。」後來，高井的弟弟私下告訴林，「除非你願意簽下切結書，誓死不會投效中國。」他以徵詢的眼光看著林，為了幫助林正男，靖已多次來學校和校長長談。

他很快自願簽下了切結書，但是學校仍對他進入操縱科一事很有意見，只答應接受他成為操縱科的後備生，林必須先讀完一年的機關科，如果成績良好才得以轉讀操縱科。

除此之外，他的父母必須在另一張切結書上簽字，萬一在學習中發生意外，學校一概不負責任。那一年，學校師生已發生過兩次空難，死了四個人。

＊

在來日本之前，林很少寫信。他在東京的宿舍寫了許多信，也發現自己總在盼望週一，因為週一是郵件到達宿舍的日子，他逐漸才明白，原來他期待的並不是家書，而是三和綾子的信件。

每到週一他便特別感到落寞，以至於他開始害怕週一的來到。他偶爾會收到母親要弟弟寫來的家書，但是再也看不到那來自琉球的字跡，那牽動著他心思的字跡。

＊

因為學業優異，林在學期中獲得一次當客機乘客的機會，這使他興奮甚至失眠了好幾天。他和幾位同學一起登上一輛運輸機，他搶先坐在駕駛員的後座，注視著航位器的指針及陀螺地平儀，在飛機發動中，他快速地記錄所在的位置，他緊張並仔細聆聽引擎的聲音，然後，前面的學長右手抓向起動柄，一陣爆裂聲響起，飛機像嘆息般地向前滑進，他身體微微向後傾，他不敢相信他正在起飛。

大地很快便被拋在後面，然後雲也被拋在後面，太陽愈來愈近，飛機正從東京往南飛去，他激動地將頭探出機身外，引擎聲隆隆作響，濃密的煙霧穿過他往後竄去，地面上的屋舍及人群已愈來愈渺小了。祝福我吧！他想起母親，他想著家鄉的人，他們將會分享這份榮耀，他多麼盼望此刻他們便能與他分享這一幕。

祝福我吧，綾子。他常常這麼想，他常常想到她，不知為何沒有她的回音。

＊

第一學年結束前，林家寄來了壞消息，林的父親這段時間以來得了重病，家裡一直瞞著他，父親的病情每下愈況，母親要弟弟秩男在信上小心地徵詢他是否可以回來接管藥草店，最重要的是，家裡已為他物色了一位可以成婚的女孩，希望他能早日回家。

林已付不出學費，而他卻接到學校通知，從第二學年起准予他改讀操縱科，林再度到橫濱去找靖。「這樣放棄，就因為付不出學費，太可惜了吧！」靖反覆地唸著，彷彿不能繼續就學的是他本人，「我有這麼一個夢想，有一天你能帶我飛上天去呢！」靖嘆著氣，他喝著茶，吃著妻子端上來的羊羹，「我會再跟校方談談。」

靖為了林的學業去和校長交涉，除了輟學外，大家都找不到別的方法，尤其林來自殖民地國，不可能得到官方的資助，「沒替你找到別的出路，過意不去呀，」靖難過地向林表示，「你不如先回去，未來集資再回來吧。」靖這麼安慰他。

林正男將他的擋風目鏡和皮帽置入皮箱中，便踏上了歸途。一九三三年底他回到家鄉時，正趕上他父親的葬禮。

「父親病好了嗎？」林的母親要他進門前這麼發問，她會接口回答，「病好了。」然後才讓他進門。父親死前不能陪伴在旁是罪愆，林正男的父親死時，他正在返回基隆的大和丸上。而那段旅途中，有很長的時間是對著汪洋浩瀚的大海想到綾子。

＊

他一到家，弟弟便交給他一封信，「是你救過命的那個琉球女孩吧？」弟弟瞞著家人告訴他，對這封來信也很感好奇。

「阿母不願意將信交給你，是我替你藏起來的。」弟弟秩男實在太善解人意了，正男等不及便打開信封，果然是綾子的信，「原來她並沒收到我的信！」他無法靜下心細讀，當他看到信上出現思念這個字時，簡直不敢置信，彷彿這個字是飛行器，他又再度飛上天了，一望無際，飄飄然。他壓根沒注意到綾子在信上是說她思念台灣，他沒注意這些，他不是一個喜歡注意小節的人。

因喪夫而憂傷的母親已安排他去看過她屬意的人，是一個精於刺繡的彰化女孩。他們專程去了一趟彰化，他站在房間外遠遠地望著她正在教導別的女孩刺繡，他只看了那位女孩一眼，心裡便沉重起來。然後，他們離開那裡，他的腳步走得那麼快，他的母親根本跟不上，「好秀麗的女孩！好能幹！」他聽到母親喘著氣在他身後說話，他頭也沒回，話也沒回，就一路沉默地走回家。

他已經照著三和綾子給他的通訊處寄了信去，但還沒收到她的回信。

＊

弟弟林秩男高中科畢業後，曾經在合作社工作了半年，有一天他早晨起床便決定不再去上班，理由是「做一樣的工作，日本同事的薪水比他多一倍」，他寧願和精通木匠手藝的朋友學木工。因秩男對生意毫無興趣，林母也不期待他能照顧中藥店。

＊

自從收到綾子的信後，林有一種模糊的感覺，彷彿她在亡夫家的生活不幸福，他覺得綾子和他之間一定有強烈的聯繫，他分辨著綾子來信上的一筆一畫，似乎讀到綾子下筆時的猶疑，他想，這世界上可能沒有人安慰她，除了他，林鼓起勇氣寫信邀她再度來台灣，他委婉地寫了一句模稜兩可的句子：讓我們共同努力生活下去吧，綾子。他暗自決定，如果她真的來台灣，他要娶她。

＊

林在守孝期間又收到綾子的信，那時她已在往基隆的海上。信上寫著她將抵達的日期，沒寫其他別的。他從來沒有認識單獨旅行的女子，像綾子那樣單獨旅行的女人需要多大的勇氣，那不是愛是什麼呢？是他被她吸引，而不是她被他吸引。除了飛行外，只有綾子可以改變他的生活。

林家婚禮在台中街上引人閒談，因為三和綾子是琉球人。在那個年代，台灣人和日本人通婚的例子本來便很少，而在台灣的琉球人更是少見。鄰居們曾來勸阻林家寡婦，「屬虎的女人不能娶啦！」有人這麼說：「日本人吃生肉，而且在澡堂袒露胸肚，男女雜處。」也有人這麼說：「人插花伊插草，人抱嬰伊抱狗，人睏眠床伊睏屎巷口，人坐轎伊坐畚箕。」各種異族通婚的偏見及最壞的下場都被不停地預測和轉述。

林家寡婦雖不贊成與外國人結婚，但她並未阻擋兒子的婚事，她也無力阻止，在失去丈夫後，亡夫的妾捲款而逃，不知所終，她的人生似乎沒有任何更糟的事情了。

＊

婚前，她便是他性幻想的對象，他曾經在想像中一次又一次地創造過這個叫綾子的人，她的身體，身體的每一部分，結婚後，他對她的迷戀更為狂熱。他以全部生命的力量愛慕著她，他有時懷疑自己是否過於瘋狂，或者她過於矜持，像冰山，他只會看到一角。他有時也懷疑她不是處女（他從來沒問過她），而莫名其妙地感到不滿（他並不清楚為什麼，他以為有一天她將背叛他）。他擁抱她時，她那麼溫馴，就像受傷的鴿子，但他放開她時，卻擔心她會飛走。

他觀察著綾子，想知道她的感受，但她像包裹著一層玻璃，他摸不到她，也聞不到她。有時她掛在臉上的微笑會突然消失，她神情嚴肅地學起閩南語，並勤於學習台式烹飪。她學習一切，包括他認為是迷信的習俗，譬如多吃肉會生男孩，多吃菜會生女孩。

「在天上做一條龍，不如在地上做一條踏實的蟲。」當林提起飛行時，綾子有時會這麼說，「那麼高呀，真令人擔心。」她聽人說起去台北新建蓋的大樓菊元百貨公司搭流籠（電梯）時，也是擺出這樣的表情。

當他不同意時，綾子總是會拍拍他的手臂，然後以真誠的眼光盯著他。一陣子以來，他以為，這個世界上只有她才能鼓勵他，彷彿她的眼光中有一種力量，彷彿他的人生必須仰賴那力量。

＊

雖然現實生活正將他往相反方向拉著，但林卻在夢中一遍一遍在太平洋上飛行，從日本飛過台灣上空，下降，再起飛。起飛，下降，再起飛。

＊

自從有人發現林的弟弟秩男參加過台灣農民組合的聚會後，幾個台中地方仕紳耆老對林家有了意見，原先發起捐款贊助林籌資重回日本留學一事便告暫停，只剩莊氏商號的莊老闆還願意資助林。

莊老闆也對飛行非常狂熱，他要林將學業念完，將來可以一起買飛機，但他也只能提供一半的學費，林在東奔西走遊說一些商界人士後，尚未能籌足足夠的錢，不久，連莊老闆也打消念頭了。

＊

「你們這群人懂什麼農工問題？」林正男不悅地質問他弟弟，「你們憑什麼認為馬克思可以解決事情？」從小，林和弟弟總是相讓，但為了秩男參加政治活動，他們幾度言語衝突，「多少人都沒飯吃了，你還在夢想開飛機。」弟弟也不甘示弱，他知道哥哥的痛處。

「政治是吃人的玩意，你懂什麼碗糕？」他告訴弟弟，他並非是一個漠然無衷的人，也絕不是天真的理想主義者。他走向屋內，綾子並未安慰他。他遂往亭子腳走去，他在路邊買甘蔗吃。

林正男無法解釋為什麼他醉心飛行，飛行象徵著自由和冒險，還有，飛行也是一種運動，他喜歡運動。大部分他認識的人都沒看過飛機，開飛輪機？哪有可能？他們不了解飛機，就像不了解電影，他們以為影片內容全是真實的東西，他們都缺少科學概念。

林將甘蔗渣吐在地上，抬頭望一眼碧藍天空，等著吧，他在心裡喊著，天空正迎接著我，這世界只有兩種東西他永遠不會嫌太多，一是藍天，一是綾子關愛的眼神。他已想清楚了，他會設法再籌錢去日本，如果籌貯不到，他必須自己賺，他發願他要賺到足夠的錢。

*

他尚未透露分家的計畫，有一天，弟弟和幾個陌生男子站在店門口吵嚷，「他們說這家店面屬於他們，騙肖！」秩男漲紅著臉指著陌生訪客，林正男從來沒看過這幾個人，他們之中的一個來意不善地拿出一張契約。

究竟是林保吉在病危時將藥店交付給他的妾，或者是她趁著他精神意志恍惚時威脅著他立下契約，事已不可考。她將店面抵押給別人，一雙改組腳（小腳不再繼續裹腳布但仍彎曲）也一樣逃之夭夭。

陌生男人天天來店鋪裡坐著。其中兩位是表兄弟，他們是泉州人，據說家裡來頭不小，林家託高井出面調解，但高井這次無動於衷。所幸林家還有幾塊田，他們賣掉田產，買下干城橋通街上一家種籽店，店鋪後頭共有三進屋宅和天井。

分家的事便拖延下來，「等秩男的木匠生意做起來，再說吧。」林家寡母擔心尚未成家的幼子，身為長子的他不願看到母親煩惱，再加上綾子消極抵制他的飛行計畫，一切遂拖延下來。

林秩男的木工手藝不錯，但他做生意態度古怪，是看人收費，有時他堅持對方不必付錢，有時他卻堅持一些有錢人加倍付費，且他每每為了參加讀書會，放著工作不做，專程騎車到葫蘆墩一個朋友家，短則一天，長則數日，生意自然無法持續。

原先，秩男與師傅學中國式的木窗及浮雕，但是自從日本總督府嚴禁台灣宗教祭祀，一間一間台灣寺廟相繼被拆除取締後，許多木匠不得不改學做和式門窗，否則無法維生。秩男被迫改做家具，如八仙桌或供桌，他送給綾子一雙仿清式太師椅，深獲綾子喜愛。

＊

飛機這個字不再常被提起，在林的心裡沉睡，它像綾子收藏的昂貴和服，那麼多年都靜靜地躺在櫃子深處。他承諾綾子，不會再去想開飛機的事。他得好好地活下去，給他的孩子更好的生活。

林正男與綾子忙著經營種籽店的生意，林負責外交，出外訂貨及收錢，綾子則幫忙照顧店面。他們最小的孩子剛呱呱落地。他們學了許多農業常識，知道種蓬萊米的祕訣，也打算與人合作進口最新日本農耕器具，「等孩子再大一些，我們儲夠了旅費，便到日本去吧。」林有了新計畫，他一直和靖保持聯繫，他知道日本航空工業的發展，他的未來必定與航空業有關。

＊

「女孩子也可以開飛機。她叫伊爾哈特，是米國女人，前幾年架著飛機飛過大西洋，」林掀開他收藏在箱子裡的雜誌，一頁一頁地翻過去，心裡深處動人的旋律被啟動了，他一點都沒忘情飛行，「她是女英雄。」任何人從他的聲音都可以聽出來。

他向孩子們解說時，同時感覺得到綾子的眼神，儘管她坐在遠處織毛線。他知道綾子放下毛線正看著他。

＊

一九四一年十二月八日，日軍戰機飛過歐胡島上空，駐紮在珍珠港的米軍正值週日清晨，平靜的港口內突然響起震天價響的爆炸聲，一顆顆炸彈像大雨傾盆而下，漫天漫地的轟炸煙霧籠罩著港口上空，不到幾分鐘，日本軍官淵田美津雄興奮地傳出襲擊米國成功的電報。

隨即，日軍登陸關島。幾天之後，日軍潛水艇發現了兩艘英國戰艦，僅在數小時之後，兩艘戰艦便遭擊沉，英軍幾乎毫無抵抗便棄守新加坡。

而在菲律賓，麥克阿瑟的空軍遭到珍珠港般的厄運，在克拉克機場與尼寇斯機場，所有的米軍飛機尚未起飛便全數被台灣飛來的零式戰鬥機殲滅。

那短短幾個月中，日軍在太平洋及南海所向無敵，連戰皆捷，台灣岡山航空廠漸成為日軍航空隊的維修中心站。

林接到靖的一封推薦信，高井要林到岡山機場去找一位中村的高級軍官，對方可以在高雄岡山機場為林安排擔任維修技士，「做這樣的工作，應該更可以效忠於日皇。」高井在信上說，因為戰爭的需要，飛行學校的師生供不應求，紛紛加入日本皇軍。

他徵詢綾子的意見，「只是維修飛機嗎？」綾子已經問過好幾遍，無論如何解釋，她好像都不相信，並且表示不願意隨行。她不願意他去開飛機。

好幾天以來，他不斷以探詢的眼光看著綾子，「目前的宿舍太窄了，」以及「店務家務都需要照料呀！」綾子一律這麼回答，他聽得出來，她的理由雖然充分，但聲音裡有一種抗議。她最終並未攜子與林同行。她跟他一樣頑固、倔強。

大東亞戰爭展開後，日本經濟警察制度已在台灣全面建立，小口巡查經常會上門檢查是否私下買賣，綾子已明白，從日本進口農耕器具的計畫根本不可能。一九四二年的夏天，林隻身前往高雄。他和綾子說好，一旦工作穩定下來，未來賣掉種籽和飼料店，將家遷到岡山。

*

林在航空廠擔任檢查班組長，雖然在航空學校學過不少飛機原理和維修常識，但是面對各種日新月異的新式飛機，開始感到過去所學有限，便自行購買了一些相關書籍。

「你負責的是檢查，以後不要再到維修部門去了，」航空廠廠長佐野把林叫到他辦公室，「你知道為什麼嗎？」他看著林，「如果你為他們維修，將來你就不會費心檢查，這是制度的問題，最好分清楚。」佐野一臉嚴肅。

林告退離開時，佐野還叫住他，「聽說你常研讀航空書籍？」佐野的態度很溫和，「看來你對飛行真的很有興趣。」他從抽屜裡拿出並交給林一枚徽章，那是在東京舉行過的飛行比賽紀念章。

那是一枚製作精美的徽章，林仔細地瀏覽。「買都買不到的，」左野拍拍他的肩膀，「適合像你這樣熱愛飛行的人收藏噢，」佐野還鄭重告訴他，「以後需要什麼幫忙就直接來找我好了。」

「我很想學開飛機。」走前，林說。佐野以老大哥的神情點點頭，「一個人一生能做好一件事就不簡單了。這才是美德。」

＊

他常常在航空廠逗留至三更半夜，研究各種待修的飛機，他愛那些飛機，並為每一架飛機另取了名字。他在筆記本上繪下他所修過的飛機，並記錄飛機不同的性能，譬如舊式的莎麗 KI-213 轟炸機或新式的貝蒂 OB-01 轟炸機，他分辨並複習它們的功能。

廠內有一架由婆羅洲飛來檢修的零式戰鬥機，一個晚上，他因無聊便為這架飛機換了一個壞掉的儀表。他爬進駕駛艙，檢查著儀器上的數字，重複翻閱他的筆記，他坐在深綠色的金屬機器前說話，彷彿機器擁有獨立的靈魂，可以明白他。

「你很想一試身手，是吧？」有人在地面上向他喊著。

林嚇了一跳，這架戰鬥機的飛行員回來找他的小刀，這個人今年已來過岡山數次，林記得他叫武藏。武藏站在下面不斷地把小刀往空中丟又接回來。他穿著空軍軍服，頸上圍著白色領巾，看起來帥氣十足。

「你敢不敢試飛？」他以稍微凸而圓的精靈眼珠瞪著林。林揣測著對方的心思，不敢回話。「你知道不少飛行常識，但你從來沒開過飛機，你一定很渴望飛行吧？」武藏彷彿道出他的祕密，使他脊背生涼，「你怎麼會知道？」林反問他。

「我注意你很久了，」武藏神祕地一笑，「你一直想飛零式戰鬥機吧？」

＊

在武藏的協助下，林將一架廠內新製造的教練機偷偷推到機場外的草坪上，教練機很簡陋，機翼和機身都是帆布，武藏在微亮的晨曦光線下重複向他解釋如何操作，他一一和武藏確認，然後坐上教練機，啟動後加了油門，向前滑行幾百公尺後，便拉起來飛向幾十公尺的空中。

他可以感受到機器在氣流中的振動，布帆在疾風中抖著，一股溫熱的氣流流向他，但他卻冷得全身打顫，他小心翼翼往下看，已逐漸看不清武藏的身影，很快地，他將地面拋得老遠，他拉著氣門控制桿，仍然小心翼翼，既害怕又興奮，鼻子不停地喘著氣。

旭日在正東方鑽出地平線了，林幾乎不敢相信自己的夢想成真，一種幸福感使他感到短暫的暈頭轉向，他專心地注視著羅盤，想找出自己的位置和方向。

*

當晚，林和武藏約好到林的宿舍去喝酒，林到武藏下榻的旅舍接他時，遇見幾個更年輕的飛行員，他們剛剛才從日本抵達台南和岡山，幾輛吉普車將他們送到旅館。他羨慕地看著那些新人，個個都那麼帥氣、英俊，他簡直看呆了，那是大日本的新生兒呀，他感到肅然起敬。一直到武藏叫喚他，他們一路走出旅館，踏著滿地的落葉，他們兩人都不善交談，只猛勸對方喝酒，林把三兩豬肉配給拿出來做菜配酒，武藏喝得逐漸有些醉意，話匣子打開了。

他談起他為什麼加入飛行員隊伍，他在九州的童年是在飛行夢想中長大，他第一個偶像便是一次世界大戰的德國飛行員馮里希特霍芬，綽號叫德國紅色男爵。馮里希特霍芬最喜歡駕紅色三叉戟戰機，武藏拿起筷子解釋紅色男爵如何在敵機面前佯裝中彈，讓飛機直線下墜後，在離地一百米時操縱機身硬往上衝轉。

武藏在十五歲時下決心開飛機，他的叔叔那時已是航空隊員，十六歲那年他在叔叔的陪伴下獨自駕機飛行，此事還在報章上報導過，他拿出皮夾裡的照片和文件，「這是我，」他大笑著，然後慎重其事地介紹，「這便是紅色男爵，」指著一張撕下來的報導，一張夾帶穿著和服的女友照片掉在地面，「林桑，有志者應若是呵！」武藏低聲吶吼，並以拳頭重重地擊向桌面，把醉得不醒人事的林嚇一大跳。

武藏小心地打開其他摺疊在一起的紙張，「吾輩日本人中也有佼佼者，像飛行上士武藤金義。」武藏以仰慕的眼神說著，武藤金義是橫須賀海軍航空隊的傑出王牌飛行員，他不但是一個神速的飛行員，更是優秀的射擊手，懂得如何在近距離平射範圍或長距離突如其來的偏轉，咬住敵機。他以手勢解釋所謂的偏轉。

「大和英雄不只他，還有西澤廣義和坂井三郎，他們都是日皇最優秀的人才，他們都是了不起的英雄，我們的英雄，」武藏一口吸盡溫熱的米酒，「為大日本共同體乾一杯！」

*

林和武藏都醉得不省人事，第二天清晨林醒來時，武藏已不見了。林到航空廠時才知道武藏已駕機離開了，聽說又回到婆羅洲去了。

武藏走後，林幾次也在清晨起床去偷偷駕駛教練機，他總是在六點之前將教練機再推入機場的草坪，為了紀念武藏最崇拜的紅色男爵，他自詡他偷飛之舉為「白爵行動」。

＊

「白爵行動」很快便被航空廠的人發現了。

航空廠的長官非常震驚，要求徹查，有人密告了林，林必須接受處罰，佐野又叫他到辦公室去，「你只要說出誰幫了你，就可以減輕處罰，」佐野說，「有人幕後策畫這件事嗎？」

他一生都感激武藏，為此，他保持了沉默。被禁閉了幾天，佐野決定開除林正男，他無路可走，必須返家。林總共在岡山航空廠服務了一年，他學會了駕駛飛機，雖然是一架簡陋的教練機。

＊

林返家過一個月後，台灣總督府的交通局一位叫小田的航空官來台中出差順道上門來找他。

小田直接表明來意，他是武藏的老長官，他聽過武藏提起他，知道他精通修機技術，認為林離開航空廠殊為可惜，建議他參加日本海軍航空隊的募兵，「已過了三十歲了，年紀太老了吧。」林有很好的推託之詞，還有，他已有家室。「能當上中士官或准尉這樣的職位，一點都不嫌老呀，也是高薪俸，家人不會反對吧？」小田拍拍他的肩膀，笑著問他，「你開過零式攻擊機嗎？我是你的話，我會想開開那樣的飛機呀！」

「為天皇而戰，是無上光榮的事，不是嗎？」小田專程來說服他，說起飛機，他便滔滔不絕，還有「身為台灣皇民，也是天皇陛下的赤子，能為國一戰，是每個男子漢畢生的心願喲！」他以充滿感情的聲音告訴林，彷彿道士唸符，祕符中有什麼魔咒。說得林也凜然起來。

「你有這麼多的經驗，卻在台中經營種籽店！」小田最後站起身向林欠身致意，離去前他還指著他送給林的兩瓶上等日本燒酒，「你如果能為國披上飛行衣，家人可以賣酒嘛，你的事情交給我，一有消息，我會立刻通知你。」

兩個星期後，林家獲得一日本總督府專賣局發給的菸酒牌照。林家除了林秩男和綾子外都非常興奮，「光把牌照出租出去，便可以收四百日圓呢，」林的妹妹對大家宣布，「賣酒更是賺錢的行業。」

*

在短短一年當中，林發現妻子綾子變成另一人了。

她心底似乎埋藏著焦慮不安，自從小田來遊說林前往南洋後，綾子幾度對他提起「你不要去開飛機，好嗎？」並且淚流滿面地望著他。

「難道你一點都不怕？」她問過他，當時他堅決地說，「不怕，怕就不會去開。」綾子一臉木然，然後又一本正經：「家人呢，你在飛機上有想到家人嗎？」

當時他沒回答她。不，他在飛行時沒想到家人，甚至沒想到綾子，而且他什麼也不怕。但後果他到菲律賓航空隊服務後才知道，說不怕是太誇張了。他曾經碰上一個輕度的颱風，強烈氣流使飛機急速往下沉，他以為自己再也不會回到陸地了。

還有一次是在夜間飛行，機上的燈光非常微弱，在黑暗中，連手指都看不清楚，他只能盯著因含鐳而發亮的儀表，他知道前方有山，但卻什麼也看不見，甚至連陀螺儀和氣壓表都看不見，而引擎卻在減速中，油壓不斷下降，他覺得飛機即將陷入一個黑洞中，他分不清自己正在顫抖或者機身正在顫抖。

他應該怎麼說呢？飛行於他彷彿像一種需要。飛行對他像出發到一個神祕未知的國度，他對未知並不害怕，他怕的是自己無法抗拒神祕未知的誘惑，有什麼東西隱約地不斷地召喚著他。

剛去菲律賓時，他曾經想過，如果在飛行與家人中必須做出選擇，他或許會選擇飛行。但他不忍心告訴綾子，「只有飛行使我感到自在和專心。」他覺得自己像個和尚，他不一定需要家，只要有一架飛機便夠了，一個飛行和尚。

*

林看著綾子枯槁的表情離開家，當他踏上台中驛的火車時，綾子一言不發也不等火車開動便自行走路回家，他則搭車到台北松山機場，那裡會有霍克飛機載送他到服役地點菲律賓。

他心中酣睡已久的夢又醒了，一抵達菲律賓便給綾子寫信。他只是一個平凡毫不出眾的人，但他明瞭冒險的意義和神聖性。過去幾年，他在安定的生活及自由的嚮往中擺盪，他覺得他這一生將如此飄浮下去，現在，一個新的工作機會像一扇大門向他開啟。

他沒提起內心的衝突。他不是不要家，他也不是不愛綾子或孩子，但綾子似乎要他在家與飛行中做出選擇。他無法放棄飛行，他在信上再度寫上「希望妳能支持我。」

他知道綾子只會搖頭，如何讓她明瞭他呢？林苦惱地想著。她不斷地提起她聽過的飛行事故，她是那麼恐懼，彷彿他將來一定會墜落在地平線上一個什麼不知名的地方。他無法安撫她，逐漸地，他只想逃走，從綾子的懷疑和害怕中逃向廣大無邊的天空。

＊

剛來馬尼拉時，住在一個西班牙城堡裡，馬尼拉是一個奇妙的城市，既帶有西班牙天主教殖民風味，又因曾遭受米軍占領，混合一點歐式調調。林走在街上，滿街的兒童都跟在他人身後，婦女會主動給他食物，搭公車在市區繞，男人也讓位給他，只要穿著日軍制服便會得到尊重和歡迎。

林的新職是馬尼拉港口航空隊的維修員，幾個月後成為後補飛行員，偶爾負責部分貨物廠的糧食和醫療用品的運送，有時接送傷兵前往療養站。港口尚未興建機場，只能利用港口寬闊的道路起降飛機，他很快便學會在各種克難條件下降落。馬尼拉港口的道路很寬敞，起飛、拉高、下滑、擦地，他逐漸熟悉正像增多的手淫。不飛時，便坐在機場草地上，看著機場上千篇一律的飛機起降，暗自發誓要早日駕駛三菱出廠的飛機，無論是零式或貝蒂式轟炸機。

僅是夜間著地和颱風便使林差點喪命。一次颱風天，急驟的風雨使他看不見機場上五、六處照明燈，他找不到進場的方向，只能靠隱約的光線作依據，那光線時而消失，時而又出現，他從擋風玻璃往前看，什麼都看不見，他只能側滑，就為了看到座艙旁邊那一丁點地面。

*

幾個月後，一群米軍駕駛 P-38 戰鬥機在布干維島的布因上空攔截並擊落了山本座機，山本五十六大將的死亡，重擊了軍隊的士氣。

那是一九四三年春天，米軍翻譯官解開了山本要到所羅門群島視察的電報，山本在布干維島上空遭到伏擊，日軍至此，已在太平洋戰事中失去一批批優秀的飛行員，加入陣營的隊伍愈來愈年輕了。令林懷疑的是這些年輕的飛行員訓練不足，飛行的時數少得可憐，且對機器的使用了解很缺乏。

在馬尼拉軍營中，林的日本同事祕密發起櫻花社，林也受邀參加，他才驚覺，自己抱持的是不合時宜的理想主義。他一直以為以日本的軍力，一定可以對付米國，征服全世界，但是軍隊中的同僚並不像他那麼樂觀進取（因此特別懷念武藏啊），有幾個櫻花社的同僚經常有意無意宣揚起切腹的英雄精神（與其苟且偷生，不如壯麗地死去），他們有時吟詩唱作，有時緊抿著嘴，一起喝米酒，話真的不多。林看不到同僚的熱情，他們似乎生活在絕對的紀律之下。他卻不太一樣，不，他完全不一樣，他不想成為殉死的英雄，他只想開飛機，完成任務。

他必然成為一個多餘的人。他的軍旅生活處於一種說不下來也使不上力的氛圍中，曾經在日本就學一年多，卻從來沒感受到這種孤單。他不太清楚的是，究竟是這場戰爭的關係，還是只因為他來自殖民地國，或者是因為輕率不細心的個性，無法事事符合嚴謹的軍隊規律，甚至不具飛戰鬥機的資格。

他四處打聽武藏目前的下落，輾轉寫信，他必須找到武藏，只有武藏才明白他此時的心境，只有武藏才能安慰他此時的孤單，他多麼想和武藏坐在燈前，好好地再喝他幾升清酒，好好地聊聊彼此的夢想。

*

噩夢開始了。他經常患偏頭痛，痛起來，不但無法進食，也無法入睡，必須大量嘔吐虛脫之後才能入睡。他睡得不多，精神不濟，使人以為他喜歡假借生病為由。同時，恐懼像瘟疫一樣，一段時期以來不停地困擾他，他失去了自信，臉色蒼白，連一些生活小事都無法下決定，自恨之感越來越深。

*

一大批志願或半志願的台灣傭兵陸續搭船來到馬尼拉，短暫停留後，大部分被送到哈里馬拉或卡拉塔甘，一群來自新竹州的傭兵留在馬尼拉附近，等待分發，他聽說也有自台中州的傭兵，他期待他們的來到，想打聽家裡和綾子的近況，但他始終沒等到他們。

*

當長官瀨本詢問他願不願意接受短期戰鬥機駕駛訓練時，林簡直受寵若驚，不敢置信。瀨本告訴他，受訓後，將分配到所羅門群島附近，對付瓜達康爾島上的米軍飛行員。這是最高榮譽及高度艱難一戰，必須抱著必死的決心，否則不可能成功。

他感到自己離家不但愈來愈遠，距離戰爭的風暴核心也愈來愈近了。

他夜復一夜反覆地想著，猶疑著，意識到自己並無必死的決心，更大的恐懼開始啃蝕著他的靈魂。他不斷寫信給武藏，但總沒有回信，只有綾子給他寫信，但是綾子多半以大篇幅內容談著兒女及希望他早日回家。他從信上大略知道綾子四處祈求他的平安，她還寄過大甲媽祖廟的香灰，信上告訴他，若不幸生病，又無特效藥可以服用，則請他使用香灰治病。他原本想肘香灰倒掉，轉念間，便將香灰包收了起來。

＊

「一個清國奴，怎麼可能明白大和魂！」一天早上盥洗時，一個輕佻的日本新兵故意站在他旁邊說話，旁邊的人都沒出聲表態，「你再說一次！」他看著那位年輕的新兵，對方大約十八、九歲吧，臉頰粉紅，沒有表情地回瞪著林。

「清國奴！」那位新兵應他的要求再說了一次，林一拳便打向他的左頰，新兵男孩歪斜地站起來和林扭打起來。

結果，兩人都受到處罰。但是，櫻社的祕密成員卻站在年輕的新兵那邊，對林故意顯現冷漠。林受到孤立後，又對自己的行徑感到後悔，別人的眼光使他覺得自己可能真是一個沒有用的人。一個孤魂野鬼，在南洋一地打混仗。

＊

馬尼拉港口關著不少米軍俘虜，他們身上綁著鐵鍊，在日軍的指揮下，也加入機場興建的工作。他曾目睹兩個高頭大馬金頭髮藍眼睛的米國人逃亡，他們將身後綁著的餐盤解了下來，什麼都沒帶，便越過鐵絲網跑了。那天晚上，那兩個米國人又被吉普車載了回來，像動物般被鎖在戶外的木籠中，其中一個整夜不停地狂嘯，似乎已發狂了，林半夜被吵醒，心驚膽跳，他不知道失去自由有那麼痛楚。

有一天，日軍獲得一架米軍沃特 F4U 海盜式戰鬥機，並載到機場來陳列，林有機會參觀那架破裂成兩半的戰機，一位航空廠日籍軍官在初步觀察後，對米國戰鬥機的性能感到驚奇，「在許多方面不輸零式戰鬥機，甚至可說迎頭趕上。」他這麼說。隔沒幾天，這位精通航空機械的軍官被記過處分，並且在操兵前上台向全體告罪，分裂成半的米機也被搬進修理廠，並以布幕遮蓋，不准任何人參觀，而再沒幾天，那位軍官便切腹自殺了。林的心裡升起不祥的預感，零式戰鬥機將不再是神話了，且這場聖戰並非所向無敵。此刻此時起，戰爭的面目開始扭曲。

＊

戰爭一點一滴地進入他的身體，害怕揮之不去，成為精神上最大的重量，那重量幾乎壓垮了他。每個黑夜降臨後，恐懼便沉重地侵入及占據他的內心，一場與孤獨的苦戰，一個人的苦戰。戰爭像箝子般緊緊地夾住他，日本軍隊的紀律無孔不入，「必須將身與心全交給那無形至上的權威，」他在家書上寫著，「自慚恐無法繼續下去。」

＊

零式轟炸機課程簡短，參加訓練的人有的甚至只有幾個鐘頭的飛行經驗，這讓林對日軍的備戰能力產生更大的懷疑。課程結束後，一位少將來主持結業典禮，典禮上備滿清酒，氣氛如同葬禮般，「飛行責任便是誓死殲滅的決心，不殲滅敵軍不回航，與敵軍玉石俱焚。」少將字字句句昭示大家。

林的同僚都沒有異議，人人取起清酒豪飲，似乎都抱著必死的決心，只有他心中升起一個沉重的疑問：如果殲滅了敵軍，是否可以回航？

隔了幾個星期，林終於發出他的疑問。大隊長嚴峻地告訴他：「不，就算你殲滅了敵軍，你也不該回航，那將是最可怕的屈辱。」他瞪著林，彷彿林犯了不可原諒的大錯。林終於明白了：原來他加入的是敢死隊的隊伍。他沒有退路，只有一死，現在任何貪生怕死的人只會遭到恥笑。

林已做了赴死的準備，但失眠愈來愈嚴重了，每一天睡不到兩個小時，身心的交戰使他幾乎快崩潰了。瀨本藉口林在紀律課上表現不佳，將林降級，並改調回維修工作，林一輩子都不會忘記大隊長談話後的憤怒表情，好像若不是出於極大的忍耐，他會痛揍林一頓。

＊

一九四四年底，林被解除了航空隊的職位，與一群台灣傭兵改派往新不列顛島，他們的任務是在附近島嶼建築臨時機場。他沒有異議，他的人生之路沒有剩下太多遠景，只能走一步算一步。對未來，他沒有把握，對綾子，他有一絲愧疚，他沒聽她，也許她才是對的。不，她是對的，她怎麼可能錯呢。他本來便不該開飛機，尤其跑到遙遠的南方來開飛機。

他們搭乘一艘裝載補給品的郵輪抵達新不列顛島北部的達包爾港，船還未上岸，數架米軍轟炸機來襲，「應該是我友機吧。」那天他值勤衛兵，胸前正掛著一副望遠鏡，急著眺望。

才一眨眼，米軍的機關槍便掃射下來，一排子彈穿過甲板，差點擊中林的肩膀，「是米機！」他衝向甲板後方，想躲進船艙，「萬一船沉了呢？」他的求生意志如此明確，當他看見李姓同僚跳入海中，幾乎同時間，便把槍丟了下去，也縱身躍入海裡。

幾分鐘後，美軍轟炸機又折回來轟炸，林從來沒如此貼身看過轟炸，他在海中不敢妄動，

「台北州來的新兵，敵機太多，對付不了，下船吧！」林在載沉載浮的海上對船上大喊，但那些新兵沒聽見他的喊話，一陣掃射後，整艘郵輪著了火，火光四射，漫天通紅，郵輪的煙囪逐漸傾斜倒塌，郵輪也沉沒下去。

林的腦海浮現那幾張年輕的臉龐，那是站在船上為護船而犧牲性命的台北新兵，在半個小時前，他還與他們說過話，現在他們已隨著船隻葬身海底。

他突然發覺，活著是這麼一件無聊、無意義的事。死也未必不是壞事。至少他發現了，一些時刻他雖然可以選擇自己的生死，但大部分的時候他卻不可以選擇，他還發現，如果要在好死與歹活之間作一選擇，本來一定會選擇歹活下去的他，現在卻有點動搖意志了。

*

一九四四年，歷史上最大規模的海戰在南海展開。年初，馬紹爾群島陷落，六月，馬里亞納群島上的塞班島也淪陷，齋藤義次將軍自殺殉國，他手下七千名日軍也全數自刎，八月，米軍收復關島，十月，十萬名米軍登陸菲律賓群島的雷伊泰島，麥克阿瑟發出他的豪語：我回來了。

年底起，「玉碎」的風氣在日本軍隊中盛行，軍官要求士兵在一般的情況下以自殺方式衝鋒陷陣，「像美麗櫻花般戰死於沙場。」林也再度被要求剪下頭髮和指甲，並寫上遺囑套入信封，寄回家去。

林一口氣為一些來自台灣不識字的傭兵抄了七封遺囑。他將寫給綾子的遺書一遍一遍地抄在紙上，給一些他從來沒見過的女人，「下海死於海中，上山死於草原，為天皇陛下而死，吾絕對不後悔。」他突然想到軍隊流行的歌，便在遺囑上多加幾筆，最後並在每一封遺囑上都一律加上一句：「吾死之後，汝當好好教養兒女。汝夫筆。」

＊

他曾幾度想像那些妻子展信閱讀的神情。他也想像綾子打開遺書的那雙手，她應該是坐在種籽店的帳桌前吧。

＊

遭到降級處分，不得不離開航空隊之後，他活得像個罪人，從此遭人輕視，再也抬不起頭來，一些日本新兵甚至私下對他吐口水。一年過去了，三百六十五天似乎像一世紀那麼長。害怕像心裡一隻不斷長大的野獸，緊緊地抓住了林，咬噬著他。夜夜失眠，沒有食欲，逐漸陷入沉默和空洞中，無法思想，也無法與人對談。

他並不是怕戰火，說不出究竟怕什麼，他想他將遲早會莫名地死去，死亡並不可怕，無法選擇死亡更可怕。「綾子，我怕，我怕呀！」他偶爾這麼喃喃自語著。他若有機會活到與她見面，他會立刻對她承認這件事，但他認為他再也看不到她了。

＊

林、李和幾個台灣傭兵被分配到所羅門島海軍第三十二設營隊宮近部隊營區，前往布干比路島，林隨後被指派為小分隊長，每天清晨四點，趁著米軍攻擊前帶著整支隊伍以卡車前往修建機場的基地，他們的任務便是要不分日夜地建蓋機場。時日不多，但米機的數量卻似乎愈來愈多，林不分晝夜地趕工，他在拍字簿上描繪機場的主副跑道的寬長度，計算碎石和瀝青的需要量，他積極投入工作，藉此忘記害怕和憂愁。

「我們只剩半個月的時間，」林坐在檳榔樹葉圍蓋的軍營前，一陣子以來，他一心只想著快速完成機場，以工作忘記恐懼，他不分晝夜工作，否則便坐在一張自己釘製的木桌前自言自語，李先是憂心忡忡地勸他，再過一陣子，便忍不住和他爭吵起來，「多少人被你操到病倒了，你不想活，還有人想活。」

他不為所動，沒有什麼可以阻止他。他必須完成任務，只有結束戰爭，他才能回家去，他一心一意只想回家。他和李打了一架，居然，大隊長站在他這邊，他獲贈一把精美的武士刀。他的第一個念頭是，大隊長賜他自刎，但大隊長拍拍他，「這是鳩田家的傳家之寶，鳩田兄在天之靈將會保護你。」

他已經忘記了他的飛行夢。或者他的飛行夢不再記得他。他只能活著，努力求存活下去，他還不知道他是否有機會再見綾子和家人一面。如果他有機會的話，他要告訴她：你是對的，我不該來。這場戰爭彷彿便是他和她之間的是非之戰，她早已贏得此戰。

*

他也繼續寫信給武藏，他寫信給他，正像寫給自己。他從來沒有得到對方的回信，他還活著嗎？有時他必須這麼想，他還活著，他想，如果武藏死了，他一定會託夢給他，而他從來沒有在夢中見過武藏。他只夢過武藏的女友（他從未謀面），武藏的女友長得和綾子很像。武藏的女友和綾子曾經在他的夢中是同一個人。

*

克難機場完成後才幾天，米機便來了，一顆顆炸彈對準著以柏油鋪蓋的跑道準確丟下，整支大隊急忙奔進森林裡躲藏，米軍飛機連續轟炸了幾分鐘，林站在跑道當中對著天空咆哮，他憤怒而焦慮，當轟炸隨後停止時，林也立刻安靜下來，彷彿什麼事也不曾發生，他已經不正常了，但是他看起來如此正常，過度正常，像每個正常的人。

情勢每下愈況，他們退到絕壁的坑道，在洞裡的沙土蠕動地睡覺，靠阿的平藥罐頭口糧和蟲蛀的日本米過活，機工長則睡在機艙底下，隨時準備血戰。他的部隊決定往南撤退，「能背就背，儘量多帶米糧吧。」大隊長做出指示，眼神裡一絲不確定，他前一陣子得了阿米巴痢疾，林身上的藥救了他一命，他整整躺在營床上兩個星期，現在看起來臉色蒼白，但還能活下去。

林將三雙襪子裡全塞滿了米，氣球裡裝了一些鹽和火柴，水壺、繩子和小刀被扔進背包，他計算自己還能帶些什麼？腸胃藥、筆記本和鋼筆，他的手上一直帶著綾子的手錶，腰上綁著綾子為他張羅的千人針。

他打開隨身攜帶的郵便儲金簿，他仔細閱讀本子上的數字：二〇五〇，考慮著如何將這筆錢轉交匯給綾子，他恐怕再也回不去了，他有預感將在「逃山」的路上死去。

*

米軍每天都來襲，一來，天空便布滿米式戰鬥機，聲勢浩大，再也看不到日本飛機。林和同行日本官兵站在丘陵上，他借了望遠鏡望向滿目瘡痍的港口，「快逃，米軍往我們的方向來了。」

一群人四散地往森林裡奔跑，林背著步槍和他的武士刀快速地鑽進矮樹林內，他的人生再沒有思考的餘地，所有的想法都不斷淪陷，戰爭這個惡魔已具體地俘虜了他，他在矮樹林中顫抖著。

「你的嘴唇又在抖了。」一小隊人往前移動時，一位日本兵好心地告訴他。「不會吧，」林很快地抿住嘴唇，他很驚訝有人竟然看穿他內心的祕密，「我只是有些不舒服。」他為自己辯解，他忍住頭痛，沿途行軍便都緊閉著嘴唇。

高射砲射來時，正走在森林沼澤上的林應聲倒下。那時大約是凌晨一時光景，頭頂上爆發了一發照明彈，另一發信號彈打進棕櫚林中，放出一陣眩目的綠光，然後樹林中爆炸聲四起，棕櫚樹起火燃燒、倒塌，不知誰受傷的慘叫聲高過一切的噪音。

他覺得整個人頓時飄浮起來，然後重重摔在濕地上，他以為他死了。他發現他的耳朵再也聽不見，四周靜悄悄地，只有煙火彌漫在他面前，他的同伴全不見了。他全身都是泥，動彈不得。

他昏迷了七天，在李的照顧下，整整七天後才醒來。李將他背到山洞裡，他們在那裡躲藏了好幾月。他們不知道日皇已投降，第二次世界大戰已經結束好幾個月了。

【喪禮需知】

當死者進入彌留狀態，家屬首先將死者的床位移至正廳，稱為「徙鋪」；死者臨終時，取下正廳的天公爐，以布或米篩遮住神明牌位，稱作「遮神」；家屬在死者身上蓋「水被」（白布中間縫紅綢的被單），以銀紙或石頭為枕，並在死者腳邊供上「腳尾飯」，使死者不致挨餓；一盞白蠟燭作為長明燈，照明陰間之路，並以厚紙或白巾寫上死者的姓名、生辰時刻，作為「魂帛」，暫時代替神主牌位，供於正廳一角，稱「豎魂帛」。此外，大門斜貼白紙條「嚴制」（父死）或「慈制」（母死），以昭告鄰居。

當屍體準備入殮前，準備好棺柬，叫「買壽板」，擇吉日將棺木接回家，一般以吹角樂音運到喪家。死者被裝入棺木之前，家屬為其準備最後一次餐宴，即為「辭生」，必須是六葷六素共十二道菜，一位好命之人把十二道菜一一端起來，每端一碗便說一句吉祥話，且做挾菜給死者吃之狀。

當死者已被裝入鋪著「庫錢」、「往生錢」及生前用品的棺木，封棺後的翌日，家屬得為死者準備「孝飯」，亦即對待死者的餐飲及日常作息恍如生前一般，黎明供盥洗用具、早餐，而黃昏時則上香供其晚餐直到百日後才停止。

死者逝世後，每七天為一次祭拜的重要日期，負責祭拜者的身分也不同，俗稱「作七」。共有七個日期，「頭七」由孤哀子負責祭品，「二七」由媳婦作主，「三七」由出嫁的女兒負責，「四七」由姪女負責，「五七」由出嫁的孫女張羅，「六七」由出嫁的姪孫女或曾孫女，而「七七」或「滿七」則再由孤哀子負責。

一般喪家會在死者出殯前一晚或數晚，延請道士或和尚舉行超度和供養的法事，及以死者的名義「作功德」，用意是為死者贖去生前的罪業。死者未出殯的這段時間內，家屬為死者布置靈堂供親友告別致禮，親友也多會致贈鮮花水果或輓聯。這是家屬最後一次為死者肉體上香致禮的道別式，稱「家奠」。

當「家奠」結束，道士也誦經、封棺後，送葬隊伍抬棺出發前往安葬的墳地或納骨塔，稱為「出山」。在路途當中，家屬會邊走邊撒銀紙，稱為「買路錢」。

當隊伍抵達墳地後，家屬依序跪地哭別，男性家屬跪於棺木左邊，女性家屬則為右邊，同時把亡者的「魂帛」置於供桌前；等道士誦經後，開始「放栓」，亦即在棺木上打洞，插入木槓通氣，以便屍體早日腐化；最後再依地理師擇定的下葬時間放下靈柩、魂帛或銘旌，再掩土封壙，喪主必須以鐵鍬剷下第一剷土埋於棺木上，即為「安葬」。而以骨灰方式下葬的家屬則將靈柩移至火化場，家屬獻牲禮祭拜後，點火將屍體燒全，稱為「火化」，火化後家屬領取骨灰，再依吉日將靈灰安置於納骨塔。

掩土安葬孝墳後，需在墳地立下后土碑，寫上「后土」二字，並祭拜后土神，正式稟告后土神請其守護新亡者的墳地亡靈，稱為「祀后土」。安葬結束的第七天內，死者家屬穿著白色孝服到墳地察看，並且準備供品祭拜后土和亡者，則稱「巡山」。

當人逝世滿一百天，可延道士唸經，舉行供養法會或家人自行祭拜，叫「作百日」。而死者逝世滿周年時，死者已出嫁的女兒務必在當日祭拜，稱「作對年」。在此日之前，死者家屬在上述的祭拜典禮語需穿麻披白衣，稱為「孝服」，在作對年結束後，才不再穿孝服。

要買金針菇嗎？

——二叔公林秩男逃山的日子

一九四七．台灣台中

如果要林秩男形容他對一九四七年二月的感受，他會說那是徹骨的寒意，還有，天地不仁，人命如芻狗。他記得的二月，大地一片肅殺，天空失血般蒼白。那是一場不屬於任何人的革命。一場失敗的革命。敵人掌握了所有的資源和優勢，人民起義然後被捕被屠殺，一些人，像他，則苟延殘喘地活著。

三月二日那天，他兒子剛滿周歲，林秩男穿著一件浸洗過久而褪色的西裝，西褲部分已縮水顯得有些短絀，腳上踏著一雙日式木屐，他眼神憂鬱，心情如緊繃的鼓，在梅雨陰陰的天氣下，不要說他，任何人都會感到有志難伸。他沒有留在家裡為兒子慶祝周歲，連一口湯圓都沒吃。

他前往台中戲院參加一場市民大會的演講，在那次演講中，他感到僅僅參加讀書會並不能救台灣，演講內容激起他熱血澎湃，當下決定參加來自台中各地組織所形成的「二七部隊」。三月八日，國民黨的援軍渡海抵達基隆，已準備南下，他決意離家逃亡，只有如此才不會牽連家人。

他身上一無所有，只有肚圍裡一份台共綱領和一張手繪的台灣地圖。

「二七部隊」進入埔里，占領了區公所，接著轉往霧社，商討作戰計畫，並繼續吸收地下黨員。林秩男居無定所，他知道情報人員四處在通緝他，八月，部隊的重要成員評估情勢不利，邀林一起逃渡到大陸，林秩男沒有答應，但說不出拒絕的理由。

到了隔年春天，捕緝查訪愈趨嚴密，風聲鶴唳，林秩男再也沒回過家。他使用不同的化名，先後躲在幾個商校同學處，出門不但戴斗笠，嘴上還貼上鬍鬚，三個月後，有一天他從外返回住宿的友人家，還未踏入前門，便看到有一個陌生女子提著布包問他同窗：「要買金針菇嗎？」林掉頭便跑，再也沒回去那裡了。

五月初，他逃到霧峰，那時天氣許可，夜晚便睡在野外。過了幾天，他又逃回埔里，他對埔里附近的山區較熟悉，在山上一座人煙稀少的小廟住了幾天，然後搬到附近一處少了一面牆的空屋，他以木材圍補起來，並為自己砌蓋了一個可以升火的爐灶，並且釘了桌椅。

＊

他從來不知道流亡的滋味。他只意識到行動變得鬼鬼祟祟，簡直就像鼠輩。他後悔離家過於匆忙，出門忘了戴錶，因為沒有手錶，便再也無法掌控時間。他以為，時間就從此變得緩慢遲頓，他也以為，反正時間只是幻覺，你覺得快就快，你覺得慢就慢。習慣於沒有身分的生活逐漸像習慣於失去的牙齒（他在流亡時不慎跌倒撞斷門牙；甚至於如果有一天就算失去四肢，他想他也會習慣於那樣的生活）。他不但失去身分，好像靈魂中有一部分也遠離他。

他對自己性格中不耐寂寞一事感到震驚，過去他一直以為自己是獨行俠，怎麼會連幾個月的孤單日子都無法忍受，甚至於想哭，想緊緊擁抱女人的肉體，將一切的委屈全發洩出來，緊緊地用力塞入女人的身體。他開始以為，只有將孤獨填滿，他才有得救的可能。

＊

「你為什麼會選擇出家？」他問起一個年紀跟他差不多的和尚。一天下午，他看到那位和尚正在架蓋飼養家畜的籬笆，籬笆東倒西歪，便主動過去幫忙，和尚看他動作俐落，便回去和住持商量，請他修理或製作幾把椅子。

「是神明選擇我，不是我選擇神明。」和尚輕聲地笑了，「有一天，我一個人爬山路過這裡，只想進來要點茶水，坐在廊下喝水時，感覺到整座廟有一種氣氛，便自然走過去膜拜。」

林秩男在讀書會時批判過台灣人的宗教迷信，他記得清清楚楚，自己在會上引述過馬克思的句子：「宗教就像鴉片。」現在他垂手聽著和尚說話，才發現自己一反過去嘲諷的態度。和尚的表情很平和，從那表情看來，他已明白和接受了命運，「我點起香，朝媽祖拜了拜，就在那剎那，我全身通電般微微顫慄著，好像聽到媽祖與我說話。」

「媽祖對你說了什麼？」那天，林秩男突然對這些不可解釋的東西升起一股好奇。

他忘了和尚的回答。但他常常到廟裡去，他仔細端詳媽祖的臉，以雕刻的手藝來看，那尊媽祖的臉部雕得平淡無味，此地香火並不旺盛，媽祖的雕像並未被香火燻黑，看起來還像新的一樣。

他想像的綾子正在燒香膜拜媽祖。

＊

秋涼時分，和尚朋友私下送他一床多餘的棉被，他躺在收集來的大把稻草上，忍受著蚊子的叮咬，他渴望一個蚊帳，並為自己時時不滿足，並無法忍受身體折磨感到羞慚。

＊

他下山與「台灣民主自治同盟」的成員取得聯繫。得知「讀書會」許多成員已被捕，也有很多人下落不明。一位姓邱的「台灣民主自治同盟」成員激動地告訴他，「革命者沒有失業的時候，」邱姓成員邀請他加入同盟，為台灣的前途奮鬥，「中共遲早會解放台灣，時日一到，他們便以游擊戰內應外合。」他覺得似乎無路可走了，口頭答應此事，但他心裡充滿疑問，那些疑問帶來的便是致命的痛苦，他的心像顆陀螺不停地轉著，轉著，再也靜不下來。

林秩男與幾個宣稱不怕死的台中男人一起喝酒，一直喝到平躺下來為止。他們互相傾訴為台灣奮鬥的理想，通宵達旦，從吸收同志到擴大組織，尋求經費及因應對付國民黨的鬥爭等等無話不談。

目前潛埋在國民黨政府下做事的王姓同志帶來訊息，日本人投降後，不甘心將武器交還給國民黨，便在埔里附近埋藏，只要找到這批武器，未來不但起義將無往不利，且還可以自衛。談話話題便轉到應該分工找尋這批軍事武器。

談話雖然盡興，但話題內容逐漸使林秩男冒汗，國民黨的清鄉活動化明為暗，他感到情勢並不像邱仔形容的那麼簡單，邱仔可能太天真了，或一廂情願。他們全被通緝了。這件事使他明白自己走在革命的路上再沒有回頭的可能了。死神密集地召喚著他。

那個晚上，他灌酒如灌水，之後便是嚴重嘔吐。早上醒來時，他覺得那些理想的色彩似乎在嘔吐時也一起吐了出去，他的思慮像脫水般枯竭，帶了些盤纏，他又悄悄地回到山上的住處。

＊

他在口袋中找出了一張紙條，上面以鉛筆手繪埔里山勢地形圖，註明日本人彈藥庫的可能藏匿地點，林秩男在泥土砌牆上以手指挖出一個小洞，他將那張紙塞了進去，再將泥土和水將洞口貼妥。

他仔細思索彈藥庫可能之處，決定了一條可以進行搜索的路線，他獨自進行了一些時日，又被沮喪憂鬱的心情打敗，他停了下來，成為一個失去自信的人，他覺得自己什麼事也做不了，有一段時日，他整天蜷臥在地上，晚上也不點蠟燭，連食欲都沒有，就那樣活著。

＊

然後，他活下來了。他以代工和人換了一些木工的工具。他在房子旁面鋤草種菜，不但為自己釘了一張床，並且早已有了蚊帳。他的房間已有一點家的味道。房間裡多了幾本書，大部分是日文的共產思想書籍。他有時會將帶在身上的台灣地圖攤在地上仔細地看，他在那張地圖的中間偏左做了記號，那是台中。那是他的家鄉，那是綾子的第二家鄉。

＊

開始雕刻媽祖像時，只是窮極無聊，他從來沒有雕刻過任何雕像，他一雕起來便興致勃勃，十幾個夜以繼日下來已雕出一個完整的形狀。他的媽祖乍看有點像綾子，尤其在昏暗搖曳的燭光下，他想他為什麼不刻綾子呢？但他花了兩個星期卻刻不出來。

但他沒放棄，拿出紙筆，試著畫綾子的素描，把那些素描也攤在地上仔細地觀賞。他看著素描又開始刻了起來，他想，幾乎再也沒有別的事情讓他快樂，除了眼下的雕刻工作，可以日夜不停地做下去，再也不會感到時間的沉重壓力。在那個時刻，所有的人生質疑也不見了。

但綾子的雕像無法成形，他是如此不滿意。將它置於窗下，每天凝視著。

＊

他給自己規定一套生活規律，早上起來先升火煮茶，上午種菜，黃昏到河邊捕撈魚蝦，否則便是拾柴、曬食物。午飯後，他會自修讀書，或者投入雕刻工作，晚上則收聽廣播。他覺得若不遵照這套規律，根本一刻鐘也無法活下去。

他確知自己已失去鬥志了，他放棄了，也不理會偵察武器庫的約定。有一天，姓邱的男人偷偷來山上找他聊天，他帶來了酒，兩人又喝了起來，姓邱的男人約他一起到南投投奔邱的親戚，邱在那裡幫忙養豬種茶。他沒作聲。

「你到底在刻些什麼？你媳婦嗎？」姓邱的男人問他。林秩男搖頭苦笑，「是我憑空想像出來的，沒這個人。」他在回答時，突然好想回家探望，他算了一下，離家好幾個月了，他的兒子現在已長得多大了呢？綾子現在的生活如何？他也想到他的妻子秀文。

邱告訴他，兩個成員已被捕了，接下來他們都得更小心行蹤。

「有關武器庫的下落，你還是繼續進行。」姓邱的男人眼神裡閃過一種混合希望和不安的眼光，他從隨身袋子中拿出一隻羅盤和手電筒，並交給他。「我會。」他把草圖再拿出來和邱討論，突然覺得這計畫根本完全不切實際，他有點生氣，他沒說出來，他知道那更多是對自己生氣，他想他再不會去執行，見鬼了，他心裡這麼說，但他什麼都沒告訴邱。成員被捕的消息使他心情跌入谷底。是的，他想，再來便輪到他了。

「那麼，我們一個月後再聯絡，聯絡地方同樣在那個小廟。」姓邱的男人大約在清晨時分告別，這次他沒喝醉，他很用力地和邱握手告別。

＊

他改變主意，又把紙條從土牆上挖出來，在那一個月當中，他認真地在埔里附近各處搜尋，他改變了生活規律，兩天中有一天必須出外做搜索工作，回來後，會在地圖上做各種記號。搜索工作緩慢而費力，但他這麼做是為了對得起自己的良心，他必須再試試，不管找得到找不到。

他也沒忘情雕刻，出外時他都會撿拾木柴回來，他喜歡撿拾可以雕塑的木塊。他收集那些木塊，在木塊上找尋可以依循的標記，有時會在木塊上看到鼻子或眼睛，有時看到生物的形狀。他仍然還在雕著頭像，但也不清楚自己雕的到底是誰了。

那時他彷彿得了怪病，得不停地雕下去，否則病情不會好轉，雕刻是他的治療。他的手指因不停地銼而受傷而起了繭，他的手掌粗糙，身形瘦削，披頭散髮且長滿鬍鬚，因指甲不易剪斷，一些指甲已長得像容器。有時好幾天不曾說話，半夜會被自己的囈語驚醒，他連自己都變成了陌生人。

＊

他猜那個叫慧明的和尚知道他的來歷，因為慧明從來不在白天來找他，也不會在他的住處久待，和尚說話簡短，大多出於關心，偶爾有欲言又止的表情，「你可以先試觀世音靜坐。」當他抱怨自己睡不好噩夢連連時，和尚這麼告訴他。

他請教靜坐的方法，慧明和尚一一地說明，如由外向內，將外在的聲音收進來，冥想，數息。

他在和尚離去後，試著靜坐，他感覺到內心一把火熊熊燃燒，他睜大眼睛，發現四周比他的內在更寂靜，他很快便放棄靜坐之道。

慧明帶來一些佛經和中秋月餅，並對林秩男的媽祖像頗為讚佩，並要林多讀佛經，林想把媽祖像送給和尚，和尚說，「你自己留著，你需要祂的保護。」他不置可否，談話便至此中斷。

＊

一天清晨，天尚未亮，他決定走回大甲，那需要兩個夜晚。他起床後便拾起斗笠往前走，沒有人可以阻止他，也沒有人可以安排，他一直走，儘管他並不知道他要去哪裡，他只知道他在往前走，但沒有具體的目標，甚至沒有具體的下一步。

＊

他看到她去雜貨店買醬油，他看到她去豆腐店買豆腐，他看到她走路，只有她才那麼走，步伐小而快，她低著頭，沒有笑容，沒有任何神情，她看起來非常悲傷，也非常蒼老，但他覺得她非常美，比過去任何時候都更美。

他的眼光跟隨著她。他落在她身後的遠處，惶恐和快樂同時襲向他，這是他的腳的決定，這是他的命，他只能跟隨自己的腳步，他願意這樣一生都能尾隨著她。綾子帶著布包搭乘巴士，他壓低斗笠不敢靠近她，她一路坐車到大甲，走進鎮瀾宮，以堅強的心意呈列著帶去的祭品，她燒香祭拜後久久跪在跪木上。他躲在中庭院的柱子望著她，他多麼想知道她為誰燒香祭拜，他多麼想靠近她，但他卻無法這麼做。

綾子離去許久後，他仍在走廊上徘徊，回味綾子虔誠的身影。他端詳著媽祖，媽祖並未對他說話，祂對綾子說話了嗎？他的人生是怎麼一回事？而自己又是誰呢？一個人站在廟宇中庭，他覺得自己的靈魂已跟著綾子走了，而他的身體仍留在原地。

*

埔里附近山勢已被他畫成一張地圖，他每次前往不同的路，並在山裡留下路標，他的雙手被棘本野草割傷再割傷，左腳也因曾從山坡跌下，從此有一點跛。整個尋找過程是那麼惘然，除了幾個時刻，在山裡遇見稀有的鳥類，陶醉在鳥語的對話中。那時，他幾度看見自己一個人走在偏僻的小路上，山色將暗，而他卻看不見任何友伴，甚至人跡。

*

「一個叫順風耳，一個叫千里眼。」慧明和尚告訴他媽祖身邊的兩個神像的來源，「祂們不是正神，一般人不會拜他們，但有特殊的事情，像要出征或討海，除了拜媽祖，也一定要拜神通廣大的媽祖部將。」

他想把心裡的話拿來問慧明，但終究沒問，他覺得自己的問題過於幼稚愚蠢，不問也罷。但那個疑問後來曾經在他生命中出現過好幾次：千里眼和順風耳是不是可以保佑像他這樣的人呢？

像他這種逃亡的人，過去一向是無神論的人，像他這種不負家庭責任的人，甚至連累自己兄長的人，還有甚至愛上他兄長的妻子的人，有什麼神會保佑他嗎？

＊

憑著印象，他又手繪了千里眼與順風耳的外貌，然後認真地開始刻了起來，千里眼的眼睛幾乎全凸出來了，順風耳的耳朵也比平常的比例要大得多。刻的時候，他覺得自己的心似乎在淌血，他的意志力已被擊潰，他只能一筆一筆地刻畫這兩個怪模怪狀的神，他腦子裡閃過一個字眼：「嘔心瀝血」，這正是他此刻的寫照，他如此脆弱，不堪一擊，而敵人埋伏在四周，隨時可能獵殺他。

＊

一個月後，他遵守諾言赴了約。他們約定的小廟真是小，一個大約一尺高的小廟，裡面有一尊斷腿的狩狩爺和眼珠被挖出來的廖添丁神像，也許一些求財若渴的信徒在祈願不成後，憤而將祂們截肢以洩憤，也許是善心人士將祂們收集在這丁點廟裡，讓祂們也有棲息的地方。廟就位於一棵大樹下，旁邊一個奉茶站，偶爾有牛車軋軋駛過，偶爾冒出幾個玩耍追跑的孩子。

林從正午開始等候，他在逃亡時已改穿唐衫，並且從二七部隊一個成員那裡接收了一雙舊皮鞋，鞋子稍嫌大，走遠路不舒服，為了不讓人生疑，他不再穿日式木屐，盡量忍著痛，出外時都穿皮鞋，他坐在樹下，瞪著這雙鞋發呆，發現樹影愈來愈長。黃昏時，他受不了寒意，便站起來在原地跑步，趕著回家吃晚飯的牛車軋軋地駛過，幫忙農忙的孩子都坐在牛車上，有兩個還茫然地看著他，彷彿不了解他為什麼坐在那裡。邱一直沒出現，他等到天黑，月亮已上了樹梢，他再也無法忍受寒冷，他知道邱出事了，便大步離開了棄神廟。

他回到了臨時住處，發現門已被人打開，有人似乎來過，他掉頭要跑時，看到門板的空隙上夾著一張籤文：

真是真非不可欺　此心惟有鬼神知　一輪明月清無底　自有雲開雨散時

他斟酌詩文的意義，卻一知半解，不知是誰留下，有何用意？他隨即恍然大悟，這是廟裡供人求卦的籤文，這必是慧明和尚的警示，遂不敢在屋內停留過久，只急忙取了隨身用物轉頭便走。正要往廟後避去，慧明在路上叫住他，並拉他到暗處，「今天早上，有情治單位的人來詢問住持，最近有無可疑的人來過廟裡，」他語帶關切，「我不知道他們是不是找你，你要小心。」

「他們說什麼？住持又說什麼？」林內心感激但臉上卻佯裝無事。

「他們說小心匪諜、人人有責，還說藏匿匪諜是大罪，師父沒說話。」慧明掏出一個布包，交給他，「錢你拿去用，地址是我舅舅家，他住在深山，可能可以幫你忙也不一定。」

他們在月光下告別，他不知道自己的表情是不是很淒慘，他只記得慧明了無牽掛的神情，似乎帶著笑意。他沒問慧明和尚為什麼要如此熱心幫助他，他不敢問，也不敢說話，甚至不敢承認自己便是他們要找的「匪諜」，他拿了錢包，只說了聲謝，便再度離開這個住了幾個月的住屋，沒有目標地往前走了。

他想，他一生怎麼可能會忘記慧明這個人？這個他以前百般嘲笑的「被宗教毒藥迷惑的人」為什麼專程來幫助他呢？是媽祖示意他來的嗎？還是媽祖的部將？

他身上便背著幾座沉重的雕像。

＊

他站在龍山農場的入口，目光所及，是千篇一律的雞籠，然後就是一個女人的身影，仔細看則是一個女孩，一個身材姣好的女孩，正在沖洗雞籠下的穢物。「請問慧明和尚的舅舅在嗎？」他因感冒喉嚨發出呼呼的怪響，女孩不明就裡地盯著他，「慧明和尚，在台中出家的慧明和尚。」他又說了一次，他發現自己完全忘了他要拜訪的人的姓名。

這回女孩會意過來，她笑著回答，「在，在裡面。」她指向成排雞籠的後面一棟平房。他注意到這個女孩聲音很細，她的單眼皮極薄，若要木雕的話，那一刀的刀工得憑運氣。她大概十七、八歲吧，或者更小？

他道謝後往前走，他感覺到那個女孩的眼光盯著他的背，他迅速地回頭，女孩正放下水桶，這時才徐徐望向他，但他並不確定，她也許並不是看他，只是剛好朝這個方向。

慧明和尚的舅舅李先生是一個精明但不世故的人，他明白來意後，答應給林秩男一個工作，工資不多，嚴格說應該沒有，他抱歉地說。「沒有關係。」林一邊回答，一邊也警覺到，他或許該將自己的背景說出來，以免連累慧明和尚的家人，但他又想，等處熟一點再說無妨，何況他不知道會在這個荒山野地停留多久，這裡已是中央山脈的中央，再下去便是孤魂野鬼出沒之地了。

＊

慧明和尚的舅舅李先生以前好賭欠下巨大賭債，債主天天上門來催討還債，他逃到外地避債，留下妻子去面對，妻子不耐催討，選擇了服毒自殺，他最後被迫帶著女兒和兒子到山上來墾荒，農場裡除了養雞還種了幾種水果。兒子一個月一次會駛牛車下山，除了賣些農場產品，還會帶些日用品上來。

秩男很快便決定留下來，這種生活本來只適合田園隱士，但現在卻百分之百適合他。

＊

方正的房間裡除了一張木板床外，便是一隻五斗櫃，林秩男打開五斗櫃，將三隻木雕放了進去，然後，他拿出一本馬克思的書，思忖著，最後又將書放回他的隨身包袱。他站在房間內，以第三者的眼睛衡量窗戶和屋外走道的距離，他打開窗戶，看著屋外，山坡上一片稀疏的矮樹林，那大概不是逃匿的好方向。

「您還需要什麼嗎？」女孩帶來棉被及毛巾肥皂，站在門口問他，他以為她在詢問他內心深處的什麼，猛然回悟，笑著搖搖頭。「我爸說如果需要什麼就告訴我們。」女孩輕聲地說，他又再度發現她的聲音如此溫柔，一種正如他會嚮往的聲音。

他看到女孩羞赧地將棉被鋪在床上，毛巾和肥皂放在五斗櫃上，沒再說話，轉頭離去，他望著她的側影，肩膀很小，臀部不瘦，看不出來她到底幾歲。他關上門，和衣躺在床上，才沒一會便沉沉入睡了。

＊

他全心全意地投入農場工作，每天五點起床，鍘草犁田、栽種施肥，什麼都做，把革命事業（他已慚愧到不敢用這些字）全先放在一邊。他很久沒睡過長覺，總是動輒驚醒，比起過去他較能入睡，「現在我是種田人了。」他在餐桌上說過這句話。那個姓李的女孩的廚藝並不特別，但他卻覺得飯菜都驚人地可口，他吃得比任何時候都多，想得比任何時候都少，獨處時，偶爾他會把那本帶在身上的馬克思的書拿出來，好幾次，他曾動過念頭把書燒毀。

但他並未這麼做。李先生彷彿知道他的來歷，從來沒主動問起他的事，但他在言詞中似乎同意他的立場，至少林秩男這麼認為。

＊

三個月後，他與李家的兒子進財騎牛車下山一趟，在一個小村落時分手，他告訴進財他要回家一趟，並約好自行上山，他潛回埔里，知道同盟會成員全被抓了。他決定連家都不回去，便又踅回山上來。

＊

每天晚飯過後，他總是與李桑坐在空曠的客廳一起喝酒，那時他總覺得自己更像李先生的兒子。李先生年紀不過五、六十，話不多，真的不多，而他的話就更少了，他們一杯一杯地喝，「日本人在的時候的日子比現在好多了。」李先生有時會冒出這麼一句日文，或者「只有種鴉片才是賺錢之道啊！」他不敢接腔，也不敢將自己的處境想法說出來。對方並未期待他說出來，他便只是一逕喝酒，喝到一定的程度，才去睡覺，這已成為每天的生活儀式。

一天下午，他們早一點吃晚飯，也早一點開始喝酒，他瞥見她在雨中收拾曬過的衣服，他才注意到他的衣服與李家父子的衣服曬在一起，包括內褲。她什麼時候到過他的房間呢？她為什麼要清洗他的衣服呢？他納悶不已，酒多喝了兩杯。

她從來沒問過他或和他說話。但他知道她常常進入他的房間打掃，她會把衣服放進五斗櫃的另一個抽屜，她可能在他工作時停留在房間裡，她可能知道了他的祕密。

有時他想問她，「妳知道我是什麼樣的人嗎？」他卻沒問，他們之間有一種奇怪的默契，好像他默許她進入他的生活，但他的生活空洞如他的房間。好像在那個空洞的房間裡，必須有個像她那樣的人走進去，沒有目的地走進去，他不必邀請她，她隨時來隨時走，都在他不在的時候。

他的房間便只具有那樣的功能。他的祕密已變成一個房間的祕密，而她擁有開啟那祕密的鑰匙，她使他成為了一個不同的人。

＊

他得空時重新開始木雕，他試著雕刻青蛙或鴨、鵝，也繼續未完成的綾子雕像，那是他心中命名的綾子雕像，事實上卻誰也不像，一個抽象的頭像。女孩走過時，停留下來，她好奇地問他：你是否在刻我？他被她的問題嚇了一跳。

＊

李桑和兒子一起下山物色年貨，說兩天才會回來，李桑交代他注意生病的狼狗，牠可能食物中毒，李桑要去找人拿藥回來。

晚飯後他一個人喝酒，她坐得遠遠的，正在繡補衣服，他與她說話時，她不敢正視他，「十九。」她回答他長久的疑問。「十九。」他重複地說著，彷彿自言自語。他知道這個女孩非常聰明，他的直覺告訴他，她有一種天賦，她理解他的想法，並且可以看透他。

他喝醉了，他要她扶他站起來，她的力氣不小，真的可以扶他，他們一起走進他的房間，「妳過來。」他躺在床上，用手指向她，她摀著嘴，吃吃地笑著，然後為他關上門，轉身跑走了。

半夜時分，他的房門被人打開，他驚醒後，急著跳起來往窗外逃，他在黑暗中撞到床角，才發現原來是她，她穿著薄薄的衣服站在門口問他：你可不可以陪我？

他沒聽懂她的意思，愣了一會，然後他走過去抱住她。「我想，我一來這裡的時候便喜歡妳了。」他叫她的名字，並將她的衣服全脫了。她的身體瘦，但卻有曲線味道，乳房大到他剛好可以掌握，她的手臂細長，指甲縫因染布而染成赭色。他用嘆息壓住了她，「我一直渴望進入妳的身體，妳不知道？」他看著她清澈的眼睛，把自己的全塞進她的腹下，他必須如此做，唯有如此，他才可重生，他已死去太久太久。

「你可不可以愛我？」她認真地問。

他沒回答。他不敢回答，他猛烈地吻著她。

他吻她時，突然想到他多麼想這樣吻一次綾子，他已經掉進陰冷的谷裡，只有在陽光出現的時候，人才會看到陰影，這裡沒有陰影，女孩純潔如風，徐徐舒緩地吹向他，他只能迎向她，以此刻的生命迎向她。

＊

女孩惠蓮懷孕三個月時，他們喝著李桑釀的梨酒，「比國民黨公賣局釀得好多了，是不是？」他突然拍拍他的手臂，「喝不完拿去外面賣了。」李桑看著忙著家事的女兒，又淡淡一句「肥得跟豬一樣。」然後照喝他的酒，他立刻心虛地漲紅了臉。

只有他很清楚她懷孕了，他在等待事情爆發，李桑可能拿出槍一槍把他幹掉，他相信這一天會到，那是他的死期。他也開始計畫再度逃亡，但卻沒走成，女孩小而溫軟的身體已變成一種魔法，而且他要去哪裡呢？他已沒有資格視自己為革命者了，同盟的會員多數被捕了，而他已如此墮落了。還能更墮落嗎？他沒有任何退路了，就等死吧。

＊

一天，晚餐後李桑沒找他喝酒，他便知道出事了。李桑一個人喝得醉醺醺，他這樣連續三天地喝著酒，第四天，他要兒子喚客人來一起喝，他為林斟酒，「我知道你在為台灣做事，很尊敬你，為你安排一條路，看你覺得怎麼樣？」

李桑認識一個朋友在打狗港口做事，知道如何安排偷渡客上貨輪，那些貨輪的去向不一定，也許到阿根庭，也許到印尼，李桑願意幫忙，但只有一個條件，他必須帶他懷孕的女兒一起走。

「沒問題，我必須先解決一件事才能走。」林秩男一口乾了杯。

＊

雞鳴四處啼起時，他才走到沙鹿。他這樣的人就像吸血鬼，他看過一部這樣的外國電影，那些吸血鬼都只能夜間行動，而他也一樣，白天便見光死了，現在到處都可能張貼捉捕他的消息。

他藏在一個朋友的屋後樹林，試著以小石塊敲擊木窗。過一會，神色慌張的友人輕輕地從後院跳過牆，「有人來找過你，我說你來過，其餘都不知道，以後你自己要小心了。」

「最後一次請你幫忙，」林秩男說，他把背上的包袱交給對方，「請你務必交給綾子，並且告訴她，等情勢變好我會再回來，叫家人都別擔心，秀文要好好照顧兒子。」他一口氣急著說完。

他的朋友答應了他。他飛快地離開那裡，留下四尊雕像：媽祖、千里眼、順風耳及綾子。

靜子母親與心如阿姨

——一對不說話的姊妹

一九九八年．台中

我的母親靜子已多年不和她的妹妹心如說話了，她不准任何人提起妹妹的名字，若有人不小心提及，她的聲音裡藏著憤怒，眼神暗處掩不住悲傷，「她呀，簡直就是仙女下凡。」她的表情像嫉妒。有時，「伊巧啊！」但有時卻一副無所謂的樣子，「我也不知道她是不是我妹妹！」

多年後的現在，靜子母親有時還會覺得自己不是三和綾子的孩子。她說她反正是個沒娘愛的小孩。但她也說過，外婆三和綾子跟她一樣也是沒娘愛的孩子。母親不解的是綾子總是愛妹妹甚於她。

靜子總是告訴我們，你外婆多麼寵愛心如呀，以至於她小時候除了家事，還必須照顧心如，她甚至必須背著心如做家事（靜子似乎忘了我和姊姊也都背過妹妹），一直到心如上學都還必須餵她吃東西。她不斷舉證，她總是說，心如擁有一切，而她什麼都沒有，她好像是別人家的女兒，而不是綾子的女兒。

我問過心如阿姨，她回答，「不會呀，那是因為她是大女兒，母親對她要求比較高，只是這樣而已。」心如阿姨也會舉一些例子，我聽後也都忘了，只記得好像外婆常常為母親操心，天天為她求神拜媽祖。

我們在照片上看過外婆和孩子的合照，外婆髮髻梳得很整齊，坐在一張明式木椅上，手上抱著剛生不久的心如，心如頭上戴著一頂漢式小童帽，母親在照片中穿著修改過的男襯衫和西褲。她和兩個兄弟站在後面，乍看像三個男生。

靜子母親常常對我們抱怨綾子外婆對她不公平。她初中畢業典禮穿的便是綾子早年的洋裝，綾子將洋裝做了修改，並且對那一張畢業照感到很得意，還私下收藏起來。事隔多年後，靜子母親卻對我們憤憤不平地說，「從細漢到大漢都得照她的意思，那洋裝我根本穿不下。」然後她又提起那件難過的往事，「我足愛去讀冊，伊都不乎我讀。」她說，舅舅們都不會念書，但外婆堅持讓他們讀，靜子母親一提到這件事便會難過。

「有一條歌叫〈虹彩妹妹〉，心如就是虹彩妹妹，鵝蛋臉，菱嘴，水汪汪的大眼睛，怎不人見人愛呢。」母親也這麼說過，她同意自己的妹妹是個美人。有一張缺一角的舊照片上，母親穿一件小旗袍煞有介事像個小媽媽那樣抱著心如，眼光那麼柔和，那時母親才十二歲，母親卻沒告訴我們旗袍的事。

＊

心如出生時，外公已失蹤了一年，在那個沉默無言的時代，靜子曾經說過，那時，她還不知道外面的世界發生了什麼，感覺到的只是左鄰右舍的沉默，後來她才明白，那種「社會上的沉默」是極大壓力，多年後，靜子說起「社會」這個字還習慣不由自主地東張西望，彷彿有人竊聽。

那是五〇年代，台灣歷史繼續著，彷彿什麼事都沒發生，她家也並不存在，她們出去和鄰居的孩子玩，晚上會從屋瓦房外聽到鄰居家長教訓孩子，那些鄰居的孩子只會在離家很遠的地方和她或她弟弟說話，一靠近他們住的地方，他們便閉上嘴。稍微年長後，靜子覺得鄰居幾乎全是沒有立場的懦夫，男人都不說話，女人只喜歡背著人家流長蜚短，卻沒有人會為她父親失蹤這事感到奇怪，甚至出來主持正義。以前偶爾來家裡坐的里長和村長，自保都來不及，急著與綾子保持距離。那真是一個荒涼的時代，父親失蹤後，再也沒人到家裡來了，綾子也因此搬到大甲鎮去開理髮店去了。

＊

搬到大甲後，因為可愛的心如，全家人和鎮上的鄰居相處融洽，很多婦道人家還專程來家裡送東西給心如，抱抱心如，甚至指定心如做她們家的未來媳婦。那時有人替心如算命，「說什麼心如和綾子有母女緣，從此便被當成寶。」靜子母親也這麼說。但那幾年的綾子，那幾年的綾子啊，照片上看起來沒那麼糟，好像心如的誕生使她枯槁的生命又生動起來，雖然丈夫失蹤了，但那時她的眼眸還能閃著光芒，整天起勁地忙著。

而當綾子在理髮店忙著的時候，照顧心如便是靜子的工作。不知多少次，她一遍一遍地輕推著搖籃，搖到心如睡著，可愛的妹妹，她看著她粉撲撲的嫩臉，她多麼希望自己也跟她一樣睡在那樣的搖籃中，也有人這麼輕輕推她，很多次，她一邊推著搖籃反而自己打起瞌睡，睡著了。

那時，她真是愛心如妹妹，靜子又說。她會做每一件綾子外婆交代的事，她願意做，也喜歡做，心如妹妹比誰都聰明，嘴巴又甜，看到她所有的不快樂幾乎就會立刻消失。綾子常常把食物和好的東西留給心如，久了，她也會學著那樣做。綾子說，「姊姊本來便應該讓妹妹，中國有個孔融讓梨的故事，你該學學。」

靜子在別人面前會叫綾子「卡將」，她說卡將對她總是特別嚴格，她若做錯一件小事，卡將會一個星期不和她說話。而心如和舅舅們不管做錯什麼，永不處罰。「卡將真是溺愛她的兒子呀，她的兒子都變成強盜流氓了，她還是一樣愛他們，好像他們都是她的骨頭似的。兒子又有什麼了不起。」但靜子母親忘了，多少次，她當著我們姊妹面前說過，她要是能生個兒子就好了。

靜子說，心如小時養小鵝，在大太陽底下，把一籃小鵝置在室外，她要把那籃小鵝收到陰涼處，心如又叫又跳，就是不依，結果那群小鵝就活活被曬死了。綾子外婆知道後卻只責怪靜子不細心。

還有養蠶。心如阿姨喜歡養動物，而靜子母親不喜歡。有一次，心如把蠶盒置在靜子的衣服上，靜子因怕死那些蟲，急著把盒子推到桌邊，結果打翻了一瓶紅藥水，後來幾隻蠶都死了。心如嚎啕大哭，急著對剛進門的綾子哭訴，綾子還沒出口，靜子便生氣地大叫起來，「那些蟲有夠恐怖，攏毒死也沒關係。」綾子外婆當下要大女兒對小女兒道歉，靜子賭氣地說，「死也嘸愛。」然後，綾子打了靜子一個耳光。

靜子那時已十四、五歲了，大約從那時起她開始憎恨她妹妹吧。我問過靜子母親，綾子外婆那麼喜歡打小孩嗎？靜子母親說，哪有，她只打我，她從來不打別人，不打她的心肝兒子也不打她的心肝小女兒，只有獨獨打我（靜子母親說時連自己也忘記她曾多麼用力地打過我）。

靜子母親說，她那時便知道，那個家不是她的家。

她說，那些年，她都自己一個人活著。

*

靜子母親在少女的時候知道一個祕密。有一天她獨自出門，在路上看到一個眼熟的男人駕著牛車，他停下來載她。那男人與她同路，願意載她一程。在路上，男人突然回頭問她，「妳不就是綾子的女兒嗎，不認得我嗎？」她搖搖頭，因為飄雨，手上撐著一把紙傘，很擔心傘面飛走，「我是大樹仔啦，你們家的事哪一樣我不知。」男人坐在前面駕著車，頭也不回地繼續，「妳母是琉球人，對否？」靜子覺得他表情猥瑣，打算下車，男人卻說，「別急，是不是跟妳阿母一樣趕著要去偷客兄？」

她從男人猥褻的眼光中匆匆下了車，回家後羞愧地問她媽，「什麼是偷客兄？」她在三和綾子冷漠眼神中看到一些事情有著不同面貌，三和綾子沒說話，她沒給任何回答。

靜子明白偷客兄的意思後，她的怨恨像火燒那麼猛烈。她常常注意著綾子母親，她發現，綾子眼光裡好像有什麼神祕，她觀察綾子與男人說話的言語和動作，久了，她感到失望，綾子母親對任何男人說話時總是畢恭畢敬，她的教養和文化便是如此，她從未反駁男人，但也從未聽從男人，她看得出來，綾子不信任他們，與男人並沒有瓜葛，她甚至迴避與男人接觸的可能。靜子後來才明白，她母親綾子瞳孔裡隱藏的是孤獨啊，她是寂寞的母親，那長久的寂寞使她的神情枯槁漠然。

很多年後她才知道，這世界上有一個男人使母親活下來。但那個男人並不在她身旁。那個男人使綾子母親活下來，但也使她生不如死。

*

寂寞是什麼滋味呀，靜子在丈夫二馬出事後，開始深切體驗。她開始明白母親的孤單，從此她更怨恨起自己的小妹，心如得天獨厚，她不了解別人的辛苦，她尤其不明白姊姊的難處。

*

心如不只得到母親的厚愛，連遠在巴西的叔父也特別照顧她。靜子從來不想看叔父林秩男，她認為她父親的死與林秩男有關，是林秩男害死她父親，或者，至少她這麼理解，如果不是她叔父加入台共組織活動，她的父親便不至於遇害。而真正該死的人是林秩男，他卻好端端地在地球另一端活著。

每一年冬天叔父都會從巴西寄來包裹，有一大半是給心如的禮物，或者給綾子，或者是食物罐頭，而沒有一樣是給她。她更小時曾問母親為什麼沒有她的禮物，母親說，那是因為秩男叔父要收養心如，「他還會回來帶心如去巴西呢。」

然後，她的叔父真的從巴西回來了。綾子要四個孩子跟她到松山機場去接他們的叔父，那一年，靜子母親十八歲了，她早就開始進行一場徹底的反叛，她一聽到叔父林秩男的名字便完全閉嘴，什麼話也不說。她早就不再照顧心如了，反正心如已經得過太多的照顧，夠了，靜子母親不想看到叔父，她也不要去接他。她應該怎麼告訴她媽綾子呢，在一些人生時刻中，她沒有別的想法，只希望父親一個人了解她就好，她不需要別人，尤其不需要叔父和心如。她覺得她也不需要她母親了。

要等綾子死後，靜子才開始明瞭自己的母親綾子。

她記得那一年夏天，她母親綾子特別做了一套洋裝，帶著像小公主般的妹妹搭火車去台北，她看到母親讓妹妹先坐上三輪車，她怕妹妹曬太陽，為她把三輪車的罩子拉下，然後她們便去台北了。她永遠沒忘記那個畫面，她站在房間的一扇窗戶後，偷偷看著她母親帶著妹妹離開了家。

巴西叔父回過台灣兩次。但他並未帶走心如，他第一次來時，被國民黨人發現，在機場便遭遣返，根本沒見到綾子和心如。第二次是多年後，那時靜子和綾子恢復了聯繫，為了出外工作，她把大女兒寄放在鄰居家，而二女兒則寄留在綾子母親家。那時聽說秩男又回來過台中。

「去呀，妳怎麼不去巴西呢？」靜子總是這樣威脅自己的母親。那是情感的威脅，綾子外婆會眼睛濕潤，一言不發，慢慢走回她的房間。她會把自己鎖在房間裡，她會對母親靜子說：她從來沒想過要離開台灣，她也不會離開這裡。她每次說時，母親靜子總以為外婆綾子是在喃喃自語。

外婆從來沒去過巴西，心如則去過兩次，第一次她在那裡住了八個月，因水土不服，又轉回家來；第二次是前幾年叔公病危時發電報來，希望心如和綾子能前往巴西，會最後一面，心如也去了。四十幾年當中，外婆綾子也只見過叔公林秩男一次，她從來沒去巴西，沒有人知道綾子和秩男叔公之間究竟發生了什麼，綾子至死也沒說。

結婚之後，靜子與心如時而吵吵鬧鬧，時而又決裂不合。爭吵的主要內容是心如阿姨和綾子外婆都不喜歡父親二馬，綾子外婆從來沒接受過她的女婿，她只看了他一眼就認定他絕不是什麼「好東西」。靜子母親逃家多年後，綾子外婆還一直堅持著這個看法。她看著靜子的生活不斷淪陷，正如她之前的災難性預言，一直到她的女婿入獄後，綾子外婆才停止在靜子母親面前咒罵批評。綾子外婆在那次事情之後變得寬容起來。

但是心如的信念比外婆強烈，她在二馬出獄多年後，和靜子提到時還會稱他為「中國豬」

及「老芋仔」。心如也不同意她姊姊為那樣的男人背負一生的無奈和重擔，「他人都滾回他老家了，妳還在這邊替他做牛做馬。」心如不同意姊姊靜子毫無原則地對待男人，「妳自己也常罵他是中國豬，為什麼我們不能說？」她姊姊靜子錯了，她姊姊靜子總是錯得離譜，心如也不怎麼想讓步。「他是我丈夫，我可以罵他，妳憑什麼罵他，妳是誰呀？」靜子則忿忿不平，她們之中，一個是「嫁雞隨雞，嫁狗隨狗」，另一個則曾經為情感出家，從此守身如玉。她們是截然不同的姊妹，就像薑與蒜，水與火。「如果不是因為妳身分證上寫是我妹妹，我根本看都懶得看妳一眼，妳有沒有發現，我很討像你這樣的人。」靜子在氣憤時這麼說過，最後，最後，她終於說出那句令兩人關係完全絕望的話：只有妳這款人才會有那種不要臉的人要認妳做女兒！

那次爭吵發生在前幾年，林秩男叔公病危時要心如前往，回來後心如幾次為叔公說項，並希望叔公秩男與綾子外婆合葬。好幾次，靜子以決裂的聲音告訴她妹妹心如，「不，毫無可能，除非我死了。」靜子從來不能忍受這樣的想法，她開始攻擊及羞辱自己的妹妹。

靜子先是很少回母親家，在母親死後，她再也沒回去過。她最後一次看到心如，是在她母親的葬禮。在她母親綾子過世前的那一年，靜子每個月會回台中一家私人醫院探望母親，她總是搭早班巴士去，而搭夜車回來，一直到母親綾子去世的那天。那一天，靜子在隔夜清晨便趕了回去。她推開紗門，走進客廳，卻沒看見任何人影。

＊

靜子一個人坐在母親的房間裡，看著綾子的遺物，她還沒有什麼想法，蹲在榻榻米上便傷心地哭起來，一哭便哭了好久好久。她的內心已經乾枯多時，正像一個空洞的所在。她怎麼就忘記了自己有多麼孤獨呢？過去那麼多年，那麼多年，她倔強地消極地甚至用盡生命力氣與自己的母親對抗，她以為她沒有母親，但是現在她知道她有，只是她母親已經死了。

不但她的母親死了，她的丈夫也躺在台北郊區一家醫院的床上。

然後，她和心如一起去租車行，先去載了一具美好棺木，然後和一群葬儀社的工人把她母親的屍體運回台中家裡。她和心如辦了一場葬禮，我的姊姊和妹妹也在，但兩個舅舅不在，葬禮簡單隆重，雖然靜子母親與心如阿姨一句話也沒說。

心如早已經原諒靜子了，是靜子母親不原諒心如阿姨，姊姊這麼對我說。葬禮那一天，她看到的是兩個孤獨的人，都緊抿著嘴，她們將她們一生的祕密緊緊封住。在她們的母親面前，兩個人都發瘋地哭著，像比賽，像一場魂靈哭訴的比賽。

【拜地官需知】

土地公又稱「福德正神」，民間崇拜土地公應與古代社稷的祭祀淵源有關。人們為了感謝土地神賜予農作的豐收，甚至生意的興隆，被視為財神的土地公，也成為民眾每個月兩次的重要祭拜對象，稱為「作牙」。而農曆二月初二及十二月十六是土地公的聖誕千秋，也是盛大的祭拜日子，前者稱「頭牙」，後者稱「尾牙」。

頭牙祭拜時，若家中有土地公神位則供桌便設於神明前，再於門口設一供桌準備犒將，供桌習慣設於門口向天處。一般相傳，主祀神忙碌，而其神兵神將會協助主祀神鎮守邪祟，為百姓帶來平安，為了感謝神的守衛隊，民間在祭拜土地公時也會準備豐盛的供品來祭拜祂們，稱為「犒將」或「犒軍」。

另外，在道教信仰中，正月十五天官生，中元七月十五地官生，下元十月十五水官生，所以七月十五日拜地官大帝，地官出生於鬼月，鬼月由農曆七月一日到七月三十日，一個月中，未投胎轉世的孤魂滯魄（好兄弟）會回到人間享受香火和供品的招待，所以拜主管鬼魂的地官大帝時，也應該「拜好兄弟」。

七月初一地藏庵「開鬼門」後，中午過後可拜門口路過的好兄弟；七月十五日凌晨則拜地位也甚為崇高的地官大帝，下午時分可普渡孤魂野鬼（好兄弟）；到了七月底「關鬼門」後，約傍晚時分可點「謝燈篙」，好送在人間停留了一個月的「好兄弟」上路返回陰間。

十二月十六日則是「尾牙」，作尾牙是感謝土地公一年來對信眾的農作或生意的庇祐，所以會比頭牙或平常的作牙更加隆重。時至今日，一般公司行號多半也會選尾牙犒賞員工，而一些老闆若不好意思遣散員工，在尾牙聚會上會選擇將「雞頭」對著他有意遣散的職員。

而佛教徒在七月十五日則過「盂蘭盆節」，視財力狀況而準備豐盛供品供養僧佛，有些富人更設下「流水席」，宴請所有過路人和「好兄弟」，此來可救已逝親人免於地獄倒懸之苦。

在母親的房間

二〇〇一．台灣台北

我從台中外婆家回到台北時滿七歲了。離開家幾年，似乎一切人事皆非，一種強烈的陌生感隔離在我和父母之間，我怯生和懦弱，因長久的別離而顯得有些神色恍惚。

很多晚上，我躺在床上聽著昆蟲在夜裡發出的叫聲，盯著搖晃的樹影映在毛窗玻璃上。在颱風夜，風雨會激烈地拍打著門窗，因為旁聽過鄰居退伍軍人的鬼故事，使我幻想著各種鬼魂的出現。對孩子說鬼故事的人是湖南人，他喜歡講湘西惡鬼，偶爾也提新疆殭屍，或者台灣水鬼，那個人看到孩子便開講，我不小心聽了一、兩個，從此便作噩夢。

那時父親已不常回家了。

小時候不怕颱風，只怕鬼。有一個颱風夜，姊姊睡著後，我睡不著，害怕得幾乎快窒息，只希望能靠近我的母親。好幾次，我一個人躡手躡腳地從上鋪爬下床，走近母親的房間，三妹那時還沒出生，母親和兩個妹妹在房間裡，母親也許睡著了，也許還沒睡，房間傳來輕輕的音樂聲，我多麼希望能靠近她，但我不敢靠近，我不敢敲門。

母親是第一個愛我的人。十八歲那年逃家，從台中來到台北，違背母親的旨意，祕密地與阿山仔軍人訂婚，很快懷了孕，既恐懼又幸福。一次又一次地懷孕，她的確想過不要讓她的孩子來到人世，我知道那不是她的錯，她當時仍然是個孩子，並未真的告別自己的父母。我只是不知道，那十個月，我和姊姊是如何在一個有自毀意願的母親子宮裡存活下來的。我多麼渴望她的愛，又多麼憎恨她，在後來的人生中，我也幾度認為，她給了我生命，但她也幾乎毀了我。

我知道我母親會告訴我，我是一個奇怪的孩子。從小，我便那麼倔強固執，青春期我經常和她吵架，二十歲便離開了家，然後又去了法國。我現在仍然一樣頑固。你說，你應該與你的母親說話，她愛你。然而你也說，不，你不確定，也許她不愛你。你這麼說時表情看起來很痛苦，你似乎也頗感混淆，但你試著傾聽，你不但聽我敘述，也聆聽我的母親。你說，或許你的母親沒有能力愛你。

我也不知道為什麼，事隔那麼多年，而這個畫面永誌不滅。那是母親將我從外婆家帶回台北的同一天，她連家都沒回便把我帶到幼稚園去，母親說她已和老師說好，要我留在那邊，然後她轉身抱著妹妹要離去，就是那一瞬間，我拉著母親的洋裝一角，死命不肯讓她走，我不停地哭著，眼睛只看到幼稚園門口的紅木門，和媽媽的洋裝裙角，母親戴著墨鏡抱著妹妹，對我的行為非常反感。她不明白我有天大的恐懼。

那時我才七歲，我用盡力氣哭著。

我的母親說我喜歡流浪，我不是流浪，我只是沒有家。我從來沒有家。「妳以為你這樣到處跑有什麼用。」我的母親也曾這麼說。沒什麼用，我不想要成為她認為「有用」的人。我只是我。她說，「妳就是這樣，妳從小就這樣，沒人管，一個沒人管的小孩。」長大了誰也管不了。我說，「管不了就管不了，你們誰也別管我。」

我走進母親的房間。你和我母親一直在客廳聊著，我聽見母親的笑聲，那短促及壓抑，彷彿怕人發現她其實很無助、很孤單的笑聲。她一直是這樣，她不是爽朗的人，不是快樂的人，一個意志軟弱的人不會快樂。我站在她的房間裡，我開始想，以前，我多麼想靠近母親的懷抱，但她並不知道。

那時她沒有靠近過我，她沒有這麼做。我也沒這麼做。我想這世界上從來也沒有人安慰她，她的內心是如此渴望，以至於在現實生活中，她必須斬釘截鐵地拒絕，我知道，她必須冷酷無情地對待我，倘若她不小心透露了她對愛的想望，她可能會陷入更多憂懼，更多傷懷，而如此便無法支撐她的人生。不，我明白了，她必須將對愛的想望割捨，因為沒有人愛過她，從來沒有一個人，她因此不知道該如何愛我。她不知道她該如何愛人。任何人。

我環視她的房間，她的房間和外婆的房間不一樣，她的房間不那麼灰暗，看起來像普通旅館的裝潢。燈還是小時候我們習慣的日光燈。以前我們在日光燈下吃飯做功課，看著她憔悴地活，離開這間房間去為父親的事奔波，一直到現在，她還在為他奔波，我真想問她，為什麼人不能自己好好地活？為什麼父親的悲劇全變成你的？但她就是不會明白。

我眼光移到角落的神桌上的媽祖，那大概是母親新求來的媽祖，我懷疑那麼多年了，母親難道從來沒問過那兩尊媽祖的部將跑去哪裡了嗎？而她到底是如何信媽祖？她都在向媽祖祈禱什麼？

我還是孩子的時候，有一個冬夜突然天搖地動，但我昏睡著，毫不知情。睡夢中，母親用力拍打我的臉，「房子快倒了，大家都快死了，你還在睡！」我在夢中醒來，看到母親一手抱著小妹，另一手拉著另一個妹妹，姊姊已不知何時衝到門外，母親說完話便不理會我，抱拉著妹妹往外走，我一個人坐在床沿，仍然對地震無感，看著母親的背影，還不知要做什麼。就在那時六級地震便停了。

後來，母親曾對別人提起此事，提到我，「她呀，她對什麼事都無動於衷，行為正像她父親，不負責任。」母親不知道我在隔壁房間聽她說話，「她和她父親太像了，他們是天塌下來也無所謂。」父親那一年整年不在家，他搬到迴龍一個姓蘇的女人那裡，不，後來母親的怨恨更深了，他不是搬到那裡，是他為那個姓蘇的女人買了一棟房子。

她的的確確愛過我的父親，甚至超過於愛她的孩子。但那又不是她的錯。難道這樣完完全全地投入，這樣緊迫盯人地愛著一個人，也有錯嗎？我望著媽祖神像。

每天早上醒來，桌上總是擺了幾杯沖泡好的克寧牛奶和一些零錢，牛奶多半都已涼了，凝固的冷牛脂使我噁心，每天，我固定把牛奶倒進抽水馬桶，然後拿起桌上的十元，那便是我的早餐和午餐。姊姊和妹妹也一樣，我知道妹妹常用那些零錢去巷口雜貨店買零食，染過色素的芒果乾，或多色沾糖。我們從來沒有正餐，那些錢總是拿去買零食或玩具，我常常一天便只吃兩個麵包，一個波蘿，一個起司。我不知道母親吃什麼，那時小妹才三歲，她整天都在房間裡玩，母親那一、兩年當中從來沒出過門，連臥室的門都反鎖。那是母親最困難的人生時光，那是我們沒人管的童年，常常飢餓如魂，不停地吃有色素的零食和糖果。

有一年，母親好幾次試圖自殺。有一天，我回家後，看到家門口有一輛救護車，母親獲救被送到醫院，是姊姊發現她奄奄一息躺在床上，她一次服用了所有她分多次收購而來的安眠藥，醫生替她洗胃，並且要我們通知父親前來醫院。父親隔了兩天才來醫院，當他看到母親時，他沒有任何表情，只是漠然地在文件上簽名，簽完他便走了，連話都懶得說。

然後，心如阿姨和綾子外婆一起來看媽媽。但那一次母親也把自己反鎖在房間裡。她們從大甲專程搭車前來，她們坐在客廳裡那隻L型假皮沙發上，有一處的假皮已破損，把表皮拉開便可以看到沙發裡的彈簧。我用膠帶把扯開的表面貼好，看著外婆正坐在那裂口上，那一天我只注意著這件事，我一直盯著外婆的一舉一動，確定她沒發現這些，我很高興她們沒發現。她們在客廳坐了好幾個小時，一直到天色很晚才走。

外婆和心如才剛離開，母親便走了出來。「來幹嘛？她們來這裡幹嘛？」母親很不高興地問我，她似乎在等待我的回答，眼睛裡充滿怒火，對我大聲地咆哮，彷彿她們來探望她全是我的錯。

那時的我其實很焦慮。我希望綾子外婆能勸勸母親，很多時候我擔心只要我和姊姊一不注意，母親隨時可能死去。她自殺的頻率太高，父親出現的機率太少。每天，我都匆匆忙忙回家，我怕母親在我回家的路上不治。我焦心地等著巴士，有好幾次甚至因硬擠上公車，使得車門關不上，而被車掌用力以掌心推下車，一次甚至不慎跌落在地上。我總是急著回家。我覺得母親在死亡邊緣，她需要我。

我想我必須走出去和你們說說話，但我站在母親的房間裡卻動也沒動。

父親入獄後，母親突然離開她的房間。她不但再也不自殺了，還從此東奔西走。為了營救父親，她不但找到炊事工的工作來照料全家的生活，我們也有機會吃到她帶回來的便當。她似乎變了一個人，除了工作，她整天只為營救父親傷神。

但她根本沒注意到我經常蹺課，再也不讀書，書包裡都是赫塞或卡繆，或是都是寫給朋友的信，那些信是寫給同班女同學，但是寫得和情書一樣。我對世間疑問太多，我把所有的感情全寫在字條上，日復一日地寫給一個女生，女生從來沒仔細讀這些字條。有一天她把字條全放在一個盒子裡，並退還了我。

那一陣子，我很怕去上學。我怕看見那位姓熊的女生。她總是有好多朋友，大家下課時都會圍著她有說有笑。我盡量不去上課。在學校附近公園胡逛，到唯一可去的鄰居家，那時，棺材店鄰居的父親已得胃疾，他原先躺在床上瘦得不成人形，他們只讓他吃中藥，他們家時時刻刻都在熬中藥湯，房間溢滿中藥味，後來他開始吐血，結果還是被送去醫院，沒幾天他便死了。

我去的時候，這家人沒表示歡迎，也沒表示不歡迎。我的小學同學淑琴愈來愈漂亮了，許多大人都這麼說，她留了瀏海，每天放學便在家裡打零工。她和她妹妹把成袋的豬毛拿回家整理，必須在那些豬毛堆中，把白色和黑色的毛區隔出來，那便是全部的工作，一袋五塊錢。我的小學同學淑琴和她妹妹總是忙著做這個工作，我一去她們家，也會加入這個工作團體，我不停地以夾子在豬毛堆尋找白毛，並將它們夾了出來。我每天都去幫忙，我並不是為了錢去，林家總是請我吃飯，我從來不想吃，我覺得去她們家好像更有回家的感覺。還有，那時，只有專心地在一堆黑豬毛裡挑選白毛，才能使我忘記悲傷。

母親說，你別去，那些豬鬃都有細菌。母親非常生氣我去別人家幫忙，卻不照顧自己的妹妹。母親不明白為什麼我去得那麼頻繁，「妳是不是跟他們家老大金龍賭錢輸了，必須做工償還？」母親瞪著我問。那是母親對我最大的誤會。她怎麼會認為一個十四歲的孩子——我，會去和男孩賭錢呢？

我一直搖頭。賭錢是最後一件跟我會扯上關係的事。她當時不了解我，以後更不會了。後來，那是很久以後的事，母親自己走上了牌桌，再也沒下來了。那時，父親也宣布他要一個人回大陸老家，他不要這個家了，他再也不要回來。

父親走後，媽媽和兩個舅舅一樣全都逐漸成為賭徒。大舅已成江洋大盜，不但拋家棄子，還欠下一筆賭債。小舅經常換工作，且都在宿醉，他好幾次從台中搭計程車到台北，為了來向母親借錢，他要借的錢不多，付的計程車費卻不少，幾次後，母親躲在樓上房間不下來。小舅多半也醉了，他多半坐在沙發上，口出醉言地抱怨母親。

父親單身到台灣來，他沒有親戚，只有幾個當初在軍隊認識的同袍。他們也都是孤家寡人從大陸來到台灣，好像多年來都努力把悲戚藏起來，努力地過著正常生活，但是一不小心便支持不下去。一個姓白的同袍娶了一位原住民姑娘，那位姑娘和鄰居有染，姓白的下尉因真心愛那姑娘，憂鬱多年，便自殺了。還有那個叫大頭的傢伙，終身未娶，等著要回中國大陸，五十四歲那年，吃了一個蛇膽後，腹痛如絞，被送到醫院去，結果急性肝炎，一天不到便過世了。還有一個姓康的同袍，他用錢買下一個宜蘭來的小姐，對方一直不肯和他行房，他忍了幾年，有一天回家，發現宜蘭小姐已把他全部積蓄帶走了，從此不見蹤影。

父親只有這些怪同袍，不然，便是他後來的同事，那個人使父親去坐牢，那個人改變父親的一生，也改變了我們一生。父親只有這些朋友，後來，他一個朋友也沒有了。

而母親，母親只剩下她的畸零母親和弟妹。外婆每天在陰暗的房間燒香祭拜媽祖，她的兩個兒子都變成遊手好閒的流氓或通緝犯，至於心如阿姨，我的母親說，「別提她，她不是我妹妹。」母親也沒有朋友，她從來都是一個人，跟我一樣，我們都是沒有人愛過的小孩，長大後不知道如何愛別人。她是，我也是。

我現在必須走出房間去告訴你這些。我想告訴你，我不恨母親了，從前我恨她，當我是個孩子的時候，現在我已經不是個孩子，是她逼迫我當個大人。但我現在知道，她雖然沒有愛過我，但也沒有人愛過她。

我聽到你正在設法透過姊姊翻譯與我的母親談話，我很驚訝我的母親有這麼多話可以告訴你，我很少和她說話。很少。太少。

請問你們在這裡做什麼？

——母親靜子的愛情

一九四〇．台灣台中

母親靜子有一個中文名字，叫林芬芳，她出生時房間有一股香氣，那是深夜的夜來香，她的父親因此為她取了這個名字。但大家都學綾子叫她靜子。

「靜子，妳長得跟你母親好像。」從小她便常聽別人這麼說。

每當別人這麼說時，靜子總是悄悄望向綾子，她希望看到母親的微笑，只要母親表示同意，靜子便安心地走開。她經常懷疑她不是母親的孩子。因名叫芬芳，她以前也經常假想自己像朵花一樣，等著別人來摘。

靜子有一雙靈敏的耳朵，也有語言天才，又會唱歌。她看起來比同年紀的孩子瘦弱，營養似乎不良，一雙空洞的大眼睛裡好像藏著恐懼。她常常一動也不動地站著，不是在她與兄弟們合住的室裡，便是在後院，彷彿在傾聽什麼動靜，也彷彿在聞著腐敗的梔子花，若有人問她在做什麼，她只會搖頭。

「這個女孩不是一個平凡的女孩，」她曾經聽到姑姑在為全家算紫微斗數，「她的父母宮有貪狼，」她們的聲音微弱地幾乎聽不見，「夫妻宮呢？」她母親問，「夫妻宮也有貪狼，這女孩歹命。」綾子沒再追問下去。

那次談話之後，靜子老是想像著一隻貪狼，這隻狼未來會撲向她。

＊

她父親為皇軍出征的那一年，她開始就讀小學校。上課第一天，老師便帶著學生大半天都躲在防空洞裡，之後也經常躲在防空洞裡，她學會了很多日本歌，夢想長大以後要像李香蘭一樣當歌手。

第一年，還間歇上過課，第二年幾乎不必上學。那兩年的事情她記得不多，印象最深刻的便是坐在她隔鄰的女生不願意和她一起做勞作，那位女生告訴老師，「因為她是里拉。」日本老師告訴大家，不管是什麼人，大家都是共同體，不應分彼此。但是，隔不久，她卻被分配到另外一班，那一班上有較多的台灣孩子，他們被告知不准講台語。

放學後，她跟著台灣學生走路回家，雖然她必須繞更遠的路。曾經有日本學生走過來對他們做鬼臉，甚至扔石頭。有一次一個高年級的學生走過來告訴她，「妳父親不是日本人，妳也不是日本人，聽到了沒有？」大男孩以尖銳的眼神盯著她，「說，妳是支那人。」

靜子不知哪來的勇氣，她回答：「我不是支那人，也不是日本人，我是台灣人。」

*

她哥哥謙讓雖然和她同一學校，但在學校卻裝出不認識她的樣子，他被日本學生接受了。在家裡，謙讓是母親疼愛的王子，他總是獲得最多的關照。謙讓對靜子從來不客氣，靜子很怕她哥哥。

有一次她在和室的櫃子裡睡著了，有人將櫃子的門用力打開，她才看到哥哥的臉，一個拳頭便擊中她的鼻子，當場流了血。

「滾開，」他用日文對她大吼，「妳把我的蟋蟀壓死了！」謙讓在她起身之後急著翻找他的蟋蟀盒，那陣子他都和同伴玩鬥蟋蟀，「別以為妳流血我就會同情。」她摀著鼻子走開。她投訴母親，母親給她一條手帕，只叫她躺下來，不但沒處罰哥哥，還給他吃餅乾。

她哭了好一會，但母親皺著眉，頭也沒抬一下。

＊

靜子躺在房間的榻榻米上，窗外日光正好射進來，她瞇著眼睛看著窗前一隻綠頭蒼蠅，牠在窗玻璃上繞著，飛不出去。蒼蠅，蒼蠅你要飛去哪裡？她閉上眼睛，有人在心裡跟她說話，當她專心聆聽時，喧譁不斷的蟬聲像洪流般湧向她，並覆蓋她。

是她父親在跟她說話，「每個女人小時候都是毛毛蟲，長大後都變成蝴蝶。」他父親曾為她採集蝴蝶，並做成標本（他會把蝴蝶夾進一本書裡，她曾經看過父親這麼做，對蝴蝶的死亡怵目驚心）。戰爭時代，父親也曾寫信回來說，「熱帶蝴蝶更漂亮呢，靜子一定會更喜歡。」戰爭的那些年中，常想到她父親在印尼為她捕捉蝴蝶。

＊

每天晚上，靜子躺在床上時，常常聽到哥哥謙讓說夢話，他總是以日文說「是。是。」好像他自己是兩個人，除了他，還有個主人，他在吩咐著自己，就像老闆吩咐著僕人。有時靜子想到她出征的父親，她夢到父親回家來，就坐在床前看著她，和她說話。

有時，靜子的心思走到神像那裡。入門的正廳供奉著神宮大麻，但天照之神還在嗎？還是祂已經出去了，祂會不會生氣呢？祂會不會再也不理她們家？她的祖母將媽祖像收藏在房間裡，每個農曆初一和十五都會將神像偷偷拿出來祭拜，她會準備食物和米酒給她的神。她的祖母告訴她，台灣神有好多好多個，有千里眼、順風耳，還有關公、土地公、門神、灶神，每一個都比日本神厲害多了。如果台灣的神比較厲害的話，靜子那時這麼想過，日本神會不會偷偷跑走了呢。

＊

還有那幅掛在走廊上的狂草書法「無為之為」，把「為」字幾乎寫成一個圓圈，每次靜子經過那裡都會多看一眼，好像那個圓圈是一個世界，從那裡，人將可以進入浩瀚的宇宙，她還不知道宇宙比她想的宇宙還要廣大。

＊

靜子不怕挨餓。戰爭進入末期時，家中餐桌上的菜愈來愈貧乏，每個人吃的數量也愈來愈少，綾子分配給哥哥和弟弟的飯量是她的兩倍（綾子說男生本來便應該吃多一點）。靜子知道媽媽的房間櫃子裡藏有日本製的餅乾，但她搆不著，只有哥哥搆得著，有一天，她費力搬動椅子去偷餅乾，卻發現餅乾盒已空了，媽媽剛好走進房間，「原來一直是妳在偷餅乾呢！」靜子百口莫辯，只好接受處罰。

＊

很多夜晚，她聽見緊挨著隔壁紙門的房間裡，母親總是在裁縫，撕布夾雜著剪刀的聲音，然後無止境地縫著，三和綾子把所有的感情全都密密地縫著，她聽到母親的嘆息。

靜子揣測那嘆息聲，彷彿從石頭掉進井裡的聲音中去揣測一口井的深度。

＊

一個晚上，綾子發現她結婚禮物中的一面鏡子丟了，她要知道誰拿走它？眼光首先落在靜子身上，前兩個星期，她還看到靜子在擦拭家具時，將鏡子拿出來把玩，當時她忙著向送醋來給她的鄰居道謝。她問，「那天妳將它放在哪裡？」

「失去鏡子，厄運便來了，」綾子像鬼魂般在和室裡轉來轉去，她要孩子們全跪著，一直到有人承認才准睡覺，「你們的父親死也不會原諒你們。」她將和室的紙門拉上，自己在隔壁房間繼續生氣。

「是靜子拿走鏡子。」謙讓告訴母親，無論靜子如何否認，綾子都只嚴厲地說同樣的句子，「妳絕不能學會說謊，」並且，「如果妳一天不拿回來，我一天就不會和妳說話。」

「卡將，我真的沒拿。」靜子含淚說了好幾遍，而三和綾子堅持她的家教。對靜子她一向堅持各種家教，譬如不准躺在榻榻米上吃東西，「否則死後會變成牛。」還有，她必須學會如何跪在和室門前開門，開門後再跪著闔上門，她必須學會這些日常禮儀，為將來做別人的妻子做好準備，「妳要做好人家的妻子，先必須學會這些。」可是綾子自己從來未曾跪在榻榻米上開過門。

靜子以沉默抗議了數週。有一天，一個日本中學生客氣地站在家門口，他從布袋裡取出綾子的鏡子。他說，「謙讓將鏡子送給我妹妹，母親猜這面鏡子一定是您的哪！」他說他來自阪田家，「三和桑，我母親請您有空到家裡坐坐！」

＊

靜子的手也很靈巧，這應該是得自綾子的遺傳。她年紀很小時候，在鄰居家編過草帽，引得人人稱奇。三和綾子開理髮店後，才九歲的她便會剪頭髮，並沒人教過她，她只憑暗中觀察母親的手法，然後拿著剪刀憑空就剪，毫不思索。十二歲起，三和綾子有時讓她的長女為客人剪髮，還引來鎮上人群的圍觀。

＊

靜子記得一個身體，那是在祖母的房間，躺在床上的祖母瘦削羸弱，幾乎像那個在田裡挖出來的清朝男人，軀體風乾漆黑，只剩下古老的衣服碎片貼著骨頭。她曾看過那具男木乃伊一眼，從此在腦海裡留下這個畫面。

靜子在祖母死前的前一晚經過她的房間，聽見有人在房間內說話，但她走進去卻沒看見任何人，第二天死神便在睡夢中召喚了祖母。「我聽見閻羅王派的牛鬼蛇神來和祖母說話。」她告訴綾子母親，但是綾子只神情恍惚地看著她。

＊

從上小學校起，戰爭開始陷進泥淖，連在家裡都必須戴一頂布製的防空帽。空襲時，她聽到遠處隆隆之聲，但空襲後，她仍然聽到隆隆之聲，之後，隆隆之聲被口哨聲代替，那不知哪裡響起的口哨聲變成了她身體內的聲音，變成一首貧瘠的靈魂旋律，不停地重複又重複。

一次美軍轟炸機來擊時，她在和室的櫃子裡睡著了，半睡不醒中，她聽到母親在呼叫她，她想回應，想坐起身，但是她無法移動自己的身體，她不斷聽見母親的呼喚，呼喚聲逐漸停止，然後她聽到她所聽過最大的爆炸聲，炸彈一定丟在不遠的地方。

＊

「小孩有十二個靈魂，妳要叫十二次她的名字。」她的姑姑明芳告訴她母親，她們站在櫃子前，母親正在為靜子掬神魂，「大人有幾個靈魂呢？」綾子問她小姑。「大人有三魂七魄。」她聽到姑姑說。

＊

祖母出殯那一天，綾子要靜子去學校聽日皇的玉音放送。在那裡，靜子第一次聽到日皇裕仁的聲音，那是一張錄製的唱片，她努力地在沙沙聲中辨認日皇談話的意思，她完全聽不懂，她看到學校的日本老師都抱頭痛哭，她跑回家時，街上開始敲鑼打鼓。

綾子隨後回到家，她只垂著眼瞼，沒有表情。靜子問母親，到底發生什麼事？綾子告訴她，「日本投降了。」她不明白投降的意思，綾子又說，「投降就是輸了，我們得被送回日本，或被關進監獄。」她又直又快地走向後院，靜子穿著稍顯大的木屐在後面踉蹌地跟著。

＊

春天的一個晚上，「林將還活著呀！」戰後街上的新里長特別跑來通知綾子，靜子的父親在失去聯繫一段時日後，已經在返鄉路上，第二天一早便將返家。

她母親似乎如大夢中醒來，不但開始清除打掃，並且依照台灣習俗煮起豬腳麵線。她要孩子洗淨身體，並且按照婦女會朋友教過的花藝插了一盆花。

＊

靜子看到久違的父親時，以為是個陌生人。父親試著抱起她時，才發現她已長大了，靜子則很不好意思地急於掙扎逃脫。她一直期待父親回家已好一段時日，只是羞於告訴他。

父親已將皮膚曬成古銅色，滿臉的滄桑，離家三年多像離開半輩子。他拍拍男孩的肩膀，交給三和綾子一些在途中為她收集的禮物，包括在往台灣的船上與水手交換的一盒化妝品。他給男孩一人帶了一頂草帽。沒有蝴蝶標本，她父親給她一盒蠟筆。

＊

父親回家已半年，每天不是出外走路（綾子稱之散步），便在屋後院子挖著防空壕，以有限的材料挖蓋一個可遮掩的地洞，好幾個月中，日日夜夜都在挖，彷彿永遠不夠深，「戰爭已經結束了呀！」靜子對她父親說，但是他卻揮揮手要她別說。

她的父親已經不是以前那個父親，好像是一個陌生人了。有時他以奇怪的眼光打量著她，有時他恢復笑容，親熱地對她說話，像以前一樣地撫摸她的頭。

他省吃儉用，幾乎只吃剩菜剩飯，並且禁止家人開燈，只能點蠟燭。他常常在睡夢中大喊或呻吟，靜子聽到母親屢次輕聲喚醒父親，「沒事，沒事，」母親會輕輕地安慰他，「我們都還活著呀。」

＊

日本天皇裕仁透過無線電視自廣播投降詔書不久，國民黨便接收了台灣，日僑分批撤回日本，日據時代也宣告結束。一九四七年的冬天，靜子的父親卻突然失蹤了。

有一天他出外後，便再也沒有回家。沒有人知道他的下落，也沒有人會告訴她。母親不再提起這個人，彷彿這個人並不是她丈夫，彷彿父親失蹤是理所當然的事，再也沒有什麼比他從這個世界消失這件事更理所當然了。

那些年中，父親已成為家裡談話最大的禁忌。綾子總是以憂傷的眼神回答孩子的追問，她沉默得猶如頑石，只要有人談起她丈夫，綾子便立刻離開現場，她以幾乎決裂的方式與過去告別。彷彿只要她提起這個名字，無比恐怖的事情便會即刻發生。

＊

父親的形象愈來愈模糊，靜子常常在一個人獨處時回憶父親，一張總是對著她微笑的臉，那張臉使她與情感發生聯繫。在她的想像，她的父親是唯一愛過她的人。

對父親的懷念愈來愈深時，便對母親產生懷疑。三和綾子如此偏愛她的哥哥，後來又把全部的愛給了心如妹妹，所有的懷疑逐漸轉化成對母親的怨恨。她跟她母親一樣，在不高興或不同意什麼時，會將頭別到一邊，沉默得如同一顆頑石。

父親失蹤那年母親懷孕了，綾子把大部分的家事交給靜子。靜子全部接受，她以為只有母親才能向她揭示生命的內容，她追隨著堅強的母親，努力表現讓綾子滿意。

但綾子從來不滿意，她用更多的生命去愛她的兒子，長子已經被中學開除了，而幼子也有學習障礙。「他們不是一般人的兒子。」綾子總是為自己的兒子辯護，他們已成為她活下去的部分理由。心如出生後，母親疼愛心如已到了無以復加的地步，只要心如一哭鬧，母親責備的眼光便射向她。

過了幾年，靜子因為盼望得到愛，她開始盼望一個男人，一個可以帶她離開母親和愁情生活的男人。

＊

三和綾子的女兒已逐漸長成一個女人。她才十五歲，但已經學會了嘆息。當她穿著學校制服走在街上，男女老少都會注意她。彷彿她是動物園裡的動物，砧板上被剝掉鱗片的魚，或者是一匹他們不常看到的馬。

無名的恐懼掌握了她。現在她已不再是孩子，除了每個月必須流血一次，彷彿還有什麼東西在她身體內死去，她的胸部不斷膨脹擴大，她的乳房已成為茶餘飯後的話題，孩子取笑的焦點。在別人異樣的眼光中，她經常無地自容，每天早上她總以布條緊緊地綁住胸部，才穿上衣服，到晚上入睡前才將布條拆下來。站著的時候，她雙手抱胸，坐在桌前，她則將手置於桌面撐著臉。

她渴望逃開自己的身體，逃到一個沒有人看得到的地方。

＊

自從鎮上一個神經病在街上騷擾過她後，她的母親便決定不再讓她繼續升學，「光哥哥及弟弟的學費已夠重了呀，妹妹還這麼小，」綾子與她商量，一陣子以來，她總是以自己的少女經驗告誡她的女兒，「每天清晨五點必須起床哪！」或者「做不完家事還得挨罵呢！」綾子沒有表情地說著。

那時，三和綾子的理髮店開張不久，「家裡需要你幫忙。」鎮上有好幾家理髮店，但只有三和綾子的生意最好，不但鎮民，連一公里外的駐軍也常來光顧，除了母親的理髮店比別家乾淨整潔外，靜子很快便知道，那些阿兵哥是為她而來，那些寂寞的阿兵哥聽說鎮下有一個巨胸的少女，專程來看熱鬧。

＊

那一天是夏天，她記得當時是一個炎熱的下午，他走了進來。他走進來後，第一眼便看著她，然後，她的命運便決定了，那一天，她十八歲。

他對她說他要理髮，三和綾子在旁沒出聲。她聽到自己心裡有什麼聲音，也許就是她自己的心跳，也許她心裡在告訴自己，他並不是一個好男人。至少看起來不像個好男人。但她不管，她為他理髮，後來，她為他吃了一輩子的苦。

＊

他每週來理髮，以至於幾乎無髮可理。她為他刮鬍子，他躺在半倒的轉椅上目不轉睛地看著她。他們幾乎沒說過一句話，但她從他的身體舉止看出來一個事實，他愛她。

三和綾子像憎恨瘟疫般地憎恨著這個愛上她女兒的男人。她斬釘截鐵地告訴女兒，「除非我死，否則妳不可能嫁給阿山仔。」靜子聽得出來她母親的聲音裡完全沒有妥協的餘地，「我沒說要嫁給他啊。」她生氣地回答。「那很好。」她聽見她母親走出房門，她的心頓時沉了下去，她想，如果他要她嫁給他，她會立刻這麼做。她會用盡生命的力氣和他在一起，她只要和他在一起。

＊

他已經一個禮拜沒有出現了，她盤算著。她想念他，他並不是鄰居所形容的「粗魯的強盜土匪」，她鄰居在小攤上看過他吃麵條呼呼作響，綾子聽了忍不住點頭同意。但她一點都不以為意，她想，他雖不算英俊挺拔，但頗斯文，他說的普通話很動聽，她喜歡聽他的聲音。他的形象烙印在她的心底，像刺青，再也擦不去了。

她母親禁止她再為任何阿兵哥剪頭或洗髮，那天下午，一個上了年紀的軍人走了進來，由於人手不夠，靜子必須為他剪髮，當她打開吹風機要為他吹整髮型時，男人被轟轟之聲嚇得跌倒在地上，他幾乎整個人縮在理髮椅下，他大喊著，「別炸我，別炸我。」他以為美軍轟炸機又來了。

三和綾子在那個男人走後，對坐在椅子上休息的女兒說，「妳看，這便是阿山仔，他們都有病，妳最好看清楚。」靜子垂頭不語，她把話先在心裡說了一遍，然後才回答她的母親：「那妳為什麼要賺他們的錢？」然後頭也不回地走回自己的房間。

她一個人在房間裡，那是一間有獨立房門的榻榻米房間，有兩個聲音在對她說話，一個略帶不安的聲音告訴她不該違背母親的意旨，而另一個堅定聲音卻告訴她，她應該追尋她自己想活的生活。隨後，她安靜下來，她想及父親，淚水便潸潸流下。

*

在消失一整個月後，有一天，他又出現了。

他戴著太陽眼鏡走入理髮店，綾子只冷冷地用台語告訴他，「今日人客多，真無閒，真失禮。」他沒聽懂台語，但他明白自己是不受歡迎的人，他摘掉眼鏡，站在門口發愣。

靜子正為一個男人刮鬍子，她發覺自己拿著刮鬍刀的手正微微發抖，她多麼高興他終於出現了，她沒想到他卻準備移步離開，她慌了，她拿著刀，意識到自己正站在一堆頭髮中動也不動，她聽見有人正在叫痛。

過了幾天，靜子到河邊洗衣服時，一個孩子跑來告訴她，「一個阿兵哥說他在樹林那邊等妳。」她抱著洗衣的木盆趕到樹林去，老遠她便看到他站在那半尺高的小土地公廟前，她滿臉通紅地走過去。

他手上握著一塊手帕，他攤開手帕，裡面是一條心形的項鍊，「如果妳願意，我會一輩子陪妳。」他說，並為她將項鍊繫在頸上。她激動得說不出話，她讓他緊緊地抱住她，「我以為再也看不到你了。」她重複地說著。

走了。

*

在隨後的日子中，靜子被母親關在房間裡三天三夜。她非走不可，她打破窗戶，從屋頂逃走了。

三和綾子在鄰居的協助下，輾轉在一家旅舍裡找到她，「要走，從此就不要回來。」母親只有嚴厲的聲音，聽起來像命令。「我不會回去，妳不要再來找我。」靜子以堅決的表情瞪著她。「為了這個阿山仔，妳什麼都不要了，連臉也不要了？」三和綾子以冷靜的日文告訴她，「妳知道是誰抓走妳父親嗎？就是他們，他們這群阿山仔軍隊。」

「我一看他，我就知道他不可靠。妳去問雜貨店的阿貴，他到處留情，他也請過阿貴仔的女兒去看電影。」三和綾子改變策略，她像抓賊般地搬出證據。

靜子一句話也沒聽見，那一天，她在旅舍等待的是她的未來，她的情人趕到部隊去辦請假手續，他告訴過她，他將離開軍隊，與她一起到台北發展。

「妳怎麼可以不知羞恥，想一想吧。」綾子憤怒的指責使她開始緊張，她並未深思，她已經被愛情沖昏了頭，在母親嚴厲的攻擊下，她自衛地搬出一個祕密武器，雖則她再清楚也不過了，這是一把利刃，「妳自己呢？為什麼不問妳自己在做什麼？」

綾子看著她的女兒，一時還未會意過來，就在同時，她聽到靜子如電火轟炸般的句子：「妳和二叔的事情妳以為沒有人知道嗎？」

時間似乎在那一剎那完全凍結了，三和綾子臉色蒼白地望著她的女兒。她看起來蒼老衰弱，一句話都沒說，便匆匆地離開旅舍。從此之後的多年，靜子再也沒看過她母親。

＊

「是什麼都不要了。」當時靜子在心裡這麼嘀咕著。她有過什麼可以珍惜的嗎？沒有。有誰愛過她嗎？沒有人。多年後她曾想過，那一天，如果她跟三和綾子回家，她的人生也許會完全不一樣。她才十八歲，她不懂，她沒看到母親警告她的人生，她母親憑著直覺便了解的人生。她不懂，她也不顧一切，只想逃離那個家，那個充滿陌生男子髮味的理髮店，她母親，她母親帶給她的宿命。

＊

她得到了自由，但失去了母親。在關仔嶺，在那個情人都去的地方，她失去了童貞，幸福像一種唾手可得的紀念品。他們在照相館照了兩張不同性質的照片，「這一張是我們的訂婚照。」他說。照片上的他很英俊，眼睛發出熱情的光芒，她害羞的樣子看起來正像他的妻子。另一張他們扮成原住民，他手上握著一隻「番刀」，她坐在織布機旁織布。她知道她的母親一輩子不會原諒她。

＊

她認識的男人是一個充滿意志力的男人，他不逃避他的欲望。他對理髮店的女孩著迷，他告訴她。當他還沒決定和大甲女孩做什麼的時候，她已一心一意要跟他，這使他很快就找到了生活動機及一條出路：他必須離開軍隊。

後來靜子和那個男人初次在旅館會面時，他對她說：「軍隊都是一群孤群狗黨，他們都不拿人當人。」他在清水部隊負責採買的工作，有一次因忘記為一位上尉代買私人用品，惹得對方不悅，故意找他麻煩，此後兩人幾乎天天有摩擦。

那時距他抵達台灣才兩年，他才稍稍平息上海女友過世的悲傷，但是往事和衝突像烏雲密布在他的生活之上。靜子感覺得到他的憤怒和不安，很快地，她發現他的身體內隱藏一種渴望，他渴望被撫摸、挑逗，他被巨大的肉體欲望驅使著，活著，她察到他的欲望如火山，永無止境的一團熱焰。

那天中午，他在街上閒逛遛了一些時候，然後他走進理髮店。

＊

靜子懷孕時其實還是個孩子，才十八歲，她從她大而深的眼睛望出去，她覺得男人世界無窮地大，而三和綾子的世界何其小。

懷孕第九個月時，他欺騙了她。一個跟平常沒有不同的一天，他到半夜一點半還沒回家。她看他故作輕鬆的樣子走進臥室。「長官申請退伍批准了，我去給他送點水果。」他說，他的臉略為酡紅，頭髮因太久未理而顯得特別多，幾乎像戴在頭上的一頂帽子。

他洗完澡，躺在床上很快便睡著了，她躺在他身邊卻睡不著，在深夜中，她必須想起三和綾子，但她再也回不去了，現實生活的重量已愈來愈難以承受，但她腹中的孩子正叩問世界的門。

她在他的夾克口袋裡發現了一封信，是一個陌生女人寫他的信，她仔細地研讀信的內容，一遍又一遍，彷彿信裡藏著密碼。她憤怒並且傷心，她與他對質，他只淡然地說：「喜歡我的女人太多了，妳遲早必須習慣。」他擺出不可理喻的樣子，他認為自己的行為不但合理而且正常，是她大驚小怪，十足瘋狂。

她無路可走，她把一切希望已押注在這個男人身上，她有一種預感，她將輸掉這個賭注。

＊

靜子記得她婚姻中愉快的時刻：她和二馬偶爾會躺在床上聊天，尤其是做完愛後，他總是在床上吸菸，那時他會聽她說話。她天南地北地說著，他都會默默地聽著，有時也回她幾句，惹得她開心地笑起來，然後他們一起睡去。

但是談話的時間愈縮愈短了，很快更無話可說。他每每一做完愛便沉沉睡著，她在黑暗中輕輕呼喚他的名字，睡著的他沒有回音。有時她有一種錯覺，彷彿她在喚著別人的姓名，躺在身邊的人是陌生人。

「二馬，」一個晚上，她小聲地叫他，她聽到有人打開客廳的大門走了進來。「二馬——」她輕輕地拍他的肩膀。而走動聲消失了，外頭是深沉的、安靜的夜。

＊

二馬第一次清晨未回家的那晚，她整夜未合眼。

或許二馬出事了，但更可能的是二馬與別的女人在一起。他對性生活過於熱中，而她無法平息他的狂熱。她焦慮地在房間裡走來走去，她點燃他留在家裡的香菸，她想，她必須殺死他，然後再設法殺死自己。

二馬，你死定了。靜子用鉛筆在白牆壁上寫著。然後，她以橡皮擦擦去。她坐在嬰兒竹床旁的一張籐椅上思量著她的生活，竹床裡的二女兒正哭鬧著，她才八個月大，她不知道她該死的父親沒回家，她不知道她的母親此刻心裡充滿憤恨。

第二天傍晚，二馬才回家。靜子抱著二女兒，既沒梳頭也未洗臉，她穿著一件寬大的、已沾了醬油漬的白睡袍，正在給女兒哺乳。

「你回來幹什麼？」她怒聲地問。二馬的身體動作已說明他的歉意，她看得出來，他一直是那個不忠的人，只是以前錯認了他。

「這是我家，我為什麼不能回來？」他以正常的聲調回答，並走到浴室洗手。她的聲音像炸彈般在他身後響起，「這是你家嗎？還是旅館？你高興什麼時候回來就什麼時候回來？」

他穿上衣服又走了。追到門口的靜子氣得發抖，她知道，她還是愛他。她還是愛這個混帳東西。

＊

當二馬和蘇姓女子同居的事情傳開時，她在醫院生下第三個孩子，仍是女孩。他根本沒來醫院，她因虛脫昏迷過去，醒來時，感覺冰冷，她哆嗦著，發現自己的下體不斷地流著血，床單全是血，房間內沒有人，她想喊叫，但她虛弱得發不出任何聲音，她想坐起身來拉著牆上的叫鈴，但一點力氣也使不上，她覺得她即將死去，死在血海中。她再度昏迷過去。

＊

產後的她不但體力不濟，而且得了憂鬱症。一天的大部分時光，除了餵食孩子，她都和孩子躺在床上，不分晝夜。二馬再也不回家，她和綾子母親恢復了關係，把一個女兒寄養在母親那裡，另一個託在鄰居家。

＊

再過兩年，靜子接回孩子，但仍然過著昏天暗地的生活，一直到生活秩序完全崩潰。她無法忍受二馬如此對待她，她為他生了五個女孩（但卻生不出他一心想得到的男孩），她為他付出了青春，她為他這麼活著，但這麼活著又算什麼？她還不如死，她試過自殺，卻沒死成。

之後的幾次她也沒死成。

＊

沒人愛她。只有女兒愛她，但她覺得不夠。她要的是二馬，她要他的一點憐憫，但她得不到，她什麼都得不到，她橫豎都得不到，像潑出去的水，像斬斷的樹枝，再也回不來。

＊

她活下來了。至今也不明白如何活了下來。她站起來走路，能照顧孩子，能和鄰居說話，能上街買菜，能看電視，二馬為討好女兒而買的電視。她活著，並且等著，她不相信他不會回來，她不相信他不要這個家，不要他的女兒。

她是對的，他終於回家了。

有一天，他帶著一包隨身行李，連門鈴都沒揿，就直接走進來，坐在客廳，而她因無法置信，大半天便這麼看著他，並問：「你回來做什麼？」她發現自己的聲音非常沙啞。

他沒回答，就直挺挺地坐在沙發上，她則坐在籐椅上，他們都沒說話，然後，他拿起茶几上的一張報紙開始讀。她看了他好一會，她始終以為他會站起來離去，但他沒有，他一直坐在那裡讀報紙，似乎想從第一個字讀到最後一個字。從此，他經常坐在那裡讀報紙。她走回她的臥室，她累得馬上可以睡著，她將她的房間反鎖起來，但她沒趕他出去。

＊

他回家不到一個月，她還來不及跟他說上一句話，有一天，二馬又失蹤了。

二馬回家後一直睡在客廳的一張行軍床上，他帶回來的那包行李則塞在床下。靜子將那包行李拉出來，蹲在地上，一件一件地檢視：兩件太子龍質料的襯衫，一件毛衣，一雙他一直嫌緊的皮鞋，一頂壓扁的絨帽，一只破舊的公文紙袋。

她打開那只公文紙袋：貼著他更年輕時照片的戰士授田證、結婚後申請的身分證及駕駛執照，幾張他新近在照相館照的兩吋照片。她端詳著這些照片，照片上的他看起來有些憔悴，她仔細地看著，她想，他看起來很焦慮。

他總是一副蔑視一切的表情，好像對外在的一切並不在乎，至少他要別人這麼以為，這使他的表情看起來像些微帶著憤懣。

一張靜子和二馬的訂婚照掉了出來。她從地上撿起來，這張在關仔嶺照的照片上他看起來無憂無慮，才十二年，他們都已變成不快樂的人。

那一夜，他仍然沒回家，她又在等他回家了，她躺在床上生著氣。她站起來抽菸，她聽得到街上的車聲或腳踏車聲，但無論什麼聲音卻都與他無關。她想著那張照片上的臉，那張臉喚起多少柔情，那張臉帶給她多少痛苦。

靜子聽到女兒在房門外走動，或許曾輕輕叫過她，她正想回應時，一切又歸於寂靜。

*

她站在廚房外的洗水槽上殺一隻雞，當她切斷雞頭時，血大量噴出，不斷抖動。她聽到有人走進她家客廳，她以為是二馬帶朋友回家，她的女兒從前門跑來，小聲地說，「媽，好像要找妳。」她轉頭看到幾個人在客廳裡翻箱倒櫃，她手上的雞還在抖動，她拿起兩塊磨刀石壓住雞頭，她先以為是搶匪上門，但是他們並不凶惡。「請問，你們在這裡做什麼？」她忍住氣問。

「我們在找一些文件。」帶頭一位男士說，「對不起，打擾了。」他們，從客廳找到臥室，「馮信文的證件都放在哪裡？」其中一人突然問。「他都不放家裡。」靜子篤定地說。她坐在沙發一角看著他們，心中祈禱二馬現在不要回家，她的直覺告訴她，這與二馬有關，她還不知道二馬已經出事了。

過一個小時後，二男一女才滿意地離開，他們將一些根本不是二馬的東西全裝在一個袋子，走了。她的女兒告訴她，「可是爸爸呢？他剛才和另外一些人走了。」靜子恍然大悟，跑出去追那些便衣警察，「馮信文呢？請問他現在人在哪裡？」她急著問。

「他在警備總部。」有人說，「我們需要他提供一些資料，談談而已，談完就會回來，沒事。」

＊

他在監獄的那些年，是他對她最溫柔的時光。

他不知道她受了多少委屈，他所謂的朋友早已離他而去，不但沒有人願意救他，也沒有人真心對待她。她給他送飯及燉補品，她按照他的囑咐找人幫忙，他太天真了，他不知道一般人對政治犯的觀感。

靜子不願意看到他因此沮喪下去，她未告訴他詳情，她總是答應他任何請求。他寫了很多信，他給了她許多人的姓名。幾次之後，她將那些信或字條收集起來，她從未去找任何人。

她也未離他而去。

每週，她都到景美看守所去探視他，他非常感激，看得出來，他每次都特別刮鬍或剪髮，他在盼望她來。他的聲音出奇地溫柔，為了聽這樣溫柔的聲音，她不惜大老遠跑去。

＊

為了救他，她的生活完全改變。她現在一個人必須撫養那麼多個孩子，她沒有權利去死，她開始到處找工作。

她在一家電子公司找到炊事工的工作，憑著天賦，在廚房炒起大鍋菜，既不難吃，又為工廠省錢。她突然成為一個獨立的女人。連工廠的看門人，一個獨身剛退伍的山東男人也討好她，她以為男人是為了午飯分多一些菜色，不以為意。

有一天，男人遞給她一小包紅繡包。「什麼東西？」推著自行車往外走的她停了下來，他故作神祕地揮揮手，「回家打開來看妳就知道。」他曖昧地笑了一笑。她在路上便打開來看，是一只金戒指，一只純金的戒指。

他個子小，且性子急，脾氣並不是很好，她曾經看過他和別人吵架吆喝。除此之外，她想不起別的，他是不是聽說了二馬的事情？不然他為什麼這麼大膽？她畢竟是有夫之婦。他不知道嗎？或者他認為二馬永遠不會再回家了？

她將紅繡包原封不動地退還給他，那是下班時分，大家都急著往外走，他堅持不收，他連連說著：沒事，沒事，你就拿去，我不需要。她急了，她也說：我也不需要。過一會，他很尷尬地收了下來。她騎上自行車就回家了。

＊

她在那條路上曾經那麼想過：這個世界上沒有一個人可以取代二馬在她心目中的地位，她已下定決心，無論什麼罪，關多少年，她都要等他。

＊

二馬出獄後，人變得較深沉，他沒有工作，便開始學起書畫，並代賣字畫，很快地，他又有了外遇，這次對象是個矮小精明的女人，皮膚白皙，非常凶悍，穿著一雙超高的高跟鞋，講不通時還會踢人，二馬卻為她神魂顛倒，索性又搬了出去。靜子去找過那個女人，結果兩個女人大打出手。

＊

「狗呢改不了吃屎。」靜子心一橫，她開始出去打麻將。不到幾個月，打牌打成了習慣，她一邊打牌，一邊對牌友訴說那女人的不是，日子就這麼一天過一天，她的神色愈來愈黯淡，心裡的火種也愈來愈微小。

＊

再過幾年，二馬決定搬回「老家」——中國大陸，她沒離開牌桌，但花一些時間走進證券交易所。那一次起，她以為自己從此將過著沒有二馬的生活了。她賺了一些小錢，逐漸過起自己一個人的日子，她的心正像那張空著半邊的床，老是少了什麼東西，她說不出自己的悲哀，也未察覺自己的落寞。

有一天，她把二馬的衣物全打包好捐了出去。並發現自己似乎比過去不在乎二馬的死活了。

差不多那個時候，她卻接到二馬從當塗老家打回來的電話。二馬重病一場，他在電話那頭告訴她，他的大陸親人欺騙了他，國台辦也不歡迎他，他訴苦的聲音令她不忍卒聽，「我快死了。」他已經無家可歸，他知道只有她會收留他。

*

經過一場心靈的掙扎，她終於同意他的要求，並且到大陸去接他回來。她想她上一輩子可能欠了這個人太多，否則這輩子為什麼要一次又一次地還債呢？她有時也想，如果上輩子相欠的話，那麼她也還夠了。

當她看到他時，又開始陷入痛苦的猶豫。她沒想到他已被病魔折磨得完全不像個人樣了，不但全身嶙峋，連說話都必須歪曲著嘴。她感覺到命運不但未眷顧她，也未眷顧她的男人，不，一點都沒有，他一生被說不出的狂熱力量吸引出去，最後一點東西都沒剩下來，他的內心已完全空洞了。她看得出來，他非常害怕，這次他越過界來到了死亡邊緣。

她心不甘情不願地照顧他，她也折磨他，不理他，她會在為他換紙尿褲時羞辱他，讓他喪失最後的男性尊嚴，她也會故意不帶他喜歡的小籠包或他指定的食物。她會大吼大叫，她會說「你還像個人嗎？」或者更惡毒的「你還像個男人嗎？」她也常常不願扶他站起來，甚至把東西丟在他身上。之後，她因悔恨和自責又重新照顧他，她省吃儉用買靈芝和上好的人蔘，她為他熬粥做湯，那是一個無盡無止的循環，她是如此疲倦，又常常無故動怒。

一次她疲倦地睡在他的床邊，半夜突然醒來，發現他在等著她醒來，以便和她說話。那是第一次她覺得他完全屬於她，他心裡真的沒有任何人了，而她卻如此悲哀憤恨，她那時想過來生，她想她的來生最好不要認識他了，不但不要再當女人，且無論如何都不要再做二馬的妻子。

【拜七娘媽需知】

每年農曆的七月七日即「七夕」，也是民間傳說七仙女中的織女與牛郎一年一度相會的日子。傳說因為他們相戀之後，牛即不再下田耕種，織女不再勤於織布，所以做天公（帝）懲罰一年只能相會一天。而七仙女們會保佑人間未滿十六歲的小孩長大成人，因而七夕當日婦女也會拜七仙女，一般稱「七娘媽」。七夕也是「七娘媽生」，傳統習俗會準備供品祭拜七娘媽，祭拜時間多在傍晚，而同一天也會拜床母，床母是七仙女之一，是保護幼兒夜裡安眠的神祇，至於夜間則另有祭拜織女娘娘的「乞巧」活動，主要以未婚婦女為主，希望能求得一身好手藝。

拜床母時先上香祝禱，待線香燃燒三分之一後，即可快速燒化金紙，因為床母是保佑幼兒快長大，所以不宜拜太久。

拜七娘媽時，由於七娘媽與天帝相近，神格較高，且有七位，所以傳統會準備更多的供品，特別是準備一座七娘媽亭（紙糊燈座，供火化）代表七娘媽的神尊，或準備七娘媽的神媽（紙印的神像）貼在供桌前沿，再準備毛巾腳盆給七娘媽梳洗，並備供品七份，最主要是準備湯圓七碗，每個湯圓中間再壓一個凹洞，以便裝盛相思的眼淚。牛郎和織女一年只能相會一天，難免感傷落淚。此外，油飯、麻油雞飯都是七娘媽喜歡的食物。供花以薊花或鳳仙花、茉莉花及雞冠花等皆可，再準備胭脂、栟粉、紅絲線、香帕、扇子和鏡子等。

每當祭拜七娘媽生時，家長會為未滿十六歲的子女準備「貫豢」（中間有洞的古錢或銀牌），也就是將祭過的紅絲線重新繫在貫豢上，再給女孩戴在頸上，祈求七娘媽庇祐。一直到滿十六歲才「脫豢」。

不論拜七娘媽或只拜織女，婦女會在祭拜之後，將薊花、脂粉各分一半，一半拋到屋頂上（象徵天上），一半自己留下來用。表示一半是送給七娘媽使用，除了祈求孩童順利長大，也祈求七娘媽賜予美貌和才能，甚至於愛情，故而七夕是婦女最重要的祭拜節日。

現在只能問媽祖娘了
——外公林正男失蹤那一天

一九四八．台灣台中

靜子母親想像過外公失蹤那一天的光景。她想過無數無數次了，她想像她父親被幾個人架到吉普車上載走的畫面。但她想像不出的是，那輛吉普車到底開向何方？外公在車上想了什麼，他向神呼救了嗎？他想到了家人嗎？想到她嗎？以及她也想過，她父親再也不能洗澡和散步了，他那時還活著嗎？他現在還活著嗎？

這些問題在她腦子裡一遍又一遍地迴旋。

外公最後一次沒回家那天晚上，靜子受了風寒，躺在床上發燒，綾子外婆連熬中藥的時間都沒有，只在她額上放了一條濕毛巾，便把房間拉上。靜子從房間裡聽得很清楚，綾子焦慮地出門，回家，出門，回家，在房間裡走來走去，和姑姑說話，交代弟弟事情，綾子的聲音很低沉，地板則咚咚做響，家裡氣氛好像緊繃的天空將打雷了。

靜子昏昏沉沉地，有時候昏睡了過去，又會驚醒，不停流汗，把厚棉被都弄濕了，這樣幾次後，天都快亮了，她聽到她父親回來的木屐聲，她在房間裡沙啞地叫了一聲爸，但外公並未聽到，爸，她又叫了一聲，仍然沒有回答。綾子外婆也不見了，四壁都沒有人，哥哥那時已經常不回家，常去武術館學武術，開始替一位賭場大哥當跑腿，弟弟此刻應該睡了，秀文一家都在後院的房間裡，避他們一家人如蛇蠍。

清晨時靜子清醒而虛弱，她費勁起床走到客廳，看到綾子外婆一個人坐在角落，綾子看了她一眼，眼神裡都是恐慌。那樣的眼神使她害怕。她從來沒看過那麼恐慌的母親。從來沒有，父親在南洋沒有來信時，她都不是這樣。綾子一向把她的恐懼掩飾得很好，但那一刻她實在無法再掩飾了。她等待她丈夫的消息，她再也等不到了。

「唉，快躺回去，」綾子突然才想起來她的女兒病了似的，「先吃點糜。」綾子外婆語無倫次地說。她點頭，但一直站在那裡不走。「父親呢？」靜子有一種預感，她覺得她說出這兩個字，父親就再也不會回來了，這兩個字是咒語啊，她卻無法克制自己脫口而問。綾子閉口不語，滿是慼容，「現在只能問媽祖娘了，小孩子不要問那麼多。」她說。

我已經不是小孩了，靜子在心裡喊著。

綾子說，吃糜。我嘸愛吃，靜子賭著氣，她那時很生氣她母親什麼都不說，只打算讓她一個人待在生病的房間，她感覺到這個家出了什麼大事了，綾子外婆卻什麼都不肯告訴她，而只會把一切都告訴大哥，告訴根本不把家當一回事的大哥。綾子外婆總覺得女兒沒用，綾子外婆不信任她，也沒注意到她長大了。

從那一天起，綾子便不喜歡他們說起父親這個字。綾子曾經想過回琉球老家，但也很快就打消了那個念頭。之後，她打算搬家，她再也無法忍受她夫弟的妻子秀文就住在後院。搬家後，過了幾年，秀文才和孩子移居到巴西去了。

搬家後刑事局的人仍然會來家裡騷擾，好幾次都半夜急促敲門，並且大喊：林秩男出來。然後進房間東翻西找，動作粗魯。靜子後來才慢慢清楚發生了什麼事。綾子請了一些有來頭的地方長輩替她陳情，從台中問到台北，一點消息都沒有。綾子也請人寫了一封很長的陳情書到警總保安處，同樣石沉大海。

她偷偷聽過綾子和別人討論外公的事，綾子說，「那時他已病了嘛，他已變成另外一個人了。」她也聽過綾子外婆哭過，但整整大半人生才那麼兩次，一次便是在父親失蹤的隔天。她一直覺得綾子外婆是一面死牆。

靜子母親說，她曾經看過那封陳情書，用書法寫得密密麻麻，上面有林正男的名字，後面有綾子的手印，那陳情書是希望知道外公的下落，「只是希望知道下落而已，並沒有什麼別的要求。」綾子也曾經這麼低聲下氣，為了遞交陳情書，懷孕的綾子還去過台北幾次，有一次帶著靜子一起去，那時已經大腹便便了，屢屢因不舒服而喘著氣。

後來綾子死心了，不眠不休經營起理髮店，好像把外公失蹤的事給忘了，或者她刻意要忘記，不然怎麼活下去呢？似乎全世界都沒人再問起這件事。只有靜子一個人還在想念她父親。還在問外公的下落。但綾子不准她多問，綾子總是以銳利的眼神注視她，然後又把眼光移開，而每次那樣的掃視讓靜子非常憤怒，她壓抑著那些說不出來的感覺，一些時候都想到尋死。

有些時候她認為外公是故意不要回家了，他可能自己走到什麼地方定居下來，就像他以前在家時喜歡出門散步，有時候一走便好幾個小時才回來，他這次走得比較遠。當她這麼想時，她也會對自己的父親生氣，他到底去了哪裡，早知道的話，她跟著父親走就好了，她寧願和父親一起走。

但大部分的時候她認為外公已經死了。時間一年一年地過了，外公不可能活著而不和家人聯絡，不可能負氣那麼多年。應該是死了。警備總司令部曾經回函表示不知此人下落，那是幾年後，那時她已經明白她再也看不到她父親了。在她的記憶中，她的父親總是對她很溫柔，不是為她挾菜便是倒開水給她喝，儘管只是如此，這世界上都沒有一個人比外公對她更好。每次憶起外公，她便淚流。

她也記得外公從南洋回家後常常喝酒，多少次他喝得滿臉通紅對著她微笑。她逐漸以為，只有她一個人和孤單的父親站在一起，和一個不知下落何處的靈魂。而站在他們對面的一直是綾子母親及秩男叔父，甚至心如妹妹。很多年她都告訴自己，自己必須緊緊地靠近父親，父親已沒有別人，只剩下她。後來她更堅持她武斷的情感了：她必須代表外公向他們抗議。

外公從南洋帶回一隻皮箱，她曾經看過綾子打開皮箱，面色憂戚，然後合上箱子。那箱子一直還在，裡面裝著外公在南洋的軍服，還有綾子為他一針一針在街上求來的千人針，千人針上的血漬都已經發黑，還有汗衫和短褲，但上面已滿是破洞。她撫摸那汗衫，像摸撫父親的皮膚，想像著父親穿著汗衫在南洋逃命，他再怎麼逃，似乎都逃不過命運的安排。

後來她也知道了，綾子外婆從來沒放棄過尋找丈夫的念頭。綾子最擔心的事情是萬一丈夫早已死去，屍體不知下落，又一直未安葬，會變成沒有歸宿的鬼魂。綾子想過把那隻皮箱當成丈夫的遺物，加上當年她保留的一撮頭髮和指甲，一起葬在她買下的墓地。但綾子外婆沒那麼做，萬一林正男外公還活著呢？她似乎希望他還活著。

事情便這樣拖延下來。然後綾子去世了。在綾子過世之前，靜子已完全接受了母親的一切，她相信母親有理由過她那樣的人生，她也接受母親愛心如甚於她，在母親死後，這一切都變得不重要了，但只有一件事她不能接受，她太難以接受。

那便是她妹妹心如的要求。好幾年來，她替叔公林秩男說情，要求也讓叔公葬在林氏墓園。她鐵著心不與妹妹說話，她可以明白妹妹為叔公說情的原因，但她怎麼可能答應呢？不，她愛她的父親，她不會讓她父親受罪，她的父親都還未真的下葬，為什麼那個使她父親喪命的人必須葬在母親旁邊？她絕不接受，她要用全部的生命力量來反抗這件事情。

她覺得只有那樣才能使她自己安心，那是她愛她父親的唯一出路。

留下來吧，別走
——父親二馬「跟隨」蔣介石到台灣

一九四八．中國安徽

一九四八那年春天，二馬在南京私立大中中學就讀高三，返家過春節時，國共內戰已愈來愈激烈，貨幣每天貶值，大軍過境時也各家徵糧徵材，不但家裡糧食所剩不多，學費也成為重大負擔，他去找已分家的大哥商量，「我自己是泥菩薩過江，哪顧得了你？」大哥嘆著氣，連飯也沒留他吃，便讓他自個走路回去。儘管母親反對，二馬還是決定輟學返家。

＊

二馬家姓李，李家在魯家莊上擁有兩百畝田。二馬父親去世後，母親魯桂妹持家，魯桂妹生有三男一女，一九四七年間，她已析產分家，二馬是幼子又未成家，與母親共分一百畝地及一新瓦屋，田地大多租給佃戶耕種，再向佃農收租穀。

他決定留在家裡與母親一起耕種自有的幾畝田。那是大年初八，他穿上母親為他縫製的新鞋，打算出門到大哥家去牽耕牛回來。「王家下午要來說媒呢！」母親什麼都替他安排好了，他的人生就像鞋子，只要穿進去就成。他嫌鞋稍緊些，「穿穿就不緊了。」他母親這麼說。

＊

他其實還沒想到成親，只是滿腦子都是女人的身影。他從報紙上得知國民黨軍隊節節潰敗，感到大難即將來臨，許多村上的人都說，他家是「封建地主」，共產黨若接受了江山，未來日子可能不好過了，二馬隱約對結婚的事不敢抱太大期望。

穿著布鞋在護河鎮上走時的二馬剛過十九歲生日，要去牽牛回家。他還不知道命運之路在他眼前分了岔，他還不知道，幾個小時後他會遇見傅琪，整個人生方向全會改變；也不知道他後來將去一個叫台灣的海島，不但從此看不到母親，而且要在半世紀後才能回到魯家莊來。

＊

他經過市集時買了麻花，北風雖大，但太陽照得人暖烘烘的，他瞇著眼，發現一個熟悉人影，立刻脫口大叫一聲：「錢哥！」那個人是他當塗小學同學，錢永平個頭高大，二馬立刻認出他的背影。

錢永平兩年前加入了一個平劇團，在劇團裡拉胡琴。他的劇團經常到處巡迴演出，過幾天剛好就在南京戲院演《四郎探母》，他約二馬過去看看。

二馬中學時和同學票過戲，他嗓門不行，動作也僵硬，只演過必須蹲在地上走的武大郎，那時他覺得演戴綠帽的角色太蹩腳了，便興趣缺缺，但他喜歡聽戲，當下便約好一定捧場。

＊

他回到家，大夥人已在廳堂上等他，長工百堂急忙到門口拉著他說，「王家來說媒呢，就等著你。」他故意做出不悅的表情往廳堂裡瞧去，一個又胖又矮的老頭正在與母親說話，母親掩著口笑著說，「那倒好。」她特別搽了粉，換了一件新襖。

他直直走進去，「這是王叔，這是王叔。」母親急著招呼他的小名，他看一眼客人，開始擔心他的女兒也跟他長得一個模樣。「我們青青將來都靠你了。」王叔不善言詞，說話只說重點。這時他才發現這位王叔是小時候那個賣油的王二郎，聽說他早不再沿街兜賣，不但買了不少田，自己還開了家油坊。

＊

二馬雖常聽戲，但好好坐在戲台下欣賞，這還是第一次。也許，他的心智和情緒剛好成熟到適合坐在那裡觀賞，他之刻愛上戲班的一切，戲台上的生旦淨丑，身段俐落，唱作俱佳，唱到傷心處，他也跟著垂淚。他喝著桌上的管茶，他看著別人嗑瓜子，他也跟著嗑瓜子，別人喝采，他也跟著喝采，他全神貫注，興致勃勃，他發現了一個全新的世界。

錢永平為他介紹傅琪時，她正在卸妝，他一眼沒看出她在台上演的就是四郎的母親，他驚訝她是如此年輕，簡直可以稱之美貌，他目不轉睛地瞪著她。

「明天還演嗎？」他問她。

「明天元宵節不演，我們約好去孔夫子廟走走，你也一起來玩吧。」她說。他立刻被她的聲音吸引，她的聲音並不嬌嗔，充滿感情。他佯裝鎮定地看她坐在戲箱上塗著凡士林仔細地卸妝。「妳唱得真好，」他說，「尤其是和楊四郎相會那場戲。」

她注意他一眼，平常大家都到後台來捧小生和花旦，現在有一個年輕人站在她身邊恭維她。他穿著一件厚襖，下面是西褲，腳上一雙不合時宜的布鞋，他混合一種說不上的氣質，既像城裡的讀書人，又有鄉下人的士氣。

「你常常看戲嗎？」她問他，他則受寵若驚，「常看，」不經心地撒起謊，說得連自己都幾乎相信了，「你們的表演精氣神，好得很，妳唱得好，這麼年輕功力便這麼深，令人佩服。」這後面一段話他不覺得是謊言，她願意的話，他可以天天來聽她唱戲。

傅琪臉也紅了，「哪裡，你客氣。」她想問他到底年紀多大，為什麼講話一副老氣橫秋的模樣，「還好你不是北方人，天津人看戲最挑了。」

他含笑不語，想與她說些別的事情，但他還不知道要說什麼。「你們在南京演多久？」他終於問她，「只剩兩場，」她語帶著一些悲愁，「下一站是上海，」又回頭看他一眼，「這就是討生活唄。」她的話使他全身像穿過電流，即使那樣無關緊要的話。

*

二馬坐在後台看著大家忙著，他思索著，要什麼都不做，就來為戲團跑龍套都行。他不好意思就整天站在傅琪身邊，便四處走動，幫點小忙，譬如將戲籠搬到三輪板車上，他在旁觀察傅琪，一群人中就只有她最安靜，大家鬧來鬧去時，她都不搭腔，自顧收拾自己的衣件。

二馬後來才知道，傅琪是山西人，在北京出生，家裡窮孩子又多，八歲便被送到戲團學戲，戲班主姓李，曾拜師馬連良，後來得了肺癆，自己就不唱。在他的劇團學戲不但挨咳，也時常挨打。她學得快，什麼都學，不只花旦，青衣她的老旦都唱得很好，因為性格耿直，可能唱青衣更適合。戲團主老嫌她演花旦不夠潑辣嬌媚，後來收了個性活潑的乾女兒周靖萍，很會討他歡心，便全心栽培乾女兒，那時，一個國民黨大官的兒子天天來捧乾女兒的場，團主就把傅琪擱著不用，有時只讓她演演乾旦，只有乾女兒生病或鬧情緒時才讓她擔大樑。

二馬當晚沒有趕得及回家，便與錢永平同宿，第二天一起到孔夫子廟去看花燈，一群人又吃又鬧，擠著玩套圈圈，二馬套到一隻東洋花瓶，便送給傅琪，傅琪眼睛一亮，「我前幾天打破一個一模一樣的花瓶，正想買個新的呢！」他聽在耳裡得意極了，比套中圈套更開心。

*

劇團去了上海，二馬再也沒見過傅琪。

他曾向錢家打聽永平的事，聽說錢永平已離開劇團，後來又聽說加入了八路軍。二馬常常思念著他與傅琪在後台說話的那個晚上，他很想再聽聽她唱戲，或者唱歌，他在賞花燈那個晚上，聽過她哼著小調。

他記得家裡堆舊物的房間裡有一把胡琴，他搜了半天才找到，把弦調好，拂去灰塵，便拉了起來，但他拉不成曲，才沒一會，就失去興致。他老想著傅琪，只要一閉上眼睛，她那張甜甜的臉龐便會自動浮現，他的心拉得比胡琴還緊，彷彿一個人走到了荒城，看到升起的下弦月。

一種無由的厭世感覺，讓他知道自己是失戀。他整天躺在床上，不想做事。

他記起二伯父家裡有一架留聲機，他借了一輛腳踏車，騎過大半個城去他家聽唱片，他很失望，他的二伯父只有幾張日本進口的西洋歌劇唱片，還有一個德國人送給他的納粹軍進行曲之類的東西，而他只想聽平劇。

*

二伯父是鎮上的小學教師，他沒參加國民黨也沒參加共產黨，多年後，卻因為這幾張唱片，文化大革命時被紅衛兵打到吐血，從此成為一個不說話的人，也再沒主動聽過音樂。他泰半的時候都不說話，臉上也沒有表情，他從四十八歲那年便活在沉默裡，一直到他死。

*

王家積極地來李家走動，二馬的母親對王家冬青很中意，她把二馬和冬青的生辰八字拿去教人比對，結果都說是好姻緣，二馬的母親高興得嘴都合不攏，「你看看，這是天作姻緣。」她不停地對所有上門來的人說著，二馬悶不作聲，把事情放在心上，但沒多去想。他見過王家女兒，他在她的圓圓的白臉上找著答案，他盯著她的側臉，他想他一輩子再也見不著傅琪了，他的表情因此帶著那麼一點悲情的嚴肅，兩家很快便說定了成親的時日。

結婚那天，王家女兒穿上鳳袂，還戴著鳳冠，他則穿長袍，頭上戴著一頂西洋帽。新娘乘轎而來，嫁妝是兩頭驢子兩石糧食，沿途都有人放炮。不知是被炮煙熏的，還是難過自己離開老家，她不停地流淚。他掀起新娘的頭蓋時，看見她的眼眶紅著，他看著她像看著陌生的路人，說不上是厭煩或者同情，轉過身時，他對自己事不關己的態度嚇了一跳，拜完天地後還得互拜，應大家要求還得表演喝交杯酒，他覺得他的婚禮就像一場戲，他只是來客串一角。

*

洞房花燭夜開始下起大雨，二馬喝多了酒，一走進房間便吐了，新娘子忙著清除，將他扶進床邊，他立刻倒頭不起。第二天清晨才醒來，他睜開眼睛，發現自己還穿著長袍，而新娘坐在床前，她懷疑她昨夜就這麼坐到現在，但她已換了對襟短衣，他想稍稍起身，但頭痛得像要裂開似的，他又頹然倒回去，「要不要給你泡個茶？」她問他，他沒說話，只閉上眼睛，她把它當成肯定的回答，便走了出去。

他看她走進來，捧茶的樣子好像她已與他生活一輩子，他低頭喝著她用玻璃杯泡的茉莉茶，「還燙，慢慢喝。」她說。他想回答什麼，但他的心思與眼皮一樣沉重。他沒說什麼。

從那天起，他沒對她說什麼，他找不到適當的字，他覺得什麼字都不合適她，至少他還跟花狗說話，至少他跟花狗鬧著玩，對她，他真是沒話。他想起他二伯父手上一大塊肉瘤，他有時覺得她像他身上長的那樣一塊瘤。

他的媳婦好像看出來他的心思，努力做著所有能討他喜歡的事，以眼角的餘光觀察著他一舉一動，她很快摸清楚他的生活習慣，她盡量避開與他同處，她總在他的視線之外忙著，他無法挑剔她。他常常看到媳婦給他母親搥背，有一天他不小心閃到腰，他的母親要媳婦給他也搥搥，他沒說話，讓她這麼做了，他覺得他的苦痛都在，她愈搥愈使他傷心。但他沒說話，一個人低著頭想著另一個女人的臉。

＊

他躺在床上，她輕輕地走進房間，她以為他睡著了，像貓一樣鑽進床上，他轉個身發出咕噥的一聲，他還沒睡著，有一些晚上他睡不著，他正躺在床上想著未來。「要不要再給你的背壓壓？」她在暗中問他，他沒答聲，她大膽地起身去點了油燈，並取了她自己調的一種有味道的藥酒，她把藥酒搽在他背上，然後她輕輕揉著他的肌肉，他的身體灼熱起來，並開始放鬆，他突然翻過身來，沒看著她的臉，便把她身上衣服給脫了。

他還在想著另外一張臉，他的心裡有什麼正緊緊抓住他，但是他抱住他媳婦的身體，在她的裡面好像很自然，他立刻知道自己可以做什麼，他像一隻陌生的魚游進了池塘，興奮又陌生的感覺頓時淹沒了他，他繼續地往前游走，一直到他完全消失為止。

＊

戰局愈演愈烈，生活也愈來愈拮据，他們的親家王老闆常給地方緝查人員送油水，有點辦法，幫李家把一小塊分地給賣了，雖沒賣好價錢，但賣的是金元券，二馬的母親滿懷感激，一心希望把金元券兌換成黃金，那時中央銀行已禁止買賣黃金，她的親家還是替她換了黃金。

＊

時局雖亂，但是戲卻照演，他背著家人又去了一次南京看戲，坐在戲院裡，腳上踩著瓜子和花生殼，心裡總覺得慌慌，他覺得傅琪隨時都會出現。他喝著茶水，盯著戲中人物，跟著隨興地哼著。

那個晚上正在演《明末遺恨》。李自成攻進了京師，崇禎皇帝前往宰相府擬與宰相商議國情，而宰相正在宴客，門官聽見皇帝來訪，因不識皇帝，竟然答以「就算皇帝老子也不放你們進來。」崇禎皇帝自知已走入絕路，打算飲恨自盡，戲院突然停電，大夥坐在黑暗中等著，戲院外傳來槍聲，過一會，八路軍衝進戲院，有人以手電筒掃射台下的觀眾，在殘弱的光線中，他看到一男一女被人反綁拉了出去。不久燈光亮了，但戲無疾而終，那是他在南京第二次看戲，也是最後一次。隔不久，共軍便渡江了。

＊

王冬青懷孕六個月時，有一天，一個陌生人來家裡找二馬，他不願直接說明來意，二馬只好跟他走出去，在黃昏的巷口，陌生人說他是傅琪的表哥，傅琪要他交給他一封信。說完，人便走了。二馬打開信來讀，他戰戰兢兢讀著每一個字，怕漏失了什麼，他的腦子正轟轟地響著，傅琪還在上海，她希望與他見上一面。

＊

她穿著一件藏青旗袍，因在帶孝，頭上插著白花，他們走過徐家匯，她一路無言，他也是，他想握她的手，或者抱緊她，但他也沒這麼做，他的眼光盯著前方，偶爾轉頭看她，她看起來很拘謹和煩惱，兩手抱在胸前。

「給你寫信，為什麼不回？」他終於問，她搖搖頭，他看到她有一絲笑意，「是嗎？你寫過信給我？我一個字也沒收到！」她看著他的模樣很嫵媚，他想，他再也不應該離開這個人，他的婚姻是一個錯誤，但現在他不能再錯了。

「留下來吧，別走。」她猶疑地看著他，好像也沒有完全的把握，「劇團很快要到台灣去，你可不可以一起去？」

＊

他的母親明白他心意已決，在屋後嘆息。那時，淮海戰役進入最後決戰，人心惶惶不已，金元券幣值如山倒，大家都說國民黨大勢已去。他向母親提議一起去台灣，他的寡母不答應，「我這把骨頭怎麼去？就算去得了，去了舉目無親，要找誰去？」她說。「那我先去，如果情況可以，我立刻回來接你們過去。」他沒說謊，所以更是理直氣壯，一心一意。

她的媳婦不敢多話，「台灣是什麼地方？」她問倒了他，「在香江旁邊吧，是一個小島。」他看著她，此刻他只想告知她，他並不想與她討論，因為自私，所以多了一點耐心。

「台灣離這裡多遠？」她又問，表情倒是很自然，她似乎高興他主動來與她說話。「唉，你，」他沉默了，她這個人什麼都好，只是沒活在他心裡，但這也不是她的錯，「我不是告訴妳，我先去看看，回來再接你們過去。」他說，他知道她會答應，他要的只是自己一點的心安。

＊

傅琪的劇團在上海虹橋大戲院做最後一天演出，當天，她不必粉墨登場，而是唱唱流行小曲，她正在唱歌時，一群人正要入場看白戲，門口發生了衝突，她沒停唱，她想如果她停下來，也許情況更糟，唱完，她走回後台去，團員都議論紛紛，「死了一個人。」他們說。

那個人是虹橋戲院經理的跟班，開槍的人是包團主乾女兒周靖萍的上海幫，那時周靖萍躲在舞台後的一間貯物間，嚇得不敢出來，那個國民黨大官的兒子沒有出現，今天是最後一場演出，再過三天，整個劇團便將前往台灣表演了，傅琪沒去安慰周靖萍，她自己一直為一件事掛心，二馬到現在還未出現，是不是改變心意了？

二馬並未改變心意，他正坐在火車上。當他出現在虹橋路上時，傅琪幾乎認不出來了，他理了頭，穿了一件稍嫌大的西裝，看起來正像個成熟的男人，一個電影畫面中的人物。她將他安頓在一個戲迷的家裡打地鋪，說好第二天在黃浦灘頭會面。

他來不及告訴她，他如何從南京到上海，一路都站在擁擠成一團的乘客中，半途還因槍戰，停留了十二個小時。

＊

他已經拉過她的手，知道她的心事。他知道她比他大五歲，曾經愛過一個有妻室的人，因為不願做姨太太，所以與對方主動切斷關係。

他還沒來得及告訴她，他也已經結婚了，轉眼又想，以後再找適當時候告訴她，他的妻子只是一個跟他結婚的人，一個活在他身旁的人，他從來沒愛過那個人，那個人不明白什麼是愛，也不明白他。

＊

二馬母親雖然極力反對他走，但他真的要走時，卻把好不容易變換來的「小黃魚」交給他，她流了不知多少淚，只盼望這不是訣別。他打聽了去台灣的輪船，她搭的那班中興輪早已客滿，他只能搭下一班招商輪，那時上海往台灣每週有一班飛機。

她玩著她手上的一條手帕，先是綁成一朵花，又拆開來繫在手腕上，「還是搭船吧，比較省錢。」她建議他。他覺得，她突然之間已得到一種支配他生活的力量。

「那就搭船，你先到，我後來。」他說，那時他們坐在黃浦灘的堤防上，風把她的頭髮全吹亂了，而他俯身向著江水，故意拿出一根司令牌香菸抽著，他抬起眼來看她，他想自己是多麼地愛她啊。

這幾個月，她已占據了他的思想，現在他完全淪陷在她溫柔的眼光之中。

＊

因為一張退票，他得以比她早一天離開上海，他帶著隨身一隻皮箱，走向甲板，他回頭向她揮手，她穿著白布紅點的洋裝，他才看出她身材如何修長，他多麼想擁抱有這樣身材的她，他一直站在船邊向她揮手，然後船逐漸離開吳淞江，航向一個沒人知道的海島，在那個島嶼上他不認識任何人，他的母親此刻在做什麼呢？他的媳婦冬青？懷孕的她會不會生下兒子呢？他想他會愛那個兒子，他想，她們並不知道他為了一個女人往台灣航去。

然後，他便嚴重地暈起船來。

有時我覺得我已把父親殺死了

過去有好多年中，我不知道我父親是否還活著，我也不在乎。

＊

有一派心理分析理論說，有些人長大以後，有一天就得把自己心裡的父親形象給殺掉。我看過一些心理分析醫生，但仍然搞不清楚，到底我做了什麼。有時，我覺得我還在尋找一個父親，一個可以安慰我、引導我的人。但有時，我又覺得我已經在心裡把自己父親殺死了。

西方文學戲劇中不乏弒父的例子，而在中國的文學戲劇傳統，充斥太多父女的衝突，許多父親強迫女兒嫁給他選擇的對象，造成許多父女決裂的悲劇，但是沒有人殺死父親。

我的父親還活著，他沒死。一九四九年，他從中國大陸來台灣，他曾經以為會暫時居住的地方。他住了大半輩子，八七年他決定回去中國大陸，打算終老在那裡，他在那裡花光了積蓄，親戚不歡迎他，有人甚至去告他，我的父親最後得了帕金森氏症，因為病得不輕，只能返回台灣住進醫院。

*

我的父親幼年喪父，他一輩子要一個兒子，卻生了一個又一個女兒。我就是那個最不「孝順」的女兒，二十歲到巴黎後，再也沒回過家，我到處移居，來到柏林。

*

你應該原諒你父親，也有另一派的心理醫生會這麼說，幼年喪父的人總是渴望繁衍子嗣、傳宗接代，所以，他才外遇不斷。我卻做不到，我的父親不是父親，他很少回家。當他回家，他會把我趕出家門。或者，他因熱戀而把我們正在住的房子當成禮物送給別的女人，連通知我們都沒有。

*

我的童年在去外婆家前的夏天便結束了。那一天，父親帶我去找一個叫蘇明雲的女人。我記得很清楚，那是一間榻榻米房間，我躺在榻榻米上，一個阿姨穿著內衣裙走過去。我記得一張和母親截然不同的臉，白瓷般的皮膚，母親皮膚黑，還有人叫她黑貓。我從榻榻米上仰視著，房間裡什麼都沒發生，這個世界也什麼都沒發生，阿姨給我糖吃，她一直笑，我的父親坐在房間的另一邊，他們輕聲在說話，我們準備要離開。

「是不是在新竹？」我的母親嚴厲地問我，她打我的手心，因為我不能說出所有的細節。她後來好多年還在問，是不是換了兩次公路局的車？在那個房間裡停留多久？我全不記得了，我說。我的母親說，哎，那是你的專長，「妳總是在人生最重要的時刻睡著了。」

我的父母在我們面前吵架，然後，母親把餐桌上的碗盤全摔在地上，不但如此，父親還用鍋子捶打母親的頭，母親抱著流著血的臉蹲在地上，父親才意猶未盡地轉身離去。

那時我還不清楚，我的童年從未開始便已結束了。

在那之前，有好幾次，父親半夜回家，我睜不開睡眼，但仍會從臥室起床，想看父親一眼，我渴望他的出現，渴望他的關心。但父親總是責怪我三更半夜還不睡，他把我推回臥室。後來，我知道他夜深回家，但再也沒起床了，我在暗夜聽取他的動靜，等一切都安靜下來後，我才又逐漸睡著。

「一個中國父親不應該隨便向孩子顯露情感，父親有父親的威嚴。」長大後，我的母親這麼解釋，「父親要有父親的樣子。」我痛恨她的懦弱，不管父親如何對待她，她仍然為他說話。

一個中國父親？「他不是住在台灣嗎？為什麼是中國父親？」我和母親頂嘴，但她回答，「他是大半輩子住在台灣，但別人不都還叫他老芋仔？」他們說台灣是蕃薯，中國大陸是芋仔。

我很想知道一個父親該有什麼樣子？我也很想問父親，他以為一個父親該有什麼樣子，我從來沒問他。我後來知道，他終生在扮演丈夫和父親，或者他只是扮演他自己，這個角色如此難以飾演，且他不知道這個角色如此困難。我是明眼的觀眾，我立刻看出他的演出破綻。他死也不會知道我看出他的破綻。

*

父親只要離家多時，母親的心情一定很惡劣，鐵著一張臉，很多年後回憶起來，那時她有憂鬱症，如果我們剛好惹她不高興，她便用雞毛撢子打我們，我最不聽話，所以也最常被打，常常身上都是瘀血，夏天上學時只好故意穿長袖長褲，老師幾次告誡我必須穿夏裝上課，我騙她我得了怪病，不能曬太陽。每次的瘀血大約都要十餘天才會消除。

那時的我不覺得奇怪，因為我知道父親也打過母親，他用整隻椅子砸向她，或用他的皮帶抽打，母親從不反抗，我常常半夜驚醒，想離家出走，到一個和平的地方。我不理解為什麼他們會打架，我並不清楚，我只知道如果母親打我，在傷痕未消褪前，我絕不會跟她說一句話。有時我也會想，我是否遺傳了他們的暴力，我把暴力一直橫儲在內心裡，不知道哪一天會不會像炸彈般炸開。他們的內心有多少的風暴啊。

＊

母親留在陰暗的房間，也逐漸成為一間陰暗的房間。

＊

三和綾子和心如來看靜子母親幾次。心如會從錢包裡取出幾百塊新台幣要姊姊收下，姊姊立刻掉頭跑開。外婆有一次還拿出一張符紙，她說，「貼起來吧，我去和媽祖求來的，是求夫妻和好，保家庭平安。」有一次靜子母親當著她們的面流淚，她說，「媽祖已經不理我了，妳不必再求了。」

外婆說，如果一定要二馬回家才算人生的話，她會再去和七娘媽求求看，然後便和心如走了。大姊便從房間跑出來，搶走我手上的鈔票並用力丟在地上，「妳為什麼要收心如的錢，妳會讓心如覺得我們很可憐！」

「我們是很可憐嘛！」我向姊姊頂嘴，她氣呼呼地走回房間。

＊

我已記不清楚，母親那幾年究竟怎麼度過。她去了醫院幾次，與自己的母親三和綾子大吵了一架，從此她便變老了，她變得很老。奇怪的是，父親去監獄後，母親的憂鬱症反而好了，她離開了陰暗臥房，每天積極地為父親的事奔波。後來父親返回大陸老家，母親才死了心。

＊

十二歲那年吧，父親有一天突然回家，他要母親做午餐，他先是埋怨母親動作太慢，又責罵她廚藝不精，最後，他要我把煮熟的米飯從電鍋中取出，因太燙我不小心將飯鍋倒在地上，我看著地上米飯，自己也嚇住了。父親說我可以走了，我以為他要我回我的房間，但他跟著我到房間門口，他告訴我，我必須跪在大門口，我不敢相信這是他的處罰。

跪在那裡時又剛好看到篆家人開車有說有笑地回家。我突然聽到內心有一個聲音告訴我，走吧，還留在這裡做什麼，我走的時候腳上連鞋子也沒穿，只是一件單薄衣裳。我赤腳一個人在外面走了一天。我無處可去。

傍晚時分，父親開車在很遠的路上找到我。我已經走得太遠太遠了，我太疲倦了，決定和他回家。

那事件發生以後，我再也沒和他談過話，他問我什麼，我必恭敬回答，且使用「您」這個字。我從不敢看他，如果他剛好回家，我便躲回自己的房間，我們都不說話，他也沒話要告訴我。我的父親以前沒當過父親，他反正不知道應該如何當個父親，他沒當過我們的父親。

＊

我是那個宣稱沒有父親的女兒，失去父土的女兒，無政府主義者的女兒。我可能跟我的父親一樣不負責任，遺傳了他所有的缺點。我討厭聽他說話，他總是自以為是，他說謊，而且自己還相信他說的謊言，他不斷地背叛母親，頑固堅持，死不悔改。

＊

然後，我父親再也沒回家了，母親沒告訴我們他去了哪裡，一些年後，我們才知道他是「可怕」的「匪諜」，他去了他該去的地方——景美看守所。

國二那年，有一個數學老師下課後叫我到教員休息室，我走了進去，那位數學老師正在喝茶，他喝著泡在玻璃杯裡的茉莉花，把茶葉吐到他自己的手上，他看著茶葉，問我：你父親是不是馮信文？我點點頭。他繼續看著我，「妳知道妳父親是什麼樣的人嗎？」我默不作聲，他提高聲調，「妳說呀！」我茫然地搖搖頭。

數學老師看了鄰座一位教三民主義及軍訓課的老師一眼，他又喝起茶來，我很拘束地站在他們面前，數學老師笑著說：「妳想一想你父親是什麼人，妳想一想。」我說，「對不起，老師，我想不出來。」數學老師開始以犀利的眼光瞪著我，那眼光令我害怕退縮：「妳的父親是狗熊，妳不知道？」

我的父親是狗熊？數學老師和軍訓老師大聲笑起來，我真想在他們面前消失。我真想逃走。後來我發現似乎大家都避著我。我不敢再去上學，終於決定不去上學。好幾個禮拜都在家裡休息，母親問我為什麼，我一直不敢告訴她原因。母親後來知道原因，打算到學校去替我興師問罪，我怕她去，就恢復了上學，但我在學校一直沒有朋友。

我從來沒去過監獄看我的狗熊父親。他不要母親讓我們看到他灰頭土臉的樣子，他在監獄寫信給我們，假裝他在南部上班，「要好好讀書，遵從汝母的教誨。」妹妹們還不懂事，姊姊每次讀信便哭，我根本無所謂，我覺得他不是寫給我。他的信不多，自從我知道他真實的去處後，我連他的信也懶得再瞄一下了。

＊

十七歲那年，我父親從監獄回家，他變得很瘦很沉默，他早已失業了，沒事便一個人在家讀《聖經》或寫書法，聽說他在監獄裡受了洗。他回家那天，我從學校回來，看到他把他在監獄裡習作的書法貼在牆上，那是《哥林多前書》談愛的一段，我很不服氣，我覺得他根本沒愛過人，怎麼可以把愛貼在那裡。

他回家後不久，便把母親的神明壇拆了下來，「不可拜偶像。」他嚴肅得如同一個牧師。母親很慌張，她把神像燭台全收在箱子裡，改成初一十五去廟裡祭拜，她說，「妳父親真是荒唐，他不知道他所以能提早出獄全是媽祖的庇祐呀！」父親不知道，父親也不想知道，有一天他不小心在箱子裡看到神像，他便把祂們全扔到垃圾筒去，正好我看到了，我偷偷收藏起來，最後把兩尊神像帶出國。

那就是千里眼與順風耳。

他從監獄回來後，有一、兩年都留在家裡，那是我的青春叛逆期，我討厭看到他，放學後，我總是一個人到處晃蕩，在書店或圖書館逗留，我回家時，他不是安靜地坐在電視機前便是掃地或讀報紙，「爸，您看報紙啊？」我經過他時會這麼問，「嗯，看報紙。」他也會這麼回答。

或者，「爸，您掃地啊？」、「嗯，掃地。」

有一天，我向母親要求買一雙鞋，母親必須上班，她要無事的父親陪我去買。我走在父親身後，他開車帶我到台北西門町，我買了一雙鞋，我們又坐車回家，我不但不與他說話，並堅持走在他身後，與他保持距離，我不要別人知道他是我父親，我自己也不希望他是我父親。但父親帶著寬容的態度，他並未勉強我，也沒與我多說話。

＊

但是監獄沒改變父親，一點也沒有。沒多久後，他又恢復了過去的習慣，他愛上了一個精明能幹的矮小女人，沒有收入的父親便瞞著母親把我們住的房子送給那個女人。那個女人同意供養父親，只是她只養了三年，那時父親又失蹤了。

＊

一九八六年，台灣解嚴，並且開放民眾到中國大陸旅行探親，曾經在牢裡待過的父親非常幸運，他沒有被刁難，可能出入境管理局作業錯誤，他們允許父親到中國大陸去，他告訴母親，他將一個人回老家終老。

在一個冬天的下午，我和四個姊妹站在擁擠的客廳，看著他將一隻新買的大皮箱的拉鍊打開，他把衣服和日用品及他買來要送他母親、弟妹的黃金和禮物全塞進皮箱裡，然後，他戴上一頂鴨舌帽，他說：你們不要送我。便一個人走出去巷口外叫了一輛計程車。

那一年我剛剛上了大學，我早已經搬離家了，但一心一意想出國，我打算離這個家遠遠的，愈遠愈好，當天，我不是來為父親送行，也不是來勸他留下，我只打算見他一面。當我與四個姊妹一起站在客廳看著父親打包時，我看到他的臉上出現了那種倔強的表情，我明白那表情，我已明白，父親不但不會再理會我們，他可能永遠都不會再回到這個家來了。

我始終無法明白那表情，那憤怒倔強又驕傲的表情。

就在父親提著行李往外走時，原來在樓上避不見面的母親突然衝下來，「你有種就不要回來，你若再回台灣就是狗娘養的！」母親對著父親大吼，她把那本父親經常翻閱的《聖經》丟向父親，《聖經》的硬殼封面剛好擊中玻璃，「砰」一聲玻璃全碎了。我看著母親對父親做出反擊。「再砸，多砸一點！」我說。

姊姊跑出門去拉父親，她一臉驚恐，父親執意不肯回頭，姊姊對我們喊，「快來求求爸爸別走。」她一個人跑到父親面前跪下來，我站在家裡動也沒動，我看著父親走了，而姊姊追在他後頭，不知所措的樣子。她走回室內，望著我和妹妹，她突然指著我說，你為什麼站得那麼遠，而且只會加油添醋，你完全沒有愛心，你是一個好可怕的人，你知不知道？

我才知道，不管發生什麼，我總是像個旁觀者，我沒有立場，也沒有心意，彷彿這個家與我無關，我只是碰巧是個觀眾。

＊

我姊姊其實不知道，那一天我曾和父親說過話。

滿是油煙的廚房裡只有我們兩人，父親說，「不，過去你們的日子過得太好，你們不需要我，我那麼多年沒有照顧到那邊的人，他們才需要我。」那邊？聽起來像一個老遠而且到不了的地方。以前聽他提那邊這個字眼都鬼鬼祟祟，現在卻聽起來像個令人嫉妒的好去處。

父親慢吞吞地吃著一只剛蒸熱的肉粽，而我從來不知道他在大陸還有女兒甚至妻子，我不知道他如此掛念他們，甚至還感到歉疚。我沉默著，「爸，我也是你女兒呀，」我痛苦地吐出這句話，「你這樣做，有沒有想到我們？」

「不，我一直沒想到的是他們。」我父親仍然說不，他把黏著米粒的粽葉疊合起來，「如果你們不滿意，你們就當作從來沒這個父親好了。」

他站起來，丟下粽葉，離開了廚房。剎那間，一種被他無端遺棄和處罰的感覺又湧了上來。

兄弟，這怎麼說呢？

——父親二馬的外遇和冤獄

一九七二．台灣台北

二馬在公路局認識蘇明雲，那是他離開軍隊搬到台北的第二年。蘇明雲是公路局車站的車掌小姐，大家都說她是站上的美女，他工作的監理所只在咫尺之遠，二馬常常路過板橋公路局休息站去和朋友聊天，也因此有機會看到她。

蘇明雲雖穿著公路局車掌制服，看起來卻有點像電影明星葛蘭。白衫、窄裙及一頂軍帽改良的灰色扁帽，穿在她身上特別有味道。

二馬第一次看到她便目不轉睛，驚為天人。蘇明雲走到哪裡，男女老少都會回頭多看她一眼，還有人特別問清楚她值班的時間，以便搭她的班車，看她熟稔地在密密麻麻的站名和票價上打洞，將票撕下來。

二馬覺得這個女孩看人的眼神很特別，她看起來與人群很疏離，好像她不要任何人太靠近她。

二馬並沒有機會親近她。他也並未打算這麼做，喜歡及追求蘇明雲的男人不少，他看得出來，何況，他家裡還有孩子及懷孕的妻子。

＊

監理所附近新建了一個公共游泳池，夏天時，監理所員工會趁午休時去游泳池泡涼水消暑。禁不住大家的遊說，一天中午二馬決定也到游泳池玩玩。就在那裡，他又看到蘇明雲。

蘇明雲不會游泳，她穿著泳裝，坐在池畔看著游泳的人，一臉的微笑，吹彈可破的皮膚。二馬看著她，就在那幾秒鐘，他想，這個女孩可能有一些別人不明白的東西，她並不是別人想像的那種人。但她是什麼樣的女孩呢？

他的視線一直跟著蘇明雲，他故意在她面前游了幾圈，但不確定那是否會吸引她的注意。要離開水池時，他看到蘇明雲下了水，她試著憋氣在水裡游著，她已不知不覺地越過淺水區。

二馬看到她的身體在水裡掙扎著。他想都沒想便立刻跳入水中。

他救了她。至少她這麼以為。

而二馬總覺得，這個女孩的行徑像要自殺。有什麼人不會游泳卻會這樣不明不白地走入水中呢？「我想，再怎麼樣，你都會來救我，所以我就不顧一切地往前亂游了。」後來，他們躺在床上聊天時，她這樣告訴他。

「胡說，妳沒看到我要走了？」二馬抽著新樂園菸，他仍然覺得這個女孩有什麼東西跟別人完全不一樣，她的身體美得驚人，她的身體如此適合他，像一件訂做的服裝，如此合身、美妙。他已知道他將很難離開她。「我沒看到你要走了，我只想你一定會救我。」蘇明雲只是笑著，她不管說什麼都總是笑著。

*

蘇明雲老家住在新竹。她一個人與一個女同事張小姐在板橋市區分租一間房間，他第一次去看她時，她的同事並未出去，留在房間裡，好像在觀察有婦之夫二馬會不會冒出什麼惡劣的意圖，蘇明雲去洗澡時，她的女同事張小姐在他面前剪指甲，並且以不客氣的眼光追問他：「聽說你很會游泳？」

他們出去看了一場電影，然後他送她回到她的住處。

在送她回家的路上，他因女孩的某種脆弱而感到罪惡，他對她說，「我想，以後還是不要見面比較好。」她很不甘心地看著他，「為什麼？」她笑著問，他看著她，突然一股衝動想立刻擁抱她，吻她。他在心裡轉了個大彎，他改問，「我們一起去旅館過夜好嗎？」

＊

他還不知道這個女人日後會給他帶來天大的麻煩。從那一夜起，每當他要離開時，蘇明雲都會笑著問他，回頭見？她沒打算去哪裡，也沒打算做什麼，好像她以後的生活都是為了等待他。

他每次也都篤定地說「回頭見」。他每個週末都去看她，他先為她單獨租了房間，幾年後還為她買了房子，那本來是為了他自己的家人，但他因無法忍受她的失望而改變了主意。

當他們週末見面時，蘇明雲都會為他煮一頓飯菜，也會陪他喝上幾杯小酒。他慢慢養成一種規律，只為週末而活，彷彿宗教活動，他把所有心力和精力全用來對付週末。他發誓要好好對待一個比任何人都更愛他的女人。

他以為她愛他。只要看見她，他便無法克制自己的欲望，像油遇見火。他們一次又一次地做愛，直到精疲力竭，在吃喝休息後，又會重新開始，兩人似乎在角力情欲，沒有一個肯先放棄，好像存心要打敗對方。他們做愛時的嘶喊叫吼也引起鄰人側目，蘇明雲一點都不介意，她仍是笑臉盈盈。

他無法明白什麼燃起他不可控制的欲火，是他自己身上分泌的荷爾蒙在作祟？是她的皮膚？她的氣味？她走路時顯現的一種柔弱感？還是她看他的眼神？

＊

二馬預見了靜子的焦慮，但他一心出走。

他沒法再扭轉生命列車的方向。幾個月後，蘇明雲笑著問他可不可以離婚時，他說他會考慮，他真的考慮了，他回家與靜子大吵了一架。但是靜子說什麼都不願意離婚，「除非我死，而且就算死也不會離。」他的妻子很平靜地說。他想，如果他真的離婚，她的妻子大概會立刻瘋掉。

他並不是一個猶豫不決的人，但離婚這件事，他沒有再深慮下去。他仍然照常去看蘇明雲，她還是開心地接待他，他一生都被欲望追得不可喘息，在蘇明雲那裡，他的肉欲已被安撫，已被領養。他後來為她拋家棄子整整兩年。

＊

蘇明雲認識二馬幾個月後，便不再去上班了，她不喜歡車掌的工作，常常有男人吃她的豆腐，她說。在她確知二馬不會離婚後，一天晚上，她告訴二馬，「我想和老將軍結婚。」二馬正在吃水煮花生，他幾乎差一點被花生仁噎住喉嚨，「老將軍，你乾爹？」

蘇明雲垂下眼瞼，沒有說話。「妳這是幹什麼？」他生氣了，站起身拿起夾克就要走，她急著說，「我的父母擔心我，他們要我結婚。」這是藉口，鬼才相信。他執意要走，蘇明雲接著說，「是你不要跟我結婚，我才想跟他結，他對我那麼好。」他站在門口，動作極慢地穿上鞋。她又說，「我一個人住會怕，你只有週末才來。」二馬一聲不吭地走了。

他在傅琪去世後，第一次感到人生的悲哀又重擊向他。站在蘇明雲住處附近的一條電線杆前發呆，又坐到隔壁巷子的麵攤上喝了兩杯米酒，幾乎到天色轉暗，他才搭車回家，他回到家的第一句話是對他女兒說：「從現在起，誰也不准吵我。」然後，他直直走進臥室躺下來。

*

老將軍姓老但不老，五十歲不到，看起來還算年輕。他在徐蚌會戰保衛有功，但也失去一隻手臂。在那次國共之戰，國軍被共軍逼退到長江以南，連南京都不保，從此大勢已去。

老將軍跟隨華中剿匪總司令白崇禧到台灣，後被擢升為中將，但大家都叫他老將軍。老將軍在妻子過世後，身體經常不舒服，便申請退休。一個人住在板橋莒光新村一棟花園洋房裡，出手闊綽，家中牌局飯局不斷，賓客雲集，各種階層的人都來過他家。

但是老將軍對蘇明雲印象最深，「妳讓我想起在大陸老家的女兒，妳跟她長得一模一樣！」他第一天認識她時便這麼說。有人哄老將軍收蘇明雲做乾女兒，老將軍沒什麼表示，倒是蘇明雲興致好，從此便喊他乾爹。之後，老將軍常找她上門打牌，藉一些生日過節的名義，也送了不少名貴的禮物給蘇明雲。

＊

有一次他派人開吉普車去接她，當面送給她一顆鑽石戒指，他又對她說：「妳長得跟我初戀的女孩好像，尤其是側臉。」蘇明雲感動得無以名目，她注視著鑽石，一遍又一遍地觀賞。她從小到大從來沒看過鑽石。有什麼東西比鑽石的光芒更耀眼、真實？

＊

在二馬走後的兩個月，蘇明雲便和獨臂老將軍結婚了。

婚禮在中山堂附近的江西餐廳舉行，二馬也受邀了，他沒有出席，也沒問別人那天婚禮的事。他忙著忘記這件事。他的心有時痛得必須去揉它，而有時又失去知覺，一點也不痛，他找朋友出來喝酒，盡責地把自己灌醉。

他萬萬沒想到這個女人這麼快便帶給他失望。酒醉清醒時，他會想，這個賤女人，不要也罷。每當他想及那個男人用他的一隻手臂撫摸蘇明雲，他便憤恨不可自抑，他在心裡設計著各種報復他們的可能性。

不管他怎麼想，他都想和她做愛。他渴望再和她做一次愛，沒有別人可以帶給他亢奮，無與倫比的高潮，沒有人。只有該死的她。

＊

蘇明雲結婚才三個月不到，有一天下午，她出現在二馬的辦公室。她是來找一位以前的同事何小姐，當二馬走進來時，她的表情讓他立刻明白，她其實是為他而來。他不動聲色，將手上的文件放在自己桌上，便回頭往門外走，果然，她跟上來了。

「我想跟你談談，我們等一下去吃個飯好嗎？」她還是一張笑臉，只是這次笑容有些勉強。

「要談什麼，站在這裡不能談嗎？」他板著臉。

他心裡有兩個想法，一個是想抓住她的小辮子斥責她，另一個想法是馬上和她上床。他也想，她的婚姻不是那麼理想，否則她不會回來找他。

「到別的地方談比較好。」她囁嚅地說著，但眼睛卻盯著他。二馬動搖了，他本來想擋開她，但是她一下便推開他心裡那道門。反正就是談談而已，去哪裡談還不是一樣，「六點鐘，妳在板橋火車站等我。」他說完便走向洗手間，再出來時，她已不見了。

他站在剛才她談話的地方，還聞得到她的香水味，他還記得那味道，他如何在她身上嗅著同樣的氣息。

＊

就在這次談話後，二馬再也回不去了。

他把他當年帶出來的最後兩條黃金變換成新台幣，在迴龍為蘇明雲買了一棟新蓋的公寓，「房子是我的名字喲，」她總不忘記對來拜訪的朋友這麼說，「你們看二馬對我多好。」

沒人清楚，當初她為什麼離開了老將軍，有什麼不可告人之事嗎？老將軍為什麼放過她？老將軍是個正人君子嗎？連二馬也沒去追究蘇明雲的說詞，「老將軍沒有別的毛病，就那方面有點毛病。」他只是陽萎。二馬暗自雄風得意，逐漸便原諒了不忠的女人。他和她在一起住了兩年。然後，厄運逐漸向二馬靠攏了，但他卻渾然不覺。

他照常上班，極少回家，除了重大急事。譬如他的妻子靜子老以自殺威脅他，他恨她以這種方式威脅他，他必須回家去告訴她。有時會託人拿一點錢到水源路，他覺得他已經盡到他該盡的責任，他沒有對不起誰。

蘇明雲對他百依百順，多麼柔情。想起靜子，他就滿肚子不高興，「她一點都不溫柔，我娶錯了她。」他冷靜無情說過好多次。

＊

厄運向人靠攏時人怎麼可能知道？有什麼跡象嗎？或預兆？有什麼味道嗎？還是厄運總跟著不好的數字出現？譬如初四？週五？十三？還是因為顏色不對？住家的風水？睡覺時頭的方向？爐火的位置？額頭上會出現青光？作夢時會夢到老虎？突然的心跳？眼皮跳？如果什麼都沒發生呢？是人太遲鈍不能自覺嗎？是厄運太過老奸巨滑？它只會悄悄地向你靠攏？

＊

二馬愛蘇明雲，而且愛得有點瘋狂。只要她希望的事，他都一一為她辦到。有時候要討好她很簡單，如清蒸幾隻螃蟹，買張周璇、白光的唱片，帶她去跳社交舞（雖然他也不太會跳），買個皮包，帶幾塊臭豆腐回來，她都樂得像個孩子。但有時，她的要求簡直像上天摘月亮。這又譬如她要他為她的家人在附近再買棟房子。

「先把老將軍給妳的那棟套房賣掉，付了頭款，其他的便用貸款月付吧。」二馬認真地建議。「不行，已經租給阿方，他們不會搬走的。」蘇明雲嚷嚷，他想不出辦法，「那以後再說吧，現在也沒有錢嘛。」他隨便應付，想換個話題，但蘇明雲笑瞇瞇地說：「我懷孕了。」她希望她年老的父母可以就近搬到迴龍，孩子生下來時，他們可以幫忙照顧。

＊

二馬和拜把兄弟趙其德合夥計程車生意，他們一起向銀行貸款買了四輛二手車，改裝成計程車後，分早晚班租給司機，賺取費用。七十年代，台北街頭計程車還不多。他們找了幾個司機，生意做得有聲有色。

趙其德是二馬在監理所的同事，都是退伍軍人。「難兄難弟嘛。」他們稱呼彼此，二馬管趙叫老大，趙管二馬叫老二，平常會一起喝點小酒天南地北聊天，打個小牌。當趙其德需要錢時，二馬毫不遲疑就會借他。

但二馬也並不是事事如此，當初趙其德要他一起向一些沒本領考駕照的人收取佣金，為人保考駕照，他便沒同意。並且極力勸阻趙老大，他認為此事不可行，拿不了多少錢，還得擔心有人揭發。

「不如真的做點別的生意。」這點趟老大確確實實同意了他，他們從食衣住行考慮起各行各業，原先打算開米店，後來搞清楚米早已被大盤米商壟斷，才想到計程車。

在監理所時，二馬曾幫忙過一些人，但最多只收下別人送的進口五爪蘋果，譬如有人家裡有嗷嗷待哺的孩子，但營業車路考卻屢通不過，他便給人解說路考重點，和值班路考的教練打招呼。二馬沒做過貪污收賄的事情。也有人自動送蘋果，他們把禮物送到家門，但有幾年中，他並不知道他的女兒私自為父親收下那些蘋果、桔子或太陽餅，並且極快速把它們吃光，像蝗蟲，一群沒有父愛的蝗蟲。

趙其德總是急需錢，他的父母年紀大了，都跟著他住，而老婆也長年生著病。二馬常常到趙家探望趙老大的妻子（即便他知道她得的是肺結核），陪他兄弟的父母聊天。

他自己並不覺得奇怪，也不覺得對這家人比對自己的家人好。計程車生意運轉起來後，他總要趙老大多分些錢，他總說，「你先拿吧，我的錢還不是你的錢嗎？」趙老大慢慢習慣了，也就順理成章。蘇明雲剛開始還問，「為什麼他總是拿比你多？」但二馬一律為趙老大辯護，「在家靠父母，出門靠朋友。」他說來說去都是這一句。幾次後，蘇明雲也就懶得理這件事。

她懷孕後幾乎胖了一倍，先是嘔吐得很厲害，後來又得了一種奇怪的皮膚病，又癢又痛，去看了好幾個醫生，沒有人查得出來是什麼病，因在懷孕中不能亂搽藥，她的情緒也因此變得低沉，她的笑容比以前少了。

＊

七月中旬，蘇明雲生下了孩子。又是個女孩。二馬走近了他的孩子，這是他的孩子嗎？還是有人不小心抱錯了？上帝是否知道他們盼望的是男孩？不，上帝不知道，他從來沒去過教堂，他坐在病床前看著蘇明雲呵護孩子，他握著她的手，「沒關係，我會讓妳再生一打，都是男孩。」他安慰她。

＊

二馬在行憲紀念日（聖誕節）那天一大早起床，他去南部找以前同一隊伍退下來的朋友，他原來說好隔天回家，但是他到了高雄才發現他沒有帶地址出門，於是便直接回台北。他到家時，一件不該發生的事情發生了：他的兄弟趙老大與蘇明雲睡在一起。

他站在臥室門口嚇住了。一言不發地退到客廳，他坐了下來，他的頭腦無法思想，也不知道他應該想什麼，他只意識到自己正在呼吸，呼吸的時間愈來愈短促。

「兄弟，這怎麼說呢？我不知道該說什麼，該怎麼說呢？」趙其德已穿好衣褲，他站在他面前扣著襯衫的鈕扣，他什麼時候買了一身的新衣服？他的臉色為什麼紅得不像話？蘇明雲為什麼坐在床邊不出來？他的心絞痛起來，但也許那不是心，那是胃或者別的什麼器官，而他以為是心，他一直以為那是心，他也一直以為那是心痛。

慘白的日光燈照著，他就坐在沙發上，已在此刻成為整個事件的主角，那是他的人生事件，但他沒有經過排練便被推往舞台。他沒有被告知台詞，也不知道該如何退場。

＊

趙其德將襯衫扣子全扣好後，去為自己泡茶，彷彿這裡是他的家般，他把茉莉花茶葉和熱水都倒入鐵杯，當他走回客廳要坐下來時，二馬起身潑翻他手上捧的熱茶。他們打了一架，趙其德狠狠地揍了他的下巴，他則將整把椅子砸向他的兄弟，他的鼻血像沒關緊的水龍頭，滴在地上，也滴在他自己的光腳上。趙其德被椅子砸昏了，像死人般躺在地上。他看到站在角落的蘇明雲眼光瞄向他，他以衣袖擦拭流出來的鼻血，坐回他先前坐的沙發上，他沒說話，她也沒說話。彷彿沉默是他們最後的諾言，僵持的諾言。他坐了一會，感到無比寒冷，他穿上衣鞋，走了出去。

她的眼光似乎留在他後腦勺，那混雜著埋怨、祈求及罪惡的眼光跟著他，他逃不過她的眼光，他的身體似乎由她的意念操縱。

他在街上遊蕩，然後，他走向車行，打開雙重的鐵門，在抽屜中翻找著銀行抵押及營業證件和印章，他把證件裝進一只塑膠袋，要等到隨後的一段日子過去，他才知道，最重要的文件印章早已被趙其德取走。他在翻箱倒櫃中找到件新西裝，他穿上西裝，在西裝內的暗袋發現了一把制式手槍，那是趙其德道上兄弟送的一把老槍，他把槍枝留在抽屜，過了一會，又改變主意，回頭取走了這把槍。

*

二馬走向水源路。這是一條他熟悉的道路。他打開那個家的鐵門，然後打開木門，都是熟悉的動作，不必思考便可執行，像在雨天時打開傘，像剝開香蕉的皮，像無事時掰動著手指關節。他一聲不響地走進客廳。他坐了下來，拿起桌上的一張報紙開始讀，彷彿他兩年來都坐在那裡讀。

他的妻子靜子看著他走進來，看著他坐下來。他的衣服上滴著血，他看起來神志非常清楚，毫無表情，或者因混合了悲哀、憤怒和害怕等不同情緒而顯現出一種沒有表情的表情。

她問他：你回來做什麼？他當作沒聽見她的問話，只一心一意讀著報紙。她氣沖沖地看著他，他們僵持了一會，靜子便走回自己的臥室，並鎖上房門。她放棄了她的堅持，她沒將他趕出去。

多年後，靜子在回憶這段往事時，對自己當時的軟弱也感到後悔。那是她人生最重要的轉捩點，但是她卻潦草地應付過去，她為她個人歷史寫下空白，她應該趕他出去，但她沒有。因為她沒這麼做，從此都必須容忍他，不管他如何對她。

＊

一個星期過後的豔陽天，蘇明雲抱著孩子來監理所找他，她並未為所發生的事道歉，她只問他一個問題，他是否可以留下房屋所有權狀。那時，他們站在辦公室外空曠的場地，他已無視於附近走動的人影，激動地抓住她的手臂，「妳說這個孩子是誰的？」他問她，他連續問了數次，他因用力推她，使他們的孩子被驚嚇得哭了出來。

「是你自己要走，我從來沒叫你不要回來。」她堅持著，她向來沒有錯，錯是他。他在不該出現的時候出現，他也在不應該離開的時候離開。馮信文看她的眼睛，但他看不到任何溫柔，他看不到她的眼光中有任何期待，他從來沒在她的眼睛裡看過這種目光。他終於理解了一個事實，這個女人並不愛他了。

＊

他的生活信念出現了裂縫，那裂縫隨著時間而加深，所有的歡愉和對未來的想望全經由裂縫流失。二馬想抓住什麼，但他抓不住。恨意像病毒不斷繁殖衍生，最後占據了他。

一天夜裡，他喝醉酒，又回到迴龍蘇明雲那裡，鎖已換了，他在大門口處看見男人的鞋，沒錯，那是趙其德的鞋子，他血脈賁張，憤怒至極地敲門。沒有人開門。他向鄰居謊稱他忘了帶鑰匙，藉由鄰居的陽台爬過去，潛入了廚房。四處暗寂無光，他逕自打開廚房的燈，凌亂地搜集一些可燃物，當他點起火時，趙其德從臥室衝過來搶救，蘇明雲則抱著孩子走出家門，二馬沒理會這一切，他只專心打算把所有的仇恨一燒而光。不到半個鐘頭，趙其德通知了消防隊和派出所，他被警察帶離了那裡。

＊

他的面頰瘦削，惆悵的鬍子以肆無忌憚的速度長著。他雖然回了家，但他常常不在家。是騙局，他想，他不過從一個騙局走到另一個騙局。他常常宿醉。他開走的計程車已因酒醉駕車而撞凹了車身，他開著那撞凹車身的車子竄行於市區，企圖以和不同的女人上床，來忘記那個女人，但她像他的身體的一部分，切斷與她的關係猶如截肢，但即便如此，即便他已逐漸適應了截肢，過去身體的記憶卻隱隱存在，就像腳被切除後，仍然覺得腳在痛。

＊

二馬戴著墨鏡走入中和市場對面的中藥店，他因喉嚨發痛而去買彭大海。當回到他的車子時，他不經意看到一個男人站在對街，印象中他似乎已看過這個男人，但是他沒多留意，那時是一九七〇年的春天，他已活過來了，他不再活在對蘇明雲的想望中，而只活在他活著的那一刻，但他比任何時候都更不快樂。

＊

四月初，有一天他在水源路巷口看到一個男人正在對他女兒說話，他一走，那個男人便轉身往反方向離去。「那個人是誰？」他問他的女兒，他二女兒的眼神有一抹疑惑，她看著他說，「那個人說我們不姓馮。」

又過幾天的一個傍晚，他才走進家門，久候在屋外的兩個人便靠近他，一個板著臉，一個對他說，「我們想請你到警備總部談談。」他站在門口問，「為什麼？」但他連家門都沒有進去便被人帶走，其中一個人說，「只有一件小事想請教你的意見，談完就送你回來。」

他去談談，那一天晚上，他便沒再回家。

＊

這裡是西寧南路的保安司令部。坐在他對面的刑警姓姚，對他客氣有禮，他們在密室裡談了三個小時。他剛剛為二馬叫了一碗麵，又泡了一杯熱茶給他。那個姓姚的人是安徽人，他們談了許多家鄉的事及認識的人，然後，姚便繞著二馬在南京求學的時代問問題。他說治安單位需要向他查證一些資料。二馬走進警局前，原本有一絲疑懼，在吃完熱湯後，疑懼逐漸消失，就像姚說的，他從來沒做過什麼犯法的事，光明正大，沒什麼好怕。

「韓國樑是誰，你知道嗎？」姚吸著菸，一邊做著筆錄，他不但健談，並且是重視細節的人。二馬因為對方誠信有禮的態度，也有問必答，他希望能儘快結束。「我從上海來台灣時，在船上看過這個人。」他說。「是朋友吧？在台北是否常見面？」姚繼續問。

「也不算是朋友，在台北見過一次面，後來便失去聯絡。」二馬開始意識到姚的問題愈來愈不單純，「不，不是朋友。只見過一面。」他認真地解釋、強調。

「不會吧，你們只見過一次面？」姚似乎不相信他。

「只見過一次面。」他重複地回答，他以為只要把問題答完便可離去。「你們那次見面時做了些什麼？」姚繼續問他。「想不起來了，那是太久前的事了。」他疲倦得想躺下來睡上一天一夜。

「你們都是安徽人，也在南京讀高中，怎麼可能在南京時不相識？你說謊！」姚脾氣大了起來，又執意著剛才的問題，「真的不認識。」二馬疲倦地堅持。

「你知不知道他是匪諜？」姚冷不妨地問。二馬的戒心不由提高起來，他察覺到這個問題大不單純。「匪諜？」他吐出這兩個字，彷彿這兩個字是髒的東西，他現在才發覺，這兩個字是極其恐怖的傳染病，一接近便會受到傳染，他極度克制自己的慌張，「不會吧，這我就不知道了。」

是的，命運，他已不由自主。

*

同樣的詢問日夜進行。審問他的人分三人輪班，他們可以輪班，但二馬卻不得休息，他們有時允許他趴著睡上半個小時，便叫醒他繼續審問，他終於看清楚，審問他的人包括他印象良好的姚姓男子，其實不但沒有誠意，甚至根本不懷任何好意，他們已設定他有罪，目的是要他招供。二馬再度意識到自己正陷入恐怖噬人的泥淖中，他已無法脫身，雖然他並沒有罪，他根本與匪諜沒有任何關聯。

「李先生，你最好再回想一下，你們在台北到底見過幾次面？」房間沒有窗戶，門已緊緊掩上，四處彌漫著煙霧。二馬呼吸困難，身體不停顫抖著，房間並不冷，他的身體也不冷，是他的心，他的心已冷到必須哆嗦，他傾力向前，努力聽取並有耐心地回答任何問題。從第三天起，他的身體已只能往後斜去，他在他們的面前累倒了下來，連扶手也扶不住，他幾乎快癱瘓了。

「一次。」他只能簡短，「我記得很清楚，只有一次。」「你們那次見面做了什麼事？」重複的問題，像重複的噩夢。

那平平的語調裡隱藏著的是什麼惡意？他能說什麼？他努力地回想著，他是記得這個人，而且他很清楚記得這個叫韓國樑的人，他知道他已被槍決，那是多年前的事。他沉默著，但這裡不容許沉默。

＊

那是一九五〇年冬天，韓國樑走進位於台北火車站附近的流亡學生招待所，他去找一個朋友，無意間看到躺在下鋪讀報紙的二馬。他本來住在一個朋友家，有一天為了細故，他和朋友夫婦鬧翻，便一個人搬到招待所，他在這裡住了一個月，還沒找到工作。

他們先在到處有人占住床位的大房間裡聊天，隨即，韓國樑請他去一個錢姓朋友家吃飯。「我過一陣子會去香港，打算進口魚肝油和虎鞭之類的東西，我們可以合作做一點進口生意。」他告訴正愁著找工作的二馬，韓國樑體格魁梧，思路也頗為敏捷，又有一些同鄉淵源，兩人很快便聊得很高興。

「你什麼時候去香港？需要多少資金？」二馬對生意一竅不通，但他願意與他合作，他認為韓國樑是很有辦法的人，「生意時機還不到，到時我不會忘記你。」韓說。

在錢家客廳，韓的朋友李清生為大家斟了滿滿一杯酒，李清生在高工教書，他們先是天南地北地聊著，然後談起中國大陸的現況，「共產黨員個個清廉，來台灣的全是國民黨的貪官污吏。」李清生告訴他，「等著瞧吧，台灣很快便會被這些人搞垮。」

「早知如此，當初便不該來。」二馬悵悵地說。他憶起傅琪，他為了她而來，他的人生已面目全非，而且他回不去了，他哪裡也回不去。

「要回去有的是機會，而且……」韓喝得滿臉通紅，他說，「國民黨沒藥救了，你知道他們是如何輸掉內地江山嗎？」他侃侃地介紹共產黨的黨義，二馬以眼神示意韓不要多說話。韓爽朗地笑著，「怕什麼？怕死就不要活。」

「共產黨是我們中國人的希望。」韓心平氣和地解釋，二馬便沒再說話，他內心中有一種古怪不可思議的念頭，自從他知道中國已回不去後，他覺得此刻發生什麼事都無所謂，就算解放台灣也無所謂，他的人生根本沒有任何目標，也沒有希望。他默默地聽著他們的對談，「我沒有什麼政治理想，我只想回老家。」他這麼說時，韓的眼睛一亮，他說，「那你就更應該加入黨，不然你怎麼回去？」

韓國樑外貌出色，他在蘇俄讀過書，研究馬克思主義和經濟學，待人和善，人品和學問都不差，馮本來對他便有一份好感。「政治我不懂，共產黨的理論我也不會，」二馬很誠實地回答，他對韓的邀約未置可否，「一個人比較自由，我還不想加入什麼黨。」

道別時，韓給他一本《解放台灣同盟聯絡手冊》，並告訴他小心藏好書冊，並和他約好下次見面時間。二馬喝得幾分酒意，他意識到那本冊子不是好東西，他得把它丟掉。他身上一直帶著黃金，他綁在肚兜上，現在，這本手冊讓他覺得心慌，他藏在口袋裡，怎麼都覺得不舒服，在暗巷中走著，爾後，他決定將書丟入水溝。

他走入塵土飛揚的台北街道，一種他熟悉的苦楚又襲向他，自己一個人，無論生死，無論痛苦或歡樂，他只剩下他自己。那些人有政治理想，他沒有，他整天想的只是找個可以棲身的工作，苟且偷生，等著回老家的日子。一直到被審問的那天，他都很清楚，他對政治一點興趣都沒有，他沒想參加任何黨，尤其是大家聞之色變的共產黨。離開韓後，他在台北後站的街巷裡胡逛，買了一大串香蕉，他提著香蕉串，邊走邊吃，他並不餓，但他覺得他從未吃過那麼可口的東西，他可以不停地吃，一串吃完再一串。

後來，韓國樑曾找他幾次，他都恰巧不在，憑著直覺的指引，他一心迴避與韓國樑再見面。

他離開了台北，因為始終找不到工作，在一個流亡朋友的介紹下，花了錢買了一張兵役證，從此到台中清水去當士官。

三年後，有一天他在報紙上看到一則小新聞：

> 匪諜韓康定（化名國樑）於民國三十五年加入匪黨，曾任山東煙台市幹事會書記，三十八年起由匪方指示來台活動，大力延攬李清生、張禮日、蘇海金、林建國等人入夥，建立叛亂組織，宣傳匪軍即將解放台灣，以謀廣納黨徒，意圖以非法方式顛覆政府，罪大惡極，根據懲治叛亂第二條第一項，五人皆處以死刑，已於一月二十日清晨四點三十分於馬場町執行。

當時馮對自己的遭遇感到萬分慶幸，也對韓國樑的不幸感到費解，一個滿腔熱情和有思想學問的人，三十四歲便死於馬場町。一種複雜混亂的情緒湧上心頭，分不清是害怕還是同情，或者都有，他覺得事情沒有真相，真相無法分辨，歷史已成為瘋狂的代名詞，他或韓或者那些和韓同夥的人都只是漂浮在洪流中的平凡人物，政治不是他們的事業，韓只是比他勇敢，他堅持了自己的理想。

這個世界上只有兩個人知道他認識韓國樑，一個是他的髮妻，另一個是軍隊裡的難兄弟趙其德。當他正在讀這則新聞時，趙其德正好上門找他聊天，他聊起這話題，並把剪報遞給趙其德看，二馬感慨萬千地說，「你別說出去，這個人我認識，慘呀。」

*

「這是你的兵役證？」現在換一個姓邱的男人來拷問他，「這張戰士授田證也是你的？」他沮喪地一一點頭。來到保安司令部已進入第四個月，他們在房間張羅行軍床，准許他在那裡睡覺，一個星期洗一次澡，也會固定送飯，飯菜在三層的鐵盒中，吃飯是他唯一可以休息的時刻，其餘的時候便是疲勞審問。唯一可以期盼的只是吃飯時間，不是為了吃飯，他沒有任何食欲，三個月不見天日的生活像三年，或三十年。他看著姓邱的男人，他穿著白襯衫，繫一條黃色領帶（他曾經在店裡看過那條領帶，差點想買），就在他問話的這一刻他覺得自己再也不可能繫上任何領帶了，他可能再也不能離開這間房間。

「胡說，那這一張身分證是誰的？」二馬瞄向邱遞給他的證件，沒錯，那是他以前的身分證，他驚訝地發現，連他自己幾乎都將整件事遺忘了，「是誰給你的？」他小心反問，但是對方以一把鐵尺用力打他的臉，並說，「我叫你回答，沒叫你問。」二馬痛得幾乎快跳起來，「你怎麼打人？」他抗議地叫著。

姓邱的男人走向門邊，他仔細檢查門是否上好鎖，然後又走回來，他說，「你們匪諜孬種，打還算便宜你。」他在他的十行紙上記下日期時間，並以鐵尺畫線，並寫下「（一）請問：編號民五一甲19245姓名馮信文這張兵役證是不是假的？」這些字，他看著他（他的眼球是琥珀色，眼白特別純白），他說，「我問你什麼，你就照實回答，不然，你就別想用走的離開這間房間。」他虎視眈眈地看著二馬，彷彿他真是個有毒的怪物。

「兵役證是我花錢買的，」二馬承認了，「原因是我找不到工作，覺得當兵也不錯。」他撫摸著自己的臉，感覺臉頰又痛又熱。「是韓國樑要你這麼做？」邱又問他。「不是，我們只見過一次面，他根本不知道我這麼做，我也沒做什麼。」二馬回答，他突然有一種錯覺，彷彿他說的話全部都是他自己編的。他想，他自己會不會已經瘋了？他自己做了什麼事都不記得？

會不會他與韓國樑做過了什麼？他只是再也想不起來？他木然看著灰色的牆壁上掛著的月曆，蔣介石站在人前微笑招手。誰來告訴他真相？誰來告訴他，他倒底做錯了什麼？

「是誰要你加入軍隊？」邱有一種冷漠至極的眼光，他總是斜眼看他，嘴角不屑。「沒有人，是我自己。」不管是邱或者姚，在他們面前，二馬已矮，他的自尊心已開始萎縮折損。當他看到那些他故意收藏起來的證件時，他已被推入一條荊棘之路，在這路上他除了赤裸，一無所有。

「是不是解放台灣同盟要你滲透進部隊？」邱以極具把握的表情望著他，他隱藏著明顯的不耐，「什麼？」他一時聽不清楚，這惹火了問話的人，邱從房間取來一個尖珠形的算盤，「你給我跪，我就不相信你聽不懂。」

「你這個連自己的姓都可不要的畜生，我可沒有耐心再陪你耗下去。」邱用他手上的十行紙不停地拍打桌面。二馬跪在算盤上的膝蓋已開始腫脹。「是不是解放台灣同盟？」這個問題又在耳邊轟炸著他，他忍著巨痛，說不出話，仍搖著頭。邱站起來，一個拳頭重擊向他右耳，他哀號著，以手抱住頭，邱抓住他的頭髮，用力往後拉，並用腳重重踢他的鼠蹊，他幾乎快痛昏了，不斷地大聲呼叫。誰會理他？這間偵訊室只有他們兩人，即便邱打死他也沒人知道到底發生了什麼事，他在此刻徹底崩潰了，他號叫著：「我說，我說。」

＊

「你說。」邱坐回座位，恢復了平常的面容，和氣地看著二馬。「我不知怎麼說，你說什麼就算什麼。」二馬虛弱地回答。邱的臉色立刻沉下來，「做了什麼勾當，我們怎麼會知道？你最好從實招來。」他咬著筆，以手掌攤平向內彎捲的十行紙，「你什麼時候參加解放台灣同盟？」

「韓國樑邀我參加，但我沒參加，」二馬流下眼淚，他哽咽地說著，他因自己居然哭了出來，因而愈哭愈傷心。「我根本是個懦夫，我沒膽參加他們。」他用手背拭去眼淚。

「我因為怕韓國樑再找到我，才匆匆離招待所，從此再也沒看過他。我沒有參加，我真的沒有參加，」他的疼痛已無可再忍耐了，他一手捧著桌沿，並且嗚咽地說著，「我知道是誰告發我，我可以和他對質。」邱帶著嫌惡的眼光，鄙夷眼前男人的落淚行為，「囉唆！對質？你等上了軍法庭你自己再去對吧，你哭你他媽的祖宗八代，孬種的！」

有人送晚餐進來。邱決定讓他先吃飯，但是必須跪在算盤上吃。他鎖上門走了出去，過一會他帶著一個公文紙袋走進來，「為什麼不吃飯？是嫌菜不夠好嗎？」他問，二馬低下頭無語，「你說啊，為什麼不吃飯？」邱咆哮地拿著公文袋在他眼前晃動，「我等一下叫你在上面拉屎後，你再吃。」

他氣呼呼坐了下來，打開紙袋，他將槍拿在手上，對準二馬，「這枝槍是你的？」他的樣子像他隨時可以將二馬槍斃而死。二馬的神經再度崩潰了，唇發白，全身顫抖，他說不出話來，邱則繼續對準他問，「說啊，是誰的？」

他驚嚇得講不出話，努力地說出幾個字，「是趙其德。」話還未說完子彈已應時射向他的方向，子彈從二馬的頭上飛過，在牆上鑿了一個小洞。

好幾位刑警立刻衝進偵訊室，室內充斥著一股子彈出火的味道，兩個人驚慌地望向門外，姓邱的男人還未從誤發槍彈的狀況中清醒過來，他喃喃地對站在一旁的刑警說，「沒事，沒事。」

*

二馬在保安處偵訊室已度過將近四個月的時間，當他離開保安司令部時，已不認識台北的天空，及街道上的氣息，他瞇著眼睛發著呆，因膝蓋受傷而被人押著往前走，他知道他已失去了自由。過去他失去過很多東西，他還不知道失去自由是什麼滋味，當他這麼想時，他必須如廁，但是他已被推上車，這時，夏天午後的傾盆大雨猛然下了起來，他被以手銬銬在車廂上的鐵杵，車上還有幾個男人，車廂中混合著濕衣服及性器官（被壓抑很久的性器官）的味道，一個男人以一種說不出是敵意或是惶恐的眼神望著他，他們沒有說話。車子緩緩駛向他們未來棲身的命運之地。

他的罪名是知匪不報，被判五年徒刑。他到後來都深深感謝偵訊他的人，如果不是因為他們堅持像他這種角色共產黨也不會要的話，那他必是死刑，他們對他的污辱救了他一命。後來他在看守所裡聽了太多令人毛骨悚然的故事，有人問起他的來路，他從來不敢把他的真相告訴別人，他應該從何說起？韓一點也不熟，對共產黨也不夠了解，他一直飄浮在所有的事情之外。

難道他要告訴別人：我不是政治犯，我是因為一個下三濫的女人才搞到今天這個下場嗎？與韓見一次面，代價五年。他氣憤填膺，他不恨保安處，他也不恨蔣介石的走狗，他只恨兩個人，尤其是趙其德。

那兩個人將他送入永劫不復的冤獄。

【安太歲需知】

太歲是歲星，也是年神，古老的術數家，以木星（歲星）十二年為一周天，將周天分為十二等分，以歲星所在為歲名，十二年輪迴一次，每年由相同地支太歲當值，而太歲是凶神，不同年科太歲所在的位置即為凶方，也有術數家認為太歲是武將，主破財及無妄之災。

十二地支太歲確定之後，又有術數家依六十甲子的理念即十二天干再化六十地支，將十二個太歲擴充為六十個太歲，每一個太歲都有一個名字，這些太歲的名字在每一本黃曆中皆可找到。

黃曆在台灣也稱農民曆，不只是農民，幾乎各行各業的人，在民間諸事上都得按照黃曆刊載的時間進行。在古代，皇室間御用事共分六十七項，而民間用事則分三十七項，幾乎凡事都必須參考黃曆。目前的黃曆則綜合通書選用六十事：

祭祀、祈福、求嗣、上冊受封、上表章、會親友、入學、冠帶、出行、上官赴任、臨政親民、結婚姻、納采問名、嫁娶、進人口、出行、移徙、遠回、安床、解除、沐浴、剃頭、整手足甲、求醫療病、療目、針刺、裁衣、築堤防、修造動土、修倉庫、豎柱上梁、鼓鑄、苫蓋、經絡、醞釀、開市、立券、交易、納財、開倉庫、出貨財、修置產室、開渠穿井、安碓磑、補垣塞穴、掃舍宇、修飾垣牆、平治道塗、破屋壞瓦、伐木、捕捉、畋獵、取魚、乘船渡水、栽種、牧養納畜、安葬、啟攢。

除了日常行事可依據黃曆，還得注意自己的年歲是否與太歲犯沖。若與太歲神犯沖，首先到寺廟中取得太歲星君符，在供奉前三天，先置於神案上，再取左下角寫下犯沖者的姓名地址，於新春天公生之前的黃道吉日，設香案朝天膜拜，祝禱太歲星降臨，且擲筊獲得應允後，才能化金、鳴炮，並將太歲星君符奉請於客廳神明位左下方，貼在牆壁，然後撤案即可，即為安太歲。

而祭奉太歲星君一年後，第二年當值太歲便換了人，因此在周年屆時，要將太歲君送返天庭，稱之謝太歲，在送神時，將貼在神位的太歲星君符撕下，放在供桌上，叩謝太歲星君過去一年的庇祐，並焚燒甲馬和壽金。

無論是安太歲或送太歲時都該擲筊得到神明應允，才可進行。而生活中若有其他疑難要請示神明時，也可擲筊。筊是兩片牛角形的木塊，一面平滑，另一面則圓滿，將兩塊筊木擲地後，若皆是平面或圓滑面則不吉，若一為平面一為圓面則是吉相，表示神明對所求問的事項同感或同意。

擲筊可於家中神明桌前進行，亦可在寺廟中求問。

他們現在都翻身了

——父親二馬離開中國的那一年冬天

一九四九．中國安徽

魯桂妹為了幼子去台灣一事已哭過多少長夜，她萬萬沒有想到，二馬這次離開魯家村便再也回不來了，她萬萬沒想到，這必須是他們母子的訣別。

兒子走後不到四個月，他的媳婦給李家生了一個女兒，然後，蔣介石的軍隊全撤到台灣去了，魯桂妹到處打聽，有人悄悄地告訴她「蔣介石軍隊轉進台灣」，她不了解「轉進」的意思，又有人告訴她，轉進的意思就是敗退，蔣家幫完了呀。反正，魯桂妹確定的是內戰已結束，再過不久，八路軍便解放了魯家莊。

那年魯桂妹和媳婦全下了田，秧苗落地不到兩個月，長江氾濫成災，圩堤崩塌，四處一片汪洋。魯桂妹向一、二家未遭水災的佃農討了幾百斤粗穀維持生活，一直到十月，洪水退了以後，她和媳婦便急著將秋種播下，媳婦背著女娃下田，常常在田裡忙到天黑。魯桂妹開始胡思亂想，想來想去便對媳婦愧疚，「我那時老怕他帶妳去便不回來了，所以才把妳留下來。」她像懺悔般叨叨地唸著，有時像自言自語，有時像唸咒。媳婦總是不停忙著什麼事，她會停下來千篇一律地安慰婆婆，「別再擔心，娘，走一步算一步吧。」她雖然安慰婆婆，但是自己心裡卻愈來愈慌。好像什麼東西在身體上長著，她也說不下來到底是什麼。

王冬青的擔心全寫在臉上，眼細的人都看得出來，但她年輕，還有個孩子要照顧，她時時刻刻都忙著，沒停過，彷彿一停下來，這些令人憂愁的事全都會跑回到她身上。她沒有時間去想那些，她年紀比二馬大個兩歲，但卻比二馬成熟得多，臉曬得紅紅的，眼神並非無神但總有些恍惚，她參加了識字班，參加了婦女會，但是別的婦道人家總是對她冷冷淡淡，她在外面聽了很多，她知道她父親已準備要去獻地了。

午秋二季收穫尚可，魯桂妹感受到外面的氣氛似乎老與她敵對，有幾家佃戶現在看到她也不怎麼招呼了，比較善良的人家會勸她不必擔心，「妳婦道人家一個人，老爺也不在了，就算是地主也不是惡地主，到時有事我們給說說去。」她知道共產黨的事不多，只聽說共產黨是照顧窮人的黨，她也聽說土地改革後，地主得把紅契交出來，誰種田，田就屬於誰。她不識字，也不懂時勢，只意識到將遭殃，早早將家裡雇用的長工請了回去。

她一改對窮親戚的態度，以前，誰來借錢她都會先來一頓排頭或教訓，她總是勸誡他們勤快點，不要想平步青雲，她總提起她以前和二馬的父親如何奮鬥白手起家的事情，「婦人家每天要跑十幾里路去批貨哪！」現在沒人上門來借錢了，若有人來，她總是先給對方一點好處，不是給點麵粉，就是送幾個果子，那些親戚也都理所當然地拿了，一點謝意也沒有。魯桂妹心裡瞧不起他們，但橫豎得結善緣才行，她覺得只要那些人不恨她，就算真的有事，大家也不會虧待她。

*

「我年紀半百，憑空多了一個女兒，是前一輩子修來的福氣。」她主動找人聊天，問馬路消息，她不知道外面究竟發生了什麼事情，也不懂局面如何轉變，其實她搭訕的人知道的也不多，真的知道事情的人也不會對她說什麼。她的話題逐漸變成她的媳婦王冬青，她是多麼能幹又勤快，她不敢再提起兒子二馬，那是海外關係，會帶給她更大的麻煩。白天婆媳兩人一起下田，晚上王冬青還去參加識字班，聽說她學得比誰都快。媳婦沒明說，但魯桂妹猜得到，她想學字給二馬寫信。

二馬離開後，只從上海寄來一封，信上說他已買了船票即將赴台。之後便再也沒有隻言片語了。魯桂妹打算請人暗中寫信過去，才知道兩地已無法通信。

*

土地改革隊進駐了村子，現在是耕者有其田，魯桂妹央人請住在村外的大兒子回家商量，兒子愁眉不展地坐在一把椅子上，他不停咳嗽，話倒沒說幾句。「政策主要是要消滅地主、打倒富農、保護中農、扶助雇農。」兒子咕噥著，一逕輕拍自己的胸口，他的樣子像要把所有的鬱悶不快全給拍走。「那我們到底算什麼呢？」她盯著兒子，仍不死心地問著。

「還算什麼，妳被劃入地主欄了，以前要妳賣田，妳死不肯賣，沒享點清福，現在是活該。」兒子話沒說完又猛然咳了起來。

「藥都按時喝了沒有？」她也愁得心煩，「就算我們是地主，我們也不是惡地主，該不會有什麼問題吧？」她又回到心裡的疑竇。

「妳和佃戶的關係很好，這大家都知道，真的有事，大家也會幫著說幾句。」她媳婦在旁幫腔，一邊哄著孩子，「田也不是沒賣，現在不就剩那麼三十畝地嘛。」

魯桂妹的大兒子嗜吸鴉片菸，以前抽得凶，人又瘦，但身體還行，現在沒菸抽以後，反而病都來了。魯桂妹最近才對家裡的媳婦抱怨過，和大兒子真是不親，小兒子又走了，養了幾個兒子都沒用。她嘆口氣，幽幽地說，「現在郭老塗和小二他們看到我都不說話了，前兩天、小二的女兒路過，我塞幾個麥麵巴巴，她瞧都不瞧一眼便跑了。」

「他們現在等著拿紅契，讓他們變地主去，妳何必管這麼多？」兒子有一句沒一句。

「他們說二馬去台灣，我們又有台灣關係，又是地主，怎麼辦呀？」魯桂妹拿出手帕按住了眼睛。

「就跟二馬撇清關係，說二馬不肖，妳把他趕了出去。」大兒子忍住咳嗽認真地想了一下，「不然就說他到上海以後糊裡糊塗就不見了，或被打死了，根本沒去台灣。」

「你說這什麼話？」魯桂妹一聽就哭了出來，彷彿真有其事。她媳婦連忙要親家哥不要再說了，魯桂妹的兒子便怏怏地走了。

＊

魯桂妹清晨四點便起了床。平常她那一頭灰髮總是梳得油亮，一個髻服服帖帖，但她整晚睡不著，頭也沒梳理，披頭散髮一個人坐在門檻前，聽著遠處的雞鳴，她起身走進西房，看著昨夜被摔得一地的瓶瓶罐罐，她恨死了那些窮親戚和幾個佃農。昨天，一行十多個人就來搬搶東西，她陪著笑臉，但心裡如刀割，「強盜，土匪，都不得好死，全下地獄去。」她已在暗地咒罵幾百遍了。

過去，他們來找她時，總帶著可憐巴巴的眼光，給他們一些實惠，便什麼話都好說。以前他們怕她，現在，他們仍怕，但仗著共產黨幹部撐腰，他們沒給她好臉色，她只要稍微暗示生活過不下去，他們的眉眼裡便閃著幸災樂禍的意思，「你們吃魚吃肉慣了，也來過過我們的日子吧。」請他們來喝酒，他們也不上門，整天就和農會、村幹部的人交頭接耳，看到她便作鳥獸散。

「早知道便全都把地給賣了，跟二馬到台灣去呀。」她在院子裡自言自語，蹲下來看著地上一群群忙碌的螞蟻。在她的生命中，她不是沒哭過，抗日戰爭的次年，魯家莊淪陷，盜匪四起，她丈夫被土匪綁架，她得知消息，自己跑去與土匪交涉，誰知道丈夫不知道她來了，趁沒人注意，逃離了匪窟，她反而被土匪挾持了幾天，但她丈夫在嚴寒的冬天往河裡逃，河汊分歧，可能找不到路，最後失力溺死水中。土匪獲悉便把她放了。那是一九三八年的春天呀，那一年她四十二歲，她是哭了數天，然後，擦擦眼淚，路不這麼走過來嗎，還有什麼更可怕的嗎？

現在，反而那些窮親戚變成了土匪，他們等著分她的房田，就像狗等著人把骨頭從桌子上丟下來，狗還會跟人搖尾巴，他們算什麼呀？她生起氣來，覺得自己心跳加快許多。「娘，天都沒亮，妳這麼早起來生悶氣？」她媳婦過來給她披了件衣服，她盤算著，她在地下還藏了些黃金，是不是應該告訴媳婦呢？要是她哪天被氣死了呢？她媳婦和孫女都得活下去呀。

她不敢相信世界會變成現在這樣。和媳婦完全被人群隔離了，親家的情況也好不到哪裡。他們做錯了什麼？就因為他們辛苦工作一輩子買了那些田嗎？她站在院子裡那棵老樹下一把眼淚一把鼻涕，她不是為她自己，是為她丈夫而哭，「你看看，這日子怎麼過呀？」她試著跟他說說話，「再下去，我乾脆去陪你。」日子已經變成噩夢，一場睡不醒的噩夢。

＊

魯桂妹千不該萬不該在七年前買了一頭牛。那頭牛一向由大兒子看管，供自家種田用，但她不知道他大兒子三年前不但把田全賣了，連牛也給賣了，現在這筆帳被翻出來，兒子被判了破壞土改的罪名，得坐牢十五年。魯桂妹這會清楚地意識到：大風暴即將來臨。

＊

土改到了末期，批鬥階級敵人的戲碼開始上演。魯桂妹家的五大財產全遭沒收，那一年底，他們把魯桂妹的家當全堆放在大場上，分給了雇農，村幹部還要幾個人把剩下的存糧全挑到糧站去。魯桂妹先是站在場子上，怯生生的樣子，看到任何人便陪著笑臉，當她發現連家裡的存糧都被挑走後，便找人哭訴起來，「我家沒人作主啊，紅契你們來拿去吧！」但沒人理她，只有幾個孩子呆呆看著她，又被大人拉走了。

*

一九五〇年十月，魯家莊召開全鄉群眾大會，這次鬥爭幾個地主，除了魯桂妹和一個魯成貴的地主外，還有王冬青的父親。鬥爭大會開了三個小時，王冬青抱著孩子坐在現場，看著幾個魯家親戚以言語污衊她的父親和婆婆，先要他們跪著，要婆婆把頭巾拿下，又要三個人都戴上紙做的高帽子，向在場的中貧農一個個分別認罪道歉，這還不夠，一個以前來王家借過錢的堂兄先是對王冬青的父親吐痰，又狠狠地甩了她婆婆好幾耳光，打得婆婆跌在地上，「別打了，別打了！」王冬青抱著孩子搶前說話，「妳得了，地主的女兒，還和反動分子結婚，妳也過去跪著！」因為懷中的孩子適時大哭起來，現場一陣混亂，再加上起鬨的人不多，王冬青的部分才不了了之。

當晚，工作隊和民兵便將魯桂妹囚禁起來，牢房在她自己的房子，這棟她和老爺白手起家的房子現在就是她的監獄。她被關在樓下廳堂向南的牆邊，五、六名民兵日夜輪流駐守。王冬青抱著孩子跑回娘家，與她的母親哭成一團，他的父親也被民兵關守在娘家樓上，連送飯送水都不准。

王冬青在娘家草草宿了一晚，第二天一早便趕回去看她婆婆，那天上午起了大風，她沿著圩堤走，突然聽到劃空兩聲槍聲，她抱著孩子警覺地低頭快走，走了兩個多小時，快到村子前有人叫住她，是識字班一個叫周鳳的女人，王冬青從來沒和她說過話，只覺得周鳳平日為人刻薄，說話得理不饒人，不過，心眼並不壞。她停下來，瞧周鳳一眼，覺得周鳳似乎和平常不一樣，對方把她拉進無人的祠堂，「剛才已有人在大麥場被槍決了，聽說下面就是妳婆婆了。」

「那我爹呢，他們決定了沒有？」王冬青被突來的消息嚇慌了，她看著東張西望的周鳳，試著把心情鎮定下來，眼前的既非朋友，與她也不沾親帶故，周鳳為什麼要冒危險通知她？她的消息可靠嗎？王冬青思索著，周鳳丈夫是治安隊的人，消息應該不會錯，王冬青將身上僅有的一些錢塞給周鳳，「如果有我爹消息，麻煩你救個命。」她一定要周鳳收下那些錢幣，才離開祠堂。

*

王冬青回到婆家，整個家已面目全非，廳房到處都有民兵看守，二馬的兩位表親已成為占住人，他們分別住在樓上和樓下兩大間房。他們把她婆婆一些衣物包好，放在她被關守的南廳。王冬青後來在婆家的牛棚裡找到自己隨身穿的衣服和煮炊的小用件，才知道，從那天起，她們的家已經不是她們的家了。

她悄悄經過婆婆被關的地方，看見婆婆低頭不語，人顯得很憔悴，她小聲安慰：「這是時局不好，不是我們的錯，留得青山在，不怕沒柴燒……」話沒說完，一個民兵拿著一把土槍托住她的下頦，「少囉唆，你們這群牛鬼蛇神，說啥鬼話。」

冬青注意到拿槍的人臉色因喝酒而酡紅，便立刻到西房取來酒，請看守的民兵喝，他們沒說話，她便把酒瓶放在桌上，晚飯後果真看到他們喝了起來。她佯裝給婆婆送飯，靠近了南廳，「娘，天無絕人之路，您想開一點。」她婆婆長嘆了一口氣，聽得出來，她在詢問老天，這一切究竟是何旨意。

*

王冬青的娘家來通知，她父親被判無期徒刑（後來在監獄待了幾年），罪名是藐視土改法令。王冬青趕去監獄探視，但不准會面，「大義滅親，你趕緊回去，再不撇清關係，你就馬上遭殃。」一個婦聯會副主任剛好也在現場，她嚴肅好心地告訴她。王冬青感覺得到對方的同情，她遠遠地看著父親，他消瘦了一大圈，鬍子全長了出來，黑髮一夕之間變了白髮，她幾乎認不得了，從遠處她便可以感到他的蕭條與孤獨，她不敢靠近他，也不敢走開，只不停地搖哄著懷裡餓著的孩子。

*

王冬青從小到大沒吃太多苦，嫁到婆家來後，婆婆視她如己出，大家都說她命好，她唯一不太清楚的是她夫婿的態度。王冬青知道他嫌棄她沒讀過書，她在他面前暗示過她與弟弟一起「讀過兩年私塾」，而且她從小在油坊幫父親算帳，她可會算帳呢，她記得她父親也告訴過二馬，但是他根本沒理會。他好像總是心事重重，不知道他在想什麼，她真希望知道他在想什麼。

結婚不久，二馬要她塗點胭脂，她沒主意，去找她表姊商量，表姊叫人給她買了胭脂回來，並教她塗塗抹抹。她就那麼張臉，沒人說好看或難看，她就那麼張臉，不圓也不扁，每天早上起床後眼睛外會有眼屎，她會洗把臉，撲點香露水上去，她在洗水盆中看見自己，然後在晃動的水影中，把自己的臉倒掉。那一天晚上，二馬上南京城沒回家來，她戴著那張化妝的臉感覺自己像戴面具般地睡了。

第二天他仍沒回來，胭脂顏色褪了，她把自己的臉洗掉。她翻著表姊給她帶來的畫刊，裡面的上海女人不但搽了胭脂，也都穿著洋裝。「妳要每天這麼打扮，他就不會走。」聽得出來，她表姊，他們，全都只怪她，他們都認為二馬離開她一定是她的錯，因為她不知道怎麼留住他。

但怎麼留住他呢？她也不是沒想過，每當她跟他說話，他便露出不耐煩的表情，使她說不下去。她要說什麼呢，也都不是什麼重要的事情，沒什麼重要的事，那些重要的事情她也不懂，也沒有人會來跟她說。她只聽說八路軍劫貧濟富，而國民黨作威作福，全都是貪官污吏，「妳懂個什麼屁！」她如果說兩句，二馬便不假顏色立刻斥責，他們都認為理所當然，「婦道人家別多舌。」她隱約覺得她丈夫不喜歡她，但她娘說，「妳運氣好，這樣的婆婆，打著燈籠也找不到。」好像她的生活過得如何，由她婆婆決定，她是嫁給她婆婆。婆婆真是對她好啊，她一點都沒有懷疑，但她不確定的是，二馬究竟是否愛她。

二馬走後，她難過了很久，她後悔當初不鬧點革命，那麼輕易便讓他走了。要是他不回來呢？甚至三長兩短呢？她後悔沒跟他走，聽從婆婆的建議留下來。「孩子，唉，讓他先去，情況真不行，他總會回來，這是他家，他不回來這裡行嗎？」她婆婆說，「讓他去吧，他一定會回來，要不，他也會想辦法把我們一起接去。」

她相信她婆婆的話。她婆婆精明能幹，事情看得多，人面也結得廣，她是二馬的娘，二馬誰都不怕，只怕他娘。二馬的娘總是幫著她，有時看不過去，也曾數落過二馬，王冬青不聽她婆婆的話又該聽誰去？

*

在牛棚裡，王冬青的孩子整夜哭鬧著，王冬青瞪著牛棚屋頂，她嫁來李家時，牛棚屋頂曾被風颳去一片，幸好她婆婆當時叫長工修過，她原來住的房間現在被分配給了二馬的表親，他們一家人都相當客氣，偷偷地告訴她，「妳要什麼，儘管跟我們說。」但是她能要什麼呢？她丈夫已去了台灣，她父親被劃成資本家和富農，她婆婆也是地主，她帶著一個孩子，真不知往哪兒走？她躺在牛棚裡，意識到這座牛棚將會漏雨，但是，還有更糟的嗎？

深夜的牛棚後有影子搖晃著，她以為是風吹樹影，但過不久，有人在屋外叫她的名字，她立刻認出是周鳳的聲音。「這幾幾天就要槍決妳婆婆了，妳多多考慮。」周鳳怕人認出來，特別戴了頂布帽。王冬青把身上所有的錢分了一半交給她，「大恩大德，以後一定報答。」她急促地說。但對方打斷她，「別提以後了，趕快想個辦法吧，解決了妳婆婆後，他們也不會放過妳，你要小心。」

周鳳還說，她小弟也去了台灣，未來如果有二馬的消息，希望王冬青能轉告，她很希望和小弟取得聯繫，周鳳說完話就走了。王冬青一個人站在空洞簡陋的牛棚裡，失去了主意，她想，她從來也沒有任何主意，她的人生就這樣走到這裡，他們將對她怎麼樣呢？她和婆婆都不過是婦道人家，他們平常都說婦道人家什麼都不懂，現在為什麼婦道人家也逃不過鬥爭呢？二馬，你在哪？她絕望地在心裡喊著。

她再也沒法睡。起身坐在牛棚外一張斷了一條腿的木椅上，她這一生從來沒做過任何決定，現在她面臨的是人命問題，她必須做好決定，時間已不多了。她從小沒娘，嫁給離家的二馬，父親又去了牢裡，她什麼人都沒有，只剩下一個嗷嗷待哺的孩子和需要她援救的婆婆。

二馬呀，她在心裡呼喚著她的男人，為什麼你丟下了我們。當她的恨意快湧上來時，她停止再想下去，婆婆的生命要緊，她得替她想條生路。

她猶豫著要不要一早去和魯家的占住人表親商量去，但她又想，這也不保險，他們之間有人在鄉文化班工作，應該是知道詳情，如果知道都不說的話，找他們又有什麼用呢？

她左思右想，整夜沒合上眼睛。

*

第二天，她也被民兵隊長叫去問話。他們聽說她婆婆年前才賣了地，想知道賣的錢到哪裡去了，「妳婆婆說，地全變換成黃金交給妳保管。」他們拷問她，她急著辯解，「沒這回事，我和她說去。」她央求隊長讓她與婆婆對質。他們卻不肯。

那天晚上雷電交加，那位地主魯世標也被押進她家廳堂（她仍然認為那是她家廳堂），那時民兵隊長和土改工作隊的人打算走了，「明天再找妳算這筆帳。」他們走時這麼對她說。

她向魯世標打聽婆婆將被處決的事，魯世標表示也聽說了，他要王冬青去他家通知家人送被子來，她立刻照辦了，回來和樓上表親領回寄管的孩子時，表親留她吃點飯，她問他們，「聽說我婆婆已被判死刑。」她想向他們求救，但他們擺出驚訝的表情，立刻說，「沒聽說過有這麼一回事。」她覺得他們驚訝的是她怎麼會知道這麼多，她也覺得他們早就知道這件事了，只是不想告訴她。在這種時日，她還能信任誰？

他們勸她撫養孩子要緊，對婆婆死刑一事提也沒提一句。「我想帶婆婆逃走，請你們幫個忙。」她跪下來求著女人，女人比較心善，她面有難色，問：「快站起來說，怎麼幫忙，告訴我，如果我做得到，我就幫。」

王冬青說她知道家裡有一個防盜洞口，她們可以從那裡出去，「可是那麼多道門，都封了條，逃不出去怎麼辦？」女人憂心地考慮著。王冬青安慰她，逃得走逃不走都是命，絕不會拖累你們。「我現在就回去拿點東西，你只要通知我婆婆就好。」

「那妳把孩子留下來吧，帶著孩子怎麼逃命呢，你走後，到時我再把孩子接過來養，」女人嘆著氣，她看著她男人，男人沒什麼表情，看來不是很高興，「若逃得成，等情況許可，妳再回來領孩子吧，我幫李家幫到這裡，算什麼也不欠你們了。」

王冬青抑制著自己的哭聲，她不想留下孩子，但要帶著老人和小孩逃命簡直是不可能的事情，怎麼辦呢？她心如刀割，為了孩子，她就應該留下來，好歹為孩子活下去呀！但是婆婆呢，好好一個人幾天後就死在大麥場上嗎？她婆婆真的那麼萬惡不赦嗎？為什麼不能讓她活下去？嫁出去的女兒潑出去的水，她婆婆可是她的家人，她不能見死不救呀！處決了婆婆，他們也不會放過她。她站在那裡沉默無語，腦子裡卻閃過多少個念頭。

「妳再回去想想吧，今夜雨大，要逃，明天也還來得及。」男人勸她，她想也有道理，便先道謝走了。

*

民兵隊長的態度變得惡劣了，他告訴她，「再不說黃金藏在哪裡，就治你的罪，讓妳吃吃排頭，你們這些不老實的地主階級。」他決定把她單獨關在家裡廳堂的樓上，從那裡她可以望到樓下的婆婆，她似乎已氣得說不出話，可能意識到情況不好，已主動絕食了一天一夜。

她從樓上往下說話，「娘，多少吃著點。」她希望她吃飯，這樣才有力氣逃命，但是民兵不准她多話。「娘，聽我的，多少吃一些。」她對樓下喊著，她都聽到自己的回音，她的婆婆會不會聽出她的意思呢？她又問起一個民兵，「我的孩子呢？」其中一個好心的人告訴她，「又哭又鬧，妳表親把她接了過去。」

她安心了不少，現在她又回到逃亡計畫了。她想，今夜如果那些民兵再喝醉的話，她就攜婆婆逃命去，若那些民兵沒喝酒，那她就留下來等著老天爺安排。

那天雨勢停了不少，她注意到原先打在屋頂上的雨滴愈來愈小聲了，她也注意到她婆婆警覺地房間裡走動，並未睡著，過了十時，她聽到民兵說話大聲起來，她知道他們喝了不少酒了。

現在，就等著他們喝醉。「娘，水塘村那邊，您看怎麼樣？」她往樓下說話，她婆婆先是沉默，隨即明白她的意思，她家在水塘村有個好親戚，以前也是他們的佃農，過年過節都會來送東西，他們家總和魯桂妹特別談得來。「他們現在都翻身了。」她在暗處回答。喑啞的聲音裡彷彿有什麼開始要覺醒了。

王冬青從樓上往下望，大廳堂上一盞煤油罩子燈仍然昏黃不明，但一夥人的喧譁聲逐漸沉寂下來。「娘，多吃一點，衣服多穿一件。」她在樓上吩咐著，她知道她婆婆已明白她的計畫。「娘，往防盜洞口鑽。」她說完，自行也往下跳。

她們往外逃時，好幾道門雖然全封上封條，但並未拴上鐵絆，王冬青拉開後門門閂，便和婆婆踏上泥濘小路開始逃命了。

那時是一九四九年，那個蕭瑟的一九四九年冬天。

台灣人是不是都吃香蕉皮？
——父親二馬四十年後的中國返鄉之旅

一九八六．中國安徽

那是一條陌生而漫長的路途，那是一條長達四十年的返鄉之路。

他從台北搭機經香港抵達南京，在香港轉機時，因弄錯登機閘口差一點誤了班機，他聽到機場大廳廣播重複呼喚他的姓名，他是最後一名登機旅客，那個四十年後急著回家的旅客。

抵達南京已近黃昏時分，因一時還不能決定如何接駁，他決定先在南京過夜，一個人坐在下榻的旅館房間，望向窗外南京街景，眼淚不斷地溢出，哭了好一會後才猛然想起，他已不記得上一次哭是什麼時候了。

在警備司令部接受拷問的那些日子吧。更早之前，一九四九年當他前往基隆港接傳琪的時候吧。那天，他穿上他僅有的一套西裝，白襯衫還算整齊乾淨，之前也特地去二條通剪了頭髮。

他在碼頭附近踱步，吸菸，他苦等多時，回到港口大廳，一些人群聚在一起一七嘴八舌，他沒注意聽，他看到幾個人圍在一起詢問港口服務人員，他看到另外一些人騷動不安地走動，他感覺四周氣氛古怪，他詢問一個人：上海來的船班什麼時候到？那個人也吸著菸，看了他一眼，沒有表情地說，是招商船嗎？船兩天前就沉了。

船沉了，他的心也沉了。那個晚上他哭過，躲在棉被裡哭著，好久，一直到哭聲吵醒了同房的人，同房有一個人是東北來的大個子，凶巴巴地告訴他，「大丈夫男子漢有淚不輕彈，你這樣嗚嗚咽咽地算什麼，真沒出息。」他從床上坐了起來，吸了一根菸，沒看那人一眼，也沒先什麼，便走出去，他在街上遊走，一直走，一直走到天亮。之後，他有好幾天沒吃過東西，好幾個星期沒說過話。

三星期不到，台灣海峽全面封鎖，中國大陸再也回不去了。

夜幕低垂時，他在孔夫子廟及秦淮河畔徘徊，心裡響著一個聲音，一個女孩的聲音。他回憶那年在孔夫子廟前的廟會，現在這裡已人事皆非，到處都是攤販，賣炒栗子的，賣糖葫蘆的，一個男人帶著一隻會騎自行車的猴子在街上雜耍，大部分的人都穿著藍色人民裝，那藍色制服令他陌生，而他逐漸也那麼察覺，陌生的不是別人，可能是他自己。

他的的確確已成為陌生人，他連自己也幾乎不認識了。他沒想到的是自己還可以回到這裡，他的老家。他一想到老家這兩個字，就覺得眼裡濕潤，他走向火車站去打聽火車班次，一個人那麼走著，空氣中飄浮著野菜的氣味，年輕女孩的聲音還在他心裡響著，他在街口走著走著便迷路了。

傅琪？他在人群中看見一個女孩，使他心頭一驚，那女孩穿著人民裝，頸上圍著一條白圍巾，在自行車隊裡往前騎去，「傅琪？」他差一點叫出聲，但他的理智阻止了他。

時間的洪流淹沒了他。

*

記憶中的金陵比當塗老家來得深切。他去拜訪了一個高中同學，對方驚訝得說不出話來，急著要兒子去找來住在附近其他的當年同窗，二馬看著一些同學的臉，總覺得那些人似乎更像他的前輩，他激動並推心置腹地向他們說話，他們關心他，但多半便只是微微笑著，沒說話，也許都在搜索著什麼可以說的話。

他頓時感到時光流逝之快，他離開時好像只是昨天，怎麼可能四十年就過了。四十年真的過了，他的一位同學現在是黨市委書記，二話不說便要請他到家裡吃飯，他說喝杯茶便可以，不要麻煩千萬不要麻煩。坐在黨市委書記家的沙發聽他從前的同學提起這四十年，他發現，自己的鄉音和舉止都跟別人不一樣了。

他意猶未盡地走上南京大橋，一個人在卡車往來的大橋上踽踽獨行，他望著黃濁的長江水，感嘆著江水不復。第二天才從南京賓館附近叫了一部車，一路駛回當塗老家。

他從車窗望出去，傾力在時間的隧道中探尋，沒找到什麼具體而他認得的東西。他看著往後撲去的景象，看不出什麼滄海桑田，他搖下車窗，嗅不出記憶的味道，但一種說不出的熟悉感使他內心漲滿著情意，使他淚流不止。

他瞪著油膩的車窗，車窗因破了一個洞而以塑料糊著，老家的風景因而看上去有些模糊，「四十年。」他在心裡嘆息著。四十年這幾個字在他心底打了一個結，他覺得喉嚨裡緊緊的，彷彿心裡的情意已漲到了胸口以上，他簡直快嘔吐了。

關脈巷現在已改名關馬鎮了。從湖口來的司機說路是不熟，他只到過護河和蕪湖，他們到了當塗以後便繞來繞去找不到路。問路時有人告訴他們關脈巷早就改名了，那個人在門口修理一輛老舊的自行車，旁邊的人先是坐著或站著看著那個人修自行車，他問路時，那些人便都把眼光轉向他，但沒人說話，彷彿他們正在觀賞著什麼戲碼。

再下去的問路過程中，還有人告訴他，他的老家早被拆了。土整時就拆了。他拿出筆寫下他母親的名字，那些人都搖搖頭。使他一時誤以為自己不該問，畢竟他們家以前是地主，他母親是地主婆。但他也轉念，那是多少年前的事情了，也許真的再沒人記得他母親。他帶著善意離開他們，那些人從眼睛的餘光打量著他，可能把他當成外星人。他是一個從台灣來的人，他們從來沒看過台灣來的人。

傍晚時分，有人終於指引他一條路。

車子駛進巷子時已晚上近七時了，土牆外漆的是紅紅的幾個大字「聯合全世界無產階級」，二馬從車廂後提出笨重的兩大皮箱，他打量著斑駁的屋門，春聯已被雨水浸洗泛白。大姊夫季明在屋內聽出聲音，急著把頭往外探，他一看到二馬，便急著從屋子內往外走，「慧平，你台灣老弟回來了。」他一跛一跛地往外走，一大早，村裡一個幹部便來告訴過他這件事，他們整天就在家裡等著。

二馬認不出他大姊夫，一點都認不出，「你瞧瞧，你瞧瞧，」大姊夫季明親熱但不自在地拍著他的肩膀，「你們還不快出來幫忙，旅途累壞你了吧。」二馬看著個子高高的外甥跑出來提行李，他沒讓季明使力，自己也提著皮箱往院子走，他站在院子中間，被爭先恐後從鄰居家來看熱鬧的小孩弄得有些暈眩起來，大姊慧平走出來時，他放下行李，幾乎一時站不穩了。

大姊走出房間和他說話，他先誤認大姊是他母親，在剎那間，他以為母親還是當年的母親，但隨即的談話使他驚諤無比，那是他大姊呀，他急忙和大姊擁抱，他們畢生沒擁抱過，當她的身體輕撞他的胸骨時，使他覺得胸中的什麼東西開始化解，激動得說不出話，淚眼模糊。她大姊穿著一件老舊人民裝，黝黑的臉龐上滿布著皺紋，他難過地喊了一聲，「大姊——」他大姊張口笑了，前排牙齒掉了兩顆，使他一時不敢認真看她。

二馬兩個哥哥都過世了，姊姊十六歲便嫁出去了，二馬對她記憶最深的部分便是她少女的模樣，綁著辮子，一雙杏仁眼總是笑著，現在她滿頭夾雜黑白的短直髮，並用黑色的頭箍紮著。大姊出嫁時不敢上花轎，坐在屋內哭著，二馬還記得當年走過老家房間，看見母親勸著大姊，「轎神拜過了，沒事，沒事，嫁過去，還是可以回來看娘。」大姊嫁出去後便從來沒再回過家。那雙杏仁眼又怨又嗔地上了轎。

現在那雙杏仁眼明顯地浮腫，但看起來笑容滿面，好像她過去四十年來都這麼笑著，也好像她知道四十年後她弟弟會回來，所以這麼笑著。

二馬四十年前要離家時沒看到大姊，那時大姊夫季明已加入共產黨，不太願意讓大姊回「那個地主的家」。後來，季明參加民兵隊，帶領了三十多人，大姊夫要大姊與母親劃清界限，母親和王冬青逃亡時，季明還帶著一隊人去追拿。

但要等好幾月過後，二馬才會知道更多家鄉的事。季明當年追查親家娘追得比誰都凶，他曾經到內兄家去抓人，把魯桂妹躺在床上的大兒子都罵得吐出血來。

季明要小兒子小華給舅舅倒茶，他行動不便卻精神奕奕地在屋內不停走動，吩咐兒媳婦趕緊出門排隊去加點菜肉。季明的大兒子今年都四十五歲了，華髮早生，平常在工廠上工，也聽說台灣舅舅要來，都在家裡等著。二馬側身驚奇地看著小華，他的臉部輪廓與母親有點相像。

「娘呢？」二馬接過季明的毛巾，擦了把臉。幾個鄰居孩子站在屋外，透過紗窗望進這戶人家，好奇地打量著遠方來的客人。紗窗上一隻蒼蠅，圍著紗窗繞來繞去，想要飛出去。

「老人家哪肯與我們住，和曉棣他娘住在柳橋西村，她走路又不方便，你先吃個飯，明天我們再往老人家那去。」慧平笑著說，她一手剝起桔子要二馬吃。

二馬把一片桔子放進嘴裡。他咀嚼著四十年前離家前的光景，他在腦中構築著已早被拆去的老家景象，他女兒曉棣的模樣。

「娘那裡還是土瓦房，不好住，你就將就住下來吧，這裡方便一點。」慧平急著從塑料袋裡往小碟倒出幾塊花生糖。

「先去娘那兒吧，我不餓。」二馬連茶水都沒喝便急著想往外走，「四十年不孝呀！」他看起來失魂落魄，彷彿噩夢剛醒，雖然他內心裡激盪的更多是興奮與情感。

「先吃過飯吧，」慧平回頭望向季明，「你先吃，叫季明給你弄個自行車來，路可遠呢，不吃飯哪走得了？」

「走得了，走得了。」二馬站在黯淡的客廳出口，他望著客廳陳設，毛澤東的相片掛在牆上，他們說那是胖了以後的毛主席。荒唐的四十年，他覺得口裡又乾又苦，他的的確確還活著，而站在他面前的慧平也的的確確還活著，這四十年，他不知道這四十年他們怎麼活過來的，而他自己又怎麼活過來。

「喝茶，喝茶。」奈明跛著腳端著一杯熱茶走向他。

＊

二馬跪在他娘腳下嚎啕大哭。眼淚一顆顆掉落在娘的小腳鞋布上，他娘的眼淚也滴在他背上的衣服，她扶著床沿坐起來，用袖口擦去二馬臉上的淚水，不停地輕柔著二馬的背，並重複地唸著：別哭壞身體，快別哭壞身體。

二馬他娘住的房間裡站了幾個人，把斗室擠得悶不透氣。幾年來，二馬他娘大部分的生命時光都躺在這裡，她心願之一便是與兒子二馬重逢，她四處找著手帕，「還不快給找，」慧平吩咐她的兒子小華，還忙著往屋外叫，「曉棣呢？曉棣，妳爹來啦！」

二馬的媳婦王冬青已經老得像個老太婆了，她並沒改嫁，一直和女兒及他的母親住在一起。

二馬先在心裡嘀咕，「是一心守寡，還是沒人要哇！」他繼而想，如果她改嫁或者他心頭會好過些，她為他守了大半輩子寡，使他難受不安。

她看到他時，激動得直眨眼睛，但沒說話，一面忙著招呼慧平，並接著給他弄點熱水。

慧平對他開玩笑，「人家可癡癡等著你呀，都等到老太婆啦。」他從回憶中轉過頭，彷彿要安慰自己似的，「四十年了，誰不老呀？」他看著她端了一盆水走進屋內，遞上準備好的新毛巾，他瞪著臉盆，一盆差點倒出來的水，鐵盆底上印著好幾個字，「四海翻騰雲水怒，五洲震蕩風雷激」，他一個字一個字地在心裡唸著，不知道那是毛澤東的詩句。

四十年前就像昨天，他離開她時並不知道這是一場四十年的告別，他看見她時，也不敢相信這是一場四十年的重逢。他不敢看她，但他看了她一眼，心頭上混合著各種感受，痛苦的酸味又湧上來，這個女人，這個女人可是他同床過的妻子呀。他嚥下一口口水，一種奇特的想法同時在他心中出現：命運既然把他們綁在一起，無論是以前或以後，無論他願不願意，或她願不願意，他們必然無法分離。

＊

「從來沒看過這麼個大閨女，耳朵聾了呀！」慧平從房間裡走出來，「冬青嫂，還不快叫閨女出來。」慧平大聲嚷著。

二馬試著給母親戴上鑲一大塊金牌的金項鍊時，發現母親頸部已皺成乾涸的池，他又為她套上手鐲，彷彿他要把所有的黃金都穿戴在母親身上，「手鐲就給冬青吧。」母親在他耳邊悄悄說著。

「還有呢，冬青也給準備了。」他蹲在行李堆前翻找著。「冬青的，冬青的就在這裡。」二馬把從銀樓買來的盒子全擺在地上，那裡面裝著各種二十四K純金的首飾，他拿出其中一個交給冬青，像頒發獎品，分離四十年的代價。

那是一只厚重手鐲，上面雕刻龍鳳，還寫上龍鳳呈祥，本來應該是結婚禮品，四十年後，一個遲來的禮物，冬青靦腆地接下。「戴上呀，戴上呀！」季明在旁催促，他的眼睛盯著地上剩下的盒子。

二馬瞥見他的媳婦冬青沒戴手鐲，她執意不想戴上手鐲。他還不明白，她究竟是拒絕他的禮物，或者嫌棄他的禮物。「曉棣呢？」他轉移話題，回到他女兒，他從來沒見過面的女兒，他也為她準備了黃金鑲鑽項鍊，一顆碎鑽鑲在心形的金框中。

「曉棣哇，妳爹給你的心吶！」慧平開著玩笑，她將她的金項鍊以食指提著，欣賞著，大家也都圍著看那條項鍊。

「曉棣呢？」二馬問，並望向冬青，冬青終於說話了，她的聲音聽起來那麼不確定，「她身體不舒服，在房裡睡了。」

「那要看醫生，不能開玩笑。」二馬立刻站了起來，冬青為難地看著二馬，二馬站起來便要走入裡面的房間，他被安排睡的房間之外，只有另一間房，他直直地走入。

一群人跟著他走進去，那房間已沒人，他打量著。一張空著的大床，旁邊靠牆還有一張上下鋪的床，上鋪堆滿了紙箱報紙，下鋪卻睡著一個人。側睡，看起來不瘦的身軀，頭上戴著髮夾，左臂露在被子外面，穿著厚厚的棉外套睡覺？二馬走到床前，「曉棣？」他喚著她的名字，想像一個女花似玉的女兒，從夢中醒來的女兒，會叫他父親的女兒。

女人仍睡著不動。「曉棣？」她母親也急忙從後面走過來喚她，那厚厚的身體動也不動，空氣如死人般寂靜無聲。

＊

二馬躺在冬青的床上。床鋪散發著一股他女人的氣味，或者他無法形容的味道，他閉著眼睛，「老家的味道？」他自問，「中國的味道？」他不停地聯想，「灰塵？」他張開眼睛，房門已掩上，他想她大概不會回到他睡覺的房間了，他帶著一種混合慶幸及愧疚的心情沉沉睡去。

他被自己的打呼聲驚醒，張開眼睛，無人，四下無人，衣櫥上一堆雜物，上頭一只毛澤東的瓷像，毛的臉龐粉裡透紅，毛的眼光熱切地注視遠方。二馬坐了起來，他聽見有人說話。是冬青的聲音，應該是吧，他一邊努力回想，一邊聽著外面的談話，「娘，您去歇歇吧，我讓她自個把事情想清楚。」

「千不對萬不對，那總是她親生父親吶。」印象中他娘的聲音委婉動人，但屋外的聲音卻如此蒼涼老邁。「娘，您先歇歇吧，別累著。」他聽見冬青對他娘說話，心裡正在盤算著什麼，但因不克旅途勞累，一會便又睡著了。

*

二馬在他娘家已住了幾天，一些聽聞他返鄉的村人，紛紛好奇地上門打聽，但五十歲以下的人對他已無印象，倒是一些年紀大的長者還記得他，頻頻問他在台灣是否受苦，他們認為那裡的生活一窮二白。

「台灣人是不是都吃香蕉皮？」一個老人提著拐杖，老遠走來，只想看看台灣回來的人。

二馬還沒來得及告訴他們，一個當年與他父親一起上私塾的郭老便打斷他：「你娘和冬青不曉得為你吃了多少苦哇。」他吞吞吐吐地告訴二馬，不但在他走後的土改時代，以及後來的文革，他娘魯桂妹和冬青都是被批鬥的對象，「苦呀，饑荒的那些年，她們一家三口什麼也沒有，只有一只破鍋，大家都不敢接近她們。」

在那之前，二馬還不知道，冬青在土改時帶著他娘逃亡，後來自首後，一家三口住進牛棚，他娘氣出一身病來，全靠冬青照料供養。文革時，他娘和冬青還被揪鬥，此後，大小批鬥都少不了冬青，不但得參加義務勞動，被派去撿糞，每週還得被叫去參加打罵會，頭髮被剃成一道一道，頸上得掛一塊長、寬四、五十公分的罪牌，上面寫著「反動海外關係、地主分子」，他娘六八年秋天病重，也不准看病，差點不治，而曉棣整天都被貧中農孩童辱罵毒打，根本不敢去上學。

他們愈說，他便愈難過心虛，覺得自己虧欠娘和冬青太多。如果沒有冬青，當年母親早就沒命了。

那時，二馬也還不知道，他從未見過面的孩子曉棣是多麼恨他。那個他叫郭老的老先生是唯一提到過去的人。其他的人都不敢碰觸過去，彷彿過去是一隻沉睡的野獸，彷彿過去是一個安靜的瘋子，必須小心不要招惹。二馬最終覺得與那些人話不投機，他約郭老一起便餐，但郭老拘謹地拒絕了。

＊

他一覺醒來終於知道真相了。他的女兒曉棣並未生病發燒，她只是裝病，她不想見他。他把為她買的項鍊放在冬青的床頭櫃上，再也沒去動它。

他做各種打算，希望女兒和他說話。住在同一屋簷下，她終究必須看到他，但她低垂眼瞼，避免眼光與他接觸，且一句話也沒有。

他母親住的是老瓦房，濕氣重，外面的廁所又髒，廁所沒有屋頂，下雨時必須撐把傘，又要小心站穩不然會滑入糞坑。而兩個小房間又擠又悶，祖孫三代三個人就住在那裡，她們對這裡已習慣如常，現在祖孫三個睡在同一個房間，他一個人睡在另一個房間，這是一個沒有男人的家，這是他一向缺席的家。

他起床後，看到冬青在前院用熱水燙雞，可能為他特別殺的雞吧。他坐在客廳，如果那是客廳的話，角落一隻三角几，幾把破舊的椅子圍著一張木桌，木桌上許多焦黑的鍋印，桌下方置滿雜物，地板陰濕得令人發涼。

他無法想像她們三人長期住在這裡，甚至，有人告訴他，以前她們還住過老家的牛棚，「老人家的風濕怎麼樣了？」他問冬青，冬青進屋給他準備早點。

「好幾年沒事了，最近又開始不舒服。」冬青回答他，她跟她女兒一樣不正面看他。「還好就能睡，一睡便大半天。」她對著他說，他突然又深深愧疚起來，這麼多年來都是這個女人默默照顧著他的母親啊，他向自己立誓，無論如何以後都不會虧待她。

「曉棣起床了嗎？」他又回到心裡的那些想法去了。「她上工了，在一家鐵工廠管會計。」冬青看起來很為女兒驕傲，那一定是個好差事，「會計，」他想，那是他不熟悉的領域，但聽起來也挺不錯，「一大早上什麼工呀？」他說，他想像他女兒打起算盤叩叩作響。

「工廠遠呢，騎自行車都要一個小時。」冬青擦著臉頰上的汗，彷彿不知如何是好似的，「她個性就是害羞，從小又被人欺負，本來是好孩子。」他聽著聽著，暗自覺得冬青說的也有理，「還沒有結婚的對象嗎？」他繼續問著，他也想，他女兒與冬青長得真像。

「還沒有，」冬青眼珠一轉，話還沒說淚卻掉了下來。「十二年前，倒有個未婚夫，但對方胃病死了後，曉棣怎麼說都不肯嫁。」

「兒呀，」他母親在房間裡面喚他，他放下早點，踱步過去見他娘。「你看，這兩封信，這封信是你到了台北寄的，我收到了，我給你回信，卻退了回來。」二馬拿起兩封發黃的信，他清清楚楚記得當年自己發信時的心情。

他一時語塞，停了好久，他才告訴母親，他後來也寫過幾封信，他母親從來沒收到過的信。

＊

幾天過了，曉棣還是早出晚歸，她曾與父親在屋內碰到面，但她規避他就像規避一個完全不認識的男人。她經過他時，他喚她，「曉棣，」他的聲音有點沙啞，他等待她回答，他覺得已等了半個世紀，但她當他不存在，彷彿他不是在喚她。

他生氣了。為什麼她不肯與他說話，她要用這種方式懲罰他嗎？難道他就是這麼一個萬惡不赦的父親，他做錯了什麼？是呀，就算他做錯什麼，就算他是那個萬惡不赦的父親，但是他現在千里迢迢回來找她，他不是回來了嗎？他不是就在她面前了嗎？她不是應該給他一個機會？

他姊夫季明為他爭取到中阿友好賓館一個空房，那房間明窗淨几，價錢也不貴，「離咱那裡近，打飯也近。」三天後他答應他的安排，他要讓女兒知道，她要整天生他的氣，他就搬走。

搬進旅館後，他姊夫季明還找來黨支部書記和幹部，邀他一起吃飯，他們要和他合作生意，「黑貓白貓會捉老鼠的都是好貓。」他們說那是小平同志說的，他們說現在是什麼時代，現在是小平同志鼓勵經濟政策大開大放的時代。

離開他娘家，還住進賓館時，他把要送曉棣的首飾盒交給冬青。冬青搖頭，「你自個交給她吧。」他知道她也在鬧脾氣，或許對他搬到賓館一事也不高興。他把盒子收到口袋裡，他是虧欠她們，他只能盡量彌補，但他不喜歡她們跟他鬧脾氣，他的個性便是如此，他不喜歡任何人和他鬧脾氣。他去和娘說了好一回話才走，他慎重其事地告訴他娘，他要為他們蓋一棟水泥房。等新房子蓋好，他就搬回來。他娘只安慰他，「別操心，兒呀，我們這裡住慣了。」

離開她們之後，他才終於明白拒絕也是一種懲罰。

*

他在姊夫季明的遊說下決定和共產黨合資做磚廠生意。「磚嘛，這種東西誰蓋房子都會需要，房子總要蓋的，是吧！」忘了誰這麼告訴他，他沒反對，很快便同意下來，反正積蓄都帶回來了，他要回來做點事，他要好好彌補他的家人。

他去看過磚廠，不大，人手也不多，但占地數千平方尺，兩個還在燒磚的磚窯，磚場下冷清清排著許多經過多少風吹雨淋及日曬的磚，二馬走過那些磚塊堆成的牆，像走過成排等著他檢閱的軍隊，他心滿意足，合資後，他是董事長，以後他們還打算給他弄輛車子。

「我有一個小的要求。」他在開過數次股東會議後，忍不住提了出來。那黨書記和季明挺熟，季明和姊姊的女兒小紅和黨書記的兒子正談著戀愛。那是一個喝酒的飯局，他們幾個人原來正大聲熱烈地談話，被他的問題中斷，他們全醉醺醺地看著他，「我的要求是我女兒必須擔任這磚廠的會計。」他沒把握大家會不會同意，但他認為自己的意見必須被尊重，至少他這麼堅持著。

他們，也就是黨書記和黨書記的親弟弟，他們勸他還是讓季明來做會計，那磚廠的一本帳還很難算，曉棣一個女人家可能擺不平，但他們東說一句西說一句，也沒真的拒絕他的意見，他打算等大夥清醒後再做商量。他回家去告訴冬青，要她馬上轉告女兒這件事，他把這件事當作彌補，他認為曉棣會喜出望外，但他女兒曉棣卻拒絕了，她不但不願意，也仍然不理會他。

二馬氣不過，他對冬青撂下狠話，「那就算了，她的事我再也不管了。」他女兒種種行為使他的自尊大為受傷。他滿心希望她喊他一聲爸，認他這個父親，而她倔強又頑固，也許正因遺傳了他的個性吧，他也曾經這麼想過，但他的好心和她的恨意根本無法對抗，一次又一次的挫敗使他心中的溫情愈來愈冷了。

「她到底要我怎麼樣？」他在許多時刻問自己，回憶著女兒那一天佯裝生病躺在床上時的模樣，以及他注意到她一頭黑髮中摻雜著幾絲灰白的頭髮。女人家哪能這麼倔強呀，這麼倔強地活著多麼辛苦，難怪嫁不出去，去去去，真是個沒家教的女兒。

*

天安門事件發生時，磚廠新樓房已完成了。兩層的水泥樓房，二馬在辦公室樓上占用了三個房間，一間是臥室，一間空房擺滿了他在各地收集的中國古玩，都堆在箱子裡，他在最前面一間房間置放了幾隻新沙發，他有時就在這裡看電視。

他便在這個房間裡聽到了學生在北京天安門示威的消息，他並未想到隨後是空前鎮壓，他出去買柿子和乾果，市街的氣氛完全沒有任何異樣。只要不發生什麼天大的事，讓他當不成董事長就好，多少那虛榮使他現在活得有聲有色，他沒常去想台灣的家人，他打算把這裡當家，他畢竟是這裡出生的，他是在當塗出生的當塗人呀。

雖然有一件事讓他氣不過：曉棣似乎鐵了心不和他說話，不要說一句，連半句也沒有。

他不相信自己就罪大惡極到這種程度，「女兒，妳要明白，這不是個人的對錯，這是歷史的悲劇，」只可惜他沒機會向女兒這麼說，他曾經想過，他必須向她說明，但隨著日子一天天過去，他也看不出有什麼說明的必要。

他偶爾在散步時想到這「歷史的悲劇」，他做了決定，不但是她女兒不要他這個父親，他也不要這個女兒了。不，他沒有錯，她不願當他的女兒，沒關係，他從來不認識她，他也不要認識她。

雖則如此，他常去拜訪母親，他常常要司機載著他到市場買些補品和上好水果，然後再到他母親那裡去問安。他母親魯桂妹精神不濟，大部分的時間都在沉睡狀態，他每次去一定帶著錢，錢他留給冬青，冬青會收下，但卻沒什麼話說，他不清楚她是否還恨著他，或者更荒謬的是，他也不清楚她是否還愛著他。有時他們可以說上幾句，他停留的時間愈來愈短，愈來愈匆匆。冬青不會主動談到曉棣，他也不會再想知道什麼了。

他偶爾看著女兒擦身而過，眼睛低垂，動作閃快，使他覺得，簡直如同看到鬼魂一般。

*

二馬感覺到他的外甥女小紅疏遠著他，他沒當一回事，也常買一些果食零嘴讓她開心。但她不肯把會計簿攤出來給他看，他每次問起，她便回答：「都上鎖了，麻煩著呢。」幾次後，他質問她，但她仍頂著嘴，「你就當你的董事長唄，管那麼多事幹嘛呀！」

他觀察姊夫季明，也發現他鬼鬼祟祟有意躲著他。他到姊姊家去坐坐，姊姊仍是那麼和氣，要他吃水餃，要他吃西瓜，但她也似乎有話不說，他都看出來了，他們一家人對他愈來愈虛與委蛇，他開始覺得不對勁，但他並未防備。

那是他姊姊，防備什麼，不都自己的親人了嗎？八九年冬天，他姊姊來和他商量一件事，他們的孫子要結婚了，需要一輛車，看看他是不是可以給他買。二馬一聽便老大不高興，他前前後後去過友誼商店給姊姊家添過電視、冰箱和縫紉機，還為他們加建了一個浴廁，現在他們還要摩托車！

＊

他計畫為娘和冬青蓋個水泥房，工人都找好了，不但如此，他還暗地託人在找山坡地，他打算為他娘身後做準備。這事本來也由季明打點幫忙，可是他一陣子沒看到季明了，有一天他向季明問起這事，季明回答他，「我一個跛腳的，那山坡地不好走，改天再說吧。」他有點失望，但他還不知道季明已經對他那種霸道的個性不滿，二馬只以為姊夫不像以前那麼熱絡。

有一天，一個磚廠員工對他微笑直言，「當初你把大把黃金全帶到台灣，好說也應該帶點回來造福鄉里。」這話怎能這麼說呢，二馬為之氣結，他問那個平常是好好先生的人，這話怎能這麼說呢？對方卻正經八百地回答，「怎麼不能說呢，你姊夫便這麼說！」

二馬弄了輛小包車，要人將磚塊一送到柳橋西村，他走進她娘房間去請安，他娘坐在床上憂心地拉著他的手說，「兒呀，錢省著點，季明的孫子需要一輛車，看看是不是給他弄一輛。」

二馬執意不肯，誰說結婚便需要一輛車？這村子裡一共幾輛車呀？他季明怎麼就有決定權。

我的錢該怎麼用是我的事，與他何干？何況，不是已經在磚廠替他安插了工作嗎？他女兒我姪女不是也做了會計了嗎？那甥女架子特別大，算帳不會，小心眼特別多，二馬愈想愈不高興。

＊

在幾個月當中，二馬和季明姊夫一家幾乎不說話了。二馬忙著為他娘和冬青蓋新房，磚廠的事情他本來便不必多管，現在更是管不著也懶得管了。

他規畫房間並監督工人的進度，「這房子怎麼能跟以前老家的房子比呢？那時我們光長工的房間就不知幾間了。」他說這些話原來便想炫耀，但也沒什麼特別的惡意，還好也沒有人理他，雖然已經有人嫌他經常擺架子，但他不知道，他也忘了當年他母親和妻子如何為那棟房子受苦。

他幾度與建築工人發生爭執，大抵都是為了建屋的小事，諸如，特別要人去南京好不容易買到一個抽水馬桶，但是鄉下工人沒看過這玩意，把整個馬桶埋進水泥中，使得原來的坐墊卻與地面等高，只能踩在上面使用，他要求工人把馬桶抽出來重做，工人不悅地回答他，「埋在水泥裡面了怎麼拔出來，還不一樣可以用嘛！」以及「馬桶都是蹲的，哪有坐的馬桶？」他覺得自己真是秀才遇見兵，有理講不清，愈想愈氣，與幾個工人大吵了一架。

「我們是看季明面子才答應下來，憑你的關係，我們還不一定會來呢。」對方態度強硬，取下工具說走就走，二馬不得不改變對策。他雖惱火並認為季明可能暗中搞鬼，但是他想，好歹都是親戚，好講話，他請求季明去為他交涉工人的事，季明滿口答應，使他又生起悔意，本來便是親人，實在不必為了一些小事不高興。

＊

房子建好後，二馬恢復與姊姊和季明家的對話，偶爾也上門吃個便飯，醫生囑咐他不要吃太鹹，但慧平根本不在意，炒菜還是大把鹽大把味精，他終於忍不住走進廚房告訴慧平，「鹽少放點，少放點鹽。」他笑著說。心裡也知道是打擾，但他作夢都沒想到姊姊慧平會這麼回答他，「你少放點鹽，別人都不要吃了？」

冬青和娘那裡，他只能去吃午飯，因為女兒上工，中午在工廠包飯，晚餐則回家吃。他去吃飯，冬青炒菜不放鹽，但是他又嫌太油，他說了幾次，冬青炒菜便不再放油，但實在也不好吃。他們三人坐在新家的桌前，他特別為那張餐桌買了塊塑料桌布，他們三人像家人那般坐在那裡吃飯，他娘往往沒吃上幾口便睡著了，她娘且目力不濟，根本無法挾菜，冬青都在餵她，等他吃完，再把他娘送回房間，她才開始吃，她慢慢吃，習慣性地把剩飯剩菜全吃完。

「剩菜不必全吃完，吃飽了就不要再吃。」他對四十年前的妻子這麼說，但她聽不出弦外之音，於是他直截了當地說，「吃那麼多，不胖？」她停下筷子，滿臉通紅站起來把菜收入廚房，但他知道，她不會把剩菜倒掉，永遠不可能，他只要一離開這裡，她一定會把那剩菜剩飯全吃掉，連一粒米也不剩。他只能接受，或不接受。她不可能改變。

＊

她對他毫無肉體的欲望，他看得出來，也感覺得出來。他為此不滿，但不敢有任何表示，他覺得他若做什麼，必侵犯她，而他不想侵犯她，只想保護她。他只好塞錢給她。他塞給她的錢愈多，心就愈虛。他無論如何都對不起她，把他的生命拿去還，都還不起。

＊

生意做了三年，眼看那磚廠的訂單不斷，那是因為黨書記的兒子在鄉下負責發包工程，他私下要那些建築包商訂磚廠的貨，所以生意不算興隆，但已經很不錯，磚窯三百六十五天轉著。前二年，每當他問起董事長薪金和紅利，黨書記的兒子和季明便約他去餐館吃飯，說是做生意要擴張，廠裡是賺一點錢，但得再投資才行，希望他明白，也別著急。

他都明白，但也都不明白。第三年起，他打定主意要問出一個結論來。整個晚上他們還是講同樣的話，那個晚上，他們甚至把黨書記都給請來，開了瓶高粱酒，叫了碗龜膽，混著酒要他喝下去，幾個男人儘說著黃色笑話，他們說要介紹他一個女人幫他打掃樓上房間和洗衣服，他喝醉了，什麼也沒再問，他們把他給抬了回去，隔沒幾天，一個四、五十歲的女人便在他的客廳打掃起來。

＊

在他的印象中，她是心甘情願與他睡覺，不，不只如此，是她挑逗他，穿著一件薄的上衣，還不小心讓扣子掉了一顆，胸口敞開，他在外面也沒看她敢這麼穿，怎麼來他這裡便這麼暴露，這分明是挑逗。他是飢渴了很久，恰如久旱逢甘霖，憑他的直覺，這女人絕不是好東西，好女人不會像她這樣挑逗男人。

後來他才知道，她是寡婦，她丈夫前些年去世，死因是心臟病，而且是在床上與她好事時發生的，他聽了以後直發毛，這是剋夫，這不吉利呀，他滿心害怕，又無法克制與她上床的衝動。

他幾乎天天與她上床，她彷彿就在他的房間住下來了。也彷彿直接扮演了妻子的角色，他會跟她說心事，她有能力讓人向她傾訴，他彷彿必須對她告解，告訴她他心中種種的不滿，愈說愈多。她聽他說話，也跟他伸手要錢，好像聽他說話，他必須付錢，像心理醫生。他給她一些，但她逐漸嫌少，以至於他也感到不爽，「那就一毛也不給。」他生起氣，並這麼告訴她。

＊

他生起氣來，她就不能再惹他，如果再惹他發火，他就揍人。她被揍過，他不覺得自己拳頭用了很多力，但她驚天動地地嚎啕鬼叫，他穿上夾克一個人走出門，一直走到祠堂附近，坐在水池旁發呆。他開始想念在台灣的妻子，深深地想念，他想，他要打電話給她，並把她接來。他需要一個伴，不是那樣的一個婆娘，他開始後悔自己未善待妻子林芬芳，這三年來，他從來沒給她打過電話。

他決定回頭便給她打個電話。當他這麼想時，他整個人覺得好多了。

＊

寡婦哪裡是省油的燈。她先去向鄉黨書記哭訴，他強暴她。那群男人用嘲弄的眼神看她，她急了便說出他的祕密，他對磚廠生意的各種懷疑，用她嘴巴說出的話是「那群狗崽子串聯起來騙我的錢。」這「他們」包括他的親戚，他的姊姊和姊夫，包括黨書記，包括共產黨。

「他說，大家都在騙他，他上了當。」她說，他已經展開一連串的對付行動，他將會想辦法報復他們一夥人。那群男人中的一個又仔細問：「怎麼個報復法？」寡婦答不下來，他們就嘲笑她，「他在床上怎麼就沒告訴妳這個，不會吧？」

那寡婦吞吞吐吐地說，「他要把銀行的錢全都提出來，帶回台灣去。」一夥人聽到這裡全都傻了：「操他奶奶的！」也有人順口說，「他帶多少錢來呀，光吃喝玩樂，還蓋房子，還買車，錢都被他花得差不多了，還想帶啥回去呀？」

＊

他私下付了一筆錢給銀行的一位職員，對方幫他弄到了磚廠的帳目記錄。他發現，進帳多於出帳，那表示磚廠是賺不少錢了，他已有了證據，只要再對照他姪女手上的會計簿，一切便會真相大白，他姪女下個星期請假三天要去上海，屆時他便有辦法取得會計本，他會想辦法把鎖在箱子裡的會計本子全複印下來。

＊

但是他姪女不但沒去成上海，而且在這之前，不妙的事情便發生了。那個寡婦去告他強姦，他成了被告，她不是說說便算了，她真的告他，要讓他知道，他不能不負責任，儘會玩女人。

接著下來的一年半載，他幾乎都在處理這窩囊事。寡婦要的是錢，他早該給她，他現在才看清楚，那寡婦是個爛貨，她根本是與「他們」一夥來騙他的，他們設下一個美人計，不，什麼美人計，真是狗屎，一點都不美，那寡婦全身沒個優點，就只會在做愛時哼哼哈哈地叫著，彷彿叫完全身病痛便沒了。

他後悔有之，真是後悔有之。那女人是貨真價實的禍水，他前半生幾乎毀在另一個女人身上，現在後半生難道要毀在這個賤寡婦身上嗎？不值得，不值得！他在心裡這麼喊著。這些人實在夠狠了，這麼對付他，設計了一個仙人跳，把他活生生推入一個火坑，一個陷阱。

他吞不下這口氣，誰吞得下這口氣呀！

＊

他娘死時，他正在與寡婦談判，季明也在場，一個在牢裡待過幾年的兄弟出面代替寡婦說話，那大哥說他是寡婦的親戚。二馬鐵著一張綠臉，那是在一家餐館，那大哥是北方人，非吃碗麵不可，幾個人就看著他呼呼吃麵。二馬又懷疑那娘們偷漢子，她與那兄弟是什麼屁關係？那什麼兄弟大哥吃完麵便吸起菸來，他說，「這麼著吧，你給她現金五萬，算是賠償金，妳呢，妳就撤回這個案子。兩人的舊帳一筆勾銷。」他氣不過，憑什麼五萬？「給她五萬，她還是不一筆勾銷呢？她再來要，我怎麼辦？她貪得無厭，我對付不起呀！」他一口氣說完，便拿起瓜子嗑著，就在這個時候，冬青上氣不接下氣跑來，冬青不願走進餐館，她在餐館門外對二馬說，「你娘過去了。」

他沒聽明白，瞪著她肥胖的臉，儘問：「你說什麼？說清楚。」冬青喘氣不止，她又重說了一遍：「你娘死了。」

＊

他在「老家」一共停留了五年，前三年他蓄意不與台灣家人聯絡，後兩年才又恢復聯繫。他同意大女兒從台灣來看他，因為過往故意逃離台灣的家，在面對女兒時也有罪惡感。他向女兒抱怨他前妻生的女兒曉棣如何地不講理。

她女兒突然問他：爸，你還有多少個女兒啊？

那是一個風大的下午，她女兒來了要走了，嚴肅地告訴他，「他們對你不夠好。」她女兒沒發現的是，她父親也許也對別人不夠體諒。他卻認為她說得有理。他們真的對他不夠好，這裡也不再是他的家了。

他還有一個必須完成的任務：為他娘造個像樣的墳。他已去過一些私人墳地，觀察過別人的祖先墓碑。他找到墓地的那天，發現自己站在墓地前顫抖，他的身體狀況已逐漸惡化，經常忍不住地抖動著手臂，一個和他上床的女人這麼嫌棄他，使他氣得又抖得更嚴重了。病發後，他才發現，他錯了，他錯得離譜，他不但背叛了台灣和家人，也背叛了自己。

或者到底他背叛了誰，誰又背叛了他？

以及他也問：我到底是什麼人啊。

後來每次當他在台北醫院想起他那一趟長達五年的返鄉之旅，都不得不苦嘆。他的台灣家庭是他四十年來的生活，三分之二的人生，而大陸的家庭卻是三分之一的生活。他是不完整的人，被切割成兩個部分。他不可能對生活感到滿意，不但這個生活，任何生活，他總是不滿意，他不知道自己是什麼人了。他什麼人也不是，他像一個不完美的陶器，有個不美的人生痕跡，被工匠隨便一擺，也如此脆弱，不堪一擊。

但是他問心無愧。她娘的墳墓造得挺體面，風水位置也算巧妙。離開當塗前，他每每上山在墳前流連，面對他母親的墳他感到平靜，不再那麼悲苦無助。走前，他把所剩無多的積蓄全交給冬青，他告訴她，未來，他會定時寄錢來。

他和冬青坐下來談話。這是第一次，不但以前，以後他們也從來沒如此做過。他以為冬青不會啟口說話，但沒想到她侃侃而談，她說，「早知道你回來後，還是會回去。不會留你，以前沒留住你，現在也不會留住你。」但是她也說，「這個家是你蓋的，希望你有空常回來看看我們。」她說「我們」，而不是「我」。他心裡煎熬著愧疚，隨後那愧疚不安的情緒一向混合著對自己及對別人的憤怒。然後他安靜下來，把他收集的古玩做了打包，其餘的便只是幾件衣物，他成為沒有家鄉的人，他已不知道哪裡才是真正的家。

至於那條為曉棣買的心形項鍊，他把它留在曉棣的房間，他也留了一封信，在信上他對她解釋著發生在他們身上的「歷史悲劇」，是的，不但他是那悲劇中的人物，他女兒也是，他們都是。像他讀過的莎士比亞故事，那哈姆雷特王子，那馬克白夫人。也像中國京劇中的林沖或者《四郎探母》的楊四郎。他談起《四郎探母》的劇情故事，楊四郎離家，不得已娶了鐵鏡公主，但忍不住恩情的煎熬，又冒死回來探母。兒啊，兒啊，他洋洋灑灑寫了十數頁，並把項鍊盒子一起用公文袋裝著。公文袋上端端正正寫著女兒的名字：

吾女曉棣　親啟

*

人算不如天算。他和寡婦的官司糾纏多年後，他不但輸了官司，且還得賠錢。他的人生總是賠在女人身上，他氣得發抖，常常發抖，以至於後來他不那麼生疑時仍在發抖，他還沒離開當塗前便病了，且病得不輕。

他的台灣妻子來當塗接他，他們才一踏上台灣，他便住進了醫院，從此再也沒出來。

在父親的房間

二〇〇一・台灣台北

那是台北郊區山間的療養院，走在山路的石階上，我告訴你，別人都說我和父親長得很像，連個性也差不多，但我不覺得。

我已經十五年沒見過父親了，父親是中國父親，只是不再那麼中國了，過去他那種種威權的聲音，使我卻步。我想像那年離開他前，甚至更早之前，我和他的對話那麼稀薄，如果必須說話，我總是傾斜著身子，聲細如蚊，「爸，那我走了。」

我吸口氣壯著膽把房門打開。

那麼多年過去了，我的父親像身經人生百戰的卒兵，最後躺在療養院裡的一個病床上，而我是那個不肯探視他的女兒。多少年來，我以他為恥，我甚至，請你明白，我甚至擔心，若和你去探視他，你將看到一個不堪的父親，也等於看到不堪的我，你是否就從此離開我呢？我打開門，請你走入這個家，你看到的便是殘破敗壞的陰暗角落，你會如何想像我的人生呢？

二十歲離開台北前，曾邀請一個我所仰慕的男生到家裡，那時我們通過幾封信，是筆友吧，第一次見面當天他堅持到我家來，我說父母都不在，他說那沒關係，我只想看看你家是什麼樣子。他說，看一個家的裝潢便可以知道那個人是什麼人，我當時已有不祥的預感，但仍讓他走進家門，他只停留了幾分鐘便告辭了，從此再沒有音訊。

後來聽說學醫的他娶了一個板橋陳小兒科醫師的女兒，那個陳小兒科是鎮上最有名的醫師，小時候，我們街上的小孩若發高燒，父母都會帶著大老遠坐三輪車去給那陳醫師看。現在那家陳小兒科還在，那個我再也沒見過面的男人接管了那家醫院。我並不後悔認識這個人，但我後悔自己打開心扉讓他進來。

你真的不在乎你父親？你問我。我真的不在乎他的死活。我不想看到他。他過去一向以粗暴的感情方式對待我，我有一天發誓再也不要忍受那些對待了。

「爸，我來了。」我開口說話。病房裡只有父親，他躺在那裡，看起來便像病人，他掙扎地坐起，他要說話，但他卻流著口水，我拿出手巾給他擦口水，他又掙扎地側身從床邊拿起一冊書，我打開書冊，書名叫《探討帕金森氏症》，他要說話，但說不出口，口水又流下來。

「我得的就是這種病。」爸說話時一直發抖，他原來英俊的臉也瘦彎了一圈。他指著床邊的蘋果，要你吃，你站在那兒沒動聲色，父親為你找起刀子，「爸，刀子我來拿。」我急忙找起刀盤。

你坐在房間裡唯一的椅子上，爸沒說話，他一直瞪著窗外，我也隨著他的眼光看向窗外。電視節目無聲地進行，那是BBC的記錄片，一部介紹海底世界的影片，絢爛的海底生物的生活，而房間裡彌漫著藥味，我的父親已成為一個生病的父親。

小時候，父親只聽古典音樂，他喜歡舒伯特和蕭邦，之外便是平劇和昆劇，他總是跟著哼著。他有一大堆唱片，後來，他把留聲機和一些唱片帶走了，帶到他情婦蘇小姐那兒，再過沒幾年，他在監獄不能聽音樂，我想那是他最大的損失之一。幾天前我在母親家還看到一些他收藏的老唱片。

他還聽音樂嗎？我不敢問他。他還向上帝祈禱嗎？我也不敢問他。我的父親臉上多的是愁情，那麼多年了，那麼多年了，他愛過那麼多女人，但卻沒愛過他自己，他到底在追求什麼呢？

姊姊說，不能自由行動雖然痛苦，但對父親而言最大的痛苦是大小便失禁，那使他從此失去光采，他再也不像以前那樣意興風發，他成為一個失去自尊的男人。他現在話很少，真的很少，房間裡充滿令人無法承受的寂靜。

我把你介紹給父親，他點點頭。似乎母親已經跟他說過什麼。我有點驚訝他竟然沒反對（幾年前父親反對過姊姊交外國男朋友，後來姊姊因故結束了那段關係，父親還很高興地說，是嘛，他們吃麵包，我們吃米，怎麼會合得來呢），且還對你說起英文，「Thank you.」，他的意思可能是謝謝你對我那麼好。父親開始氣喘起來，我在心裡掙扎了一會，終於上走前為他輕輕拍背，我從來沒這麼做，我也不想這麼做。

父親對你說話，他說的是中文，「我請他照顧我的女兒，我最疼愛的二女兒。」父親不等我翻譯，「她小時候，有一年颱風，我抱著她從台中一路回到台北，我一直最疼愛她。」

我想不起來有這一件事，是哪一年呢？我想不起來，是父親在說謊嗎？我想他經常說謊，他是一個自欺欺人的傢伙，父親接著說，「從小，她最聰明，我知道她以後會找到好的對象，我從來不擔心她，我送她去學過鋼琴，我知道她和別的孩子不一樣。」

我硬著頭皮勉強為你翻譯。我當然記得那幾個月不愉快的學琴經驗，每天下課後帶著《拜爾》琴譜到老師家，我的鋼琴老師總是「嘖嘖嘖，練了這麼久還不會。」她常要別的先來已在客廳等候的小孩進來，她會說，「彈這段給她聽。」然後，她會去忙家事，過了一會再回到練琴室，對那個女生說，「好，妳進步很多，因為妳在家每天練，對不對？」然後對我說，「她呀，她是竹林國小三年級呢，比你還小。」又或者說，「你應該叫爸爸媽媽買架鋼琴嘛，或者用租的也可以嘛，叫他們來跟老師談。」有多少次，我一個人坐在鋼琴室聽著窗外風吹在樹上的聲音，或者玩著黏土，我做耳朵的模型或者肚臍，把黏土壓入肚臍裡，再挖出來，那些黏土模型陳放在鋼琴上，有一次老師很生氣地把模型全推到地上去了，「這是什麼髒東西？」以及，「唉呀，妳這個女孩是沒什麼希望了。」

這是最後一件父親要我做的事，然後他就不見了。

還好姊姊後來很會彈琴，姊姊說過那不是老師教的，那全是靠自己苦學。父親不會彈琴，但很得意他有個會彈琴的女兒，彷彿那是人生最重要的一件事。我懷疑父親是不是現在把我當成大姊了？

父親要我去打開他在衣櫃裡的一隻皮箱，我走過去，皮箱裡裝著他的西裝和褲子還有一幀祖母的祖片，「在箱底。」他吩咐我。那隻皮箱他從大陸來台灣時便一直帶著，是一隻棕色的老皮箱，我一眼便認出來。

我拿出來一本剪貼簿，打開後，我才發現，那剪貼簿上貼的都是我的習作，我十八歲以後在報章雜誌發表的作品，他都一一收集，有些作品刊載在小報副刊上，連我自己也不記得了。

父親還在顫抖，他對你說，「我一直注意她，我知道她有一天會成為一個大作家。」

爸，我只是喜歡寫作，不是大作家，我不會成為「大」作家，我喃喃地說著，眼淚終於流了出來，我以為我的父親從來沒愛過我，我以為我的父親是行尸走肉不管家人死活的父親。但還不清楚自己為何流淚，我只知道，在這一刻我就是無法停止淚流。

你緊緊地握著父親的手，然後你說出那個奇異的字，「爸。」你學我們這麼叫他。

我們離開了療養院，走在山路上時，你滿腹心思並沉默無言。我忐忑地問起，「你覺得我父親怎麼樣？」你想了很久，才說，「妳父親英俊得像個蒙古英雄。」你拉起我的手，笑著說，「你們長得真像。」

【媽祖遶境或進香需知】

像西方人的「朝聖」，此地的民間信仰則有「進香」。進香的行為和朝聖一樣，信徒前往聖地崇拜他們的神祇。在台灣，媽祖的進香是一年一度最重要的朝聖活動，而「進香」比其他宗教更重視「香火」的淵源與傳承，無論是道教或佛教，祭祀神靈第一個動作便是點香，意義便是與神靈相通，藉著香煙裊裊而上，象徵人與神祇的溝通。

進香是人對神明香火的祈求，稱為「刈火」，另一是神與神之間香火乞求交則叫「交香」、「進香」或「掬灰」。因為早期的媽祖是「分靈」隨大陸移民到台灣，那些移民因對海路畏懼，因此不少人將媽祖的分身帶到台灣，也有廟中一時沒有分身神像而奉請媽祖的香火袋或神符沿途護佑，到了台灣便立廟供奉香火袋，這便是所謂的「分香」。

媽祖已成為台灣信仰中最重要的主神，各地廟宇為了增強廟靈，每年媽祖誕辰之前，都會到其他廟宇刈香，一般的說法是媽祖是女神，因此喜歡串門子及與姊妹掏心。而當媽祖出門旅行時，各地信徒也會隨行，步行陪伴媽祖神靈前往他廟拜訪。每年僅就以台中大甲媽祖南巡為例，便有百萬的信徒參加八天八夜的進香活動。

而進香團的班底包括：頭旗、三仙旗、頭燈、開路鼓、轎前吹、香擔、馬頭鑼、令旗、娘傘、哨角隊、三十六執事及媽祖神轎。

至於「頭香」、「貳香」、「叄香」，是進香團最重要的三個香客隊伍，於上元節卜卦決定，搶頭香者可以在割火儀式後，獨自在媽祖神轎前插香。因此香客會爭先恐後，爭取頭香的機會。

媽祖由千里眼與順風耳護駕，護駕的隊伍又稱「莊儀團」。二守護神行於神轎之前，頭上懸掛大串黃色條符，手執符紙即所謂的「篙錢」或「手錢」，相傳獲得者可祛邪避魔保福平安，因此行進間，兩位守護神沿途散發「篙錢」，信徒都會爭搶。

八天的過程中，以「啟駕」、「坐殿」、「祝壽」、「割火」、「插香」、「回鑾遶境」、「添火」等七項儀式最為熱鬧，也是進香活動的七部曲。

而當女神遶境時，未參加進香的境域信眾會在家門口擺香案敬神，媽祖神轎巡遶過後，即可燒金鳴炮，撤掉香桌。香桌的陳設以香爐一只、花瓶一對及水果四樣，並燒金銀紙。

迎神隊伍經過香案時，善信皆持香跪禱，甚至伏跪在地，請求神轎從其頭背上抬過，謂之「鑽轎腳」，作用是請神淨身祛禍，消災降福。

金銀紙是靈界和冥界使用的「錢幣」，祭拜神明、鬼魂和祖先，需準備不同的金銀紙。拜神明時準備金紙，拜祖先或鬼魂準備銀紙或紙錢。

海神媽祖位猶如天上之后，又名「聖母娘娘」，祭拜時宜燒「福金」及「壽金」，台灣南部人常以「九金」代替。因聖母娘娘媽祖是女神，也應該備有印有衣料圖案的鳥母衣（娘媽襖、床母衣）來敬奉，分為兩寸乘兩寸五分，為紫紅色，此印有紫色雲和花草紋，為衣料的代表。

「九金」約四寸乘兩寸九分，上面繪橘色多角金星狀，或寫上福祿壽三字，金紙兩旁印有九金二字。而「壽金」約四寸九分乘四寸兩分，印有三尊財子壽神像，金箔上寫著「祈求平安」字樣，又分大箔、小箔或大花、小花壽金。

至於媽祖的守護神千里眼與順風耳屬於天將，祭拜時則宜備有「甲馬」，為五寸乘兩寸五分的長方形紙，黃底紅字，上印有盔甲、弓刀、長靴或是神馬、馬伕圖案。此外，也需為天兵天將準備些「金白錢」，分為五寸兩分乘兩寸一分，黃色和白色兩種為一組，素面上有兩道鋸齒紋。

在叔公的房間

二〇〇一．台灣台中

「我別無心願，只希望你叔公能和外婆葬在一起。」心如阿姨這麼告訴我們。

我們又來到台中外婆家。我是來向心如阿姨致歉，我未能替她完成任務。我沒想到此行也必須回來為叔公說項，我雖然盡力，但也不願傷害母親的情感。這件事情是長久以來的家庭祕密，而現在祕密顯現了一些暗示，陰影逐漸有個具體的輪廓。我心裡很為難，不知該站在誰的立場，外婆？外公？叔公？阿姨？母親？我開始想，那麼多年，他們是怎麼活過來的，他們全把祕密壓抑在心底裡，勉強存活，有苦說不出，被強烈的情感拉扯著，但努力維持那麼一點尊嚴。我何德何能，能為他們的生命找尋出口。

「殺死你外公的凶手應該是當年的國民黨特務，外公的死與你叔公沒有關係，」心如阿姨說，「怎麼樣才能讓你媽原諒你叔公呢？」

「她終究會原諒他，但需要一些時間吧。」我為此感到抱歉，我說。不，你已經盡力了，心如阿姨回答。

「來，我給你們看一些東西。」心如阿姨擦乾眼淚站起來，我們跟著她走進一個房間。那是我小時候在外婆家時住過的房間，現在是「叔公的房間」。裡面堆滿與他有關的紙箱，一些木雕和塑像，桌上還有一張叔公和綾子外婆的合照，那是大戰期間，外公要去南洋前拍的照片中的一張，兩人一起站在外公旁。我看著年輕的叔公，看起來有一點兩袖清風的味道，不像我外公，外公比較敦厚老實，知書達理，外公是帥氣的飛行員，而叔公看起來很叛逆的樣子，像個浪子，綾子外婆手上抱著舅舅，看起來很美。

我耳邊又出現當年橋下的流水聲，那便是叔公和外婆的故事。

「這些都是妳叔公的作品，這是你們一直想看的媽祖。」心如阿姨對神壇上的媽祖做了膜拜的手勢，這是他在逃山時一刀一刀為綾子外婆刻出來的女神。媽祖坐在太師椅上，穿著鳳袍，戴著皇后的冠帶，眼睛微閉，手上握著一隻鳥，「妳叔公還刻了兩個媽祖的部將，順風耳和千里眼，妳母親帶走了卻不承認，」阿姨嘆了口氣，走出房間，「真是罪孽啊！」

「妹妹呀，妳媽以前堅持把千里眼與順風耳帶走，後來又不知將祂們兩尊丟到哪裡，真是大不敬呀，讓媽祖這些年活得這麼孤單。」阿姨的聲音時高時低，彷彿陷入沉思。

心如阿姨的話重擊著我，使我一下子無法恢復神志。一直要到此刻我才明白，原來這兩位部將的下落如此重要，它也已造成我的母親和阿姨的不愉快，而我竟然從來不知道。

「對不起，阿姨，千里眼與順風耳不在我媽那裡，是我帶走祂們。」當年我看父親將神像丟到垃圾筒，悄悄地把祂們帶出國，祂們去過巴黎、紐約、巴塞隆納和柏林，祂們一直跟著我，我一口氣說了下去。阿姨睜大眼睛，「妳為什麼不早說呢，我為此事一直責怪妳媽，」她先是驚訝片刻，隨即閉目想了一下，「那就好，沒有搞丟便好，當然當然，祂們兩位最有本事保佑你的。」說完她輕輕笑了起來。

那些年，千里眼與順風耳陪著我。本來我並沒有特別的感覺，只是像雕像把祂們放在那裡，不同的住處，不同的房間，祂們知道我和不同的男人交往，看著我先求學後來開始工作，我有一些家具，一些個性問題，除此之外，我並未擁有過什麼，我常常滿腹心事在房間裡踱步，時而抽菸、時而戒菸，和不同的人用不同的語言講電話，在房間工作或沉思，把人生想成一次一次陌生旅途，我並沒有很多朋友，好像也沒有人愛過我，我常常孤單，我有時自言自語。

而我從來沒想過我會遇見你。

「只是妳也未免過於大膽，將媽祖的部將帶走，妳不怕媽祖不高興嗎？」心如阿姨還微笑看著我，而你正細心地端詳著媽祖神像，你回頭問心如，「為媽祖這尊媽祖的顏色和廟裡的媽祖不一樣呢？」

「因為我爸爸當年逃山時沒有帶漆料呀，他沒辦法上色，所以才留下頭的原色，不過，後來他託人在媽祖背後裝了五行即金、木、水、火、土五種原料，還請人遵照習俗，在媽祖雕裡留下一隻虎頭蜂，以增顯媽祖的神力。」心如阿姨談起叔公雕的媽祖，眼睛裡都是光。

「我和她結婚時可以請這位媽祖來參加嗎？」你突然問起心如阿姨。

「你們要結婚？」心如阿姨看著我，我也不敢置信地看著你，雖然你上次在我父親面前已說過你會和我彼此扶持，但這是第一次你提起結婚，而你也還未向我求過婚。「妹妹呀，你發現了什麼嗎？」心如阿姨打斷了我的思維。

「什麼？」我一頭霧水，已不知談話的內容轉至何處。

「妳不是說，妳剛認識他時，他向妳問起千里眼與順風耳的故事，所以，所以啊，你們會到台灣來，可說是媽祖冥冥中為你們安排，媽祖真的是你們的媒人。」

「我覺得你們應向媽祖道謝。」心如阿姨拉著我們兩人的手，又塞給我們一束香。

二叔公林秩男的遺囑

一九八二．巴西聖保羅

綾子吾愛：

當妳收到這封信時，我已走入了極樂世界。但妳應該知道，我在那個世界仍然在等候著妳。我已等了一生，還可以再等一個來生。

我的一生曾遭遇多少次死亡，因為妳，我才得以存活至今天。我並不怕死，經過多次生死交戰，死亡不是敵人，已變成良師益友。我心目中的理想的死亡是像印地安智者，他們慎選良辰吉日，然後便了無牽掛前往他們喜歡死去的地方，然後便在那裡安靜地等待死亡的降臨，我多麼盼望能那樣死去。

等待死亡的降臨。似乎我等待太久。但我也曾多次盼望能不死，能等到與你相會的日子。

實則我死過太多次。

第一次感到死亡的逼近，是在逃山期間，那時風吹草動都能牽動我的神經，我身負追查日軍留下的槍械庫之使命，但無計可施，心裡惶然不知所之，整天躲在茅屋裡，過著非人非獸的日子，若不是因為慧明和尚的協助，尤其妳在冥冥中給我信心，我不可能活下來。我每天在腦子裡描繪妳的形象，一遍又一遍，把妳刻進我心裡。然後，妳讓我開始雕起木刻。也是木刻救了我一命。

第二次面對死亡是在逃山時獲知兄長失蹤。我深感罪惡，該死的人的確是我，而我卻拖累於妳，我當時的心情只能淌血形容。回家與妳見了一面，看到妳失措的容顏，我真恨不得自刎。

那時我的確不想活了。我曾在橋上徘徊，感覺死亡和生活的距離，多少次想躍下。我曾想去自首，做一名可恥的叛徒，只為了還兄長的清白。但我殘喘苟且地活著，我得對自己的一切盡力負責，如果我的死能扭轉妳的厄運，我願意死。

我盡力活了下來。

在打狗港往香港的途中。李桑託人安排我偷渡。輾轉找到那位挪威籍船長，他不願收留女性，他說那是他跑船的原則，我想說服他，但隨行的人說，「再說下去恐怕連你也走不了。」那一夜，我放棄逃亡的機會，因為失信於李桑，怕自己以後將愧疚不安，不過，我最放不下心的還是妳。

我也想到嗷嗷待哺的兒子，他的父親是如此無能為力。

那天，船於清晨離港前，船長叫人來找我，他說他知道我的處境，認為我留下可能會有危險，我決心一個人上船。船才一開，我便明白自己做錯決定，我該留下來。但船不可能停了。船走愈遠，我的良心便愈不安，我不但不能做決定，且老是做錯決定。我活著，但從此變成一個殘缺不全的人，走上一條黑暗的逃亡之路。

隨後終其一生都在逃亡。那便是我該得的懲罰，我原意並非如此。台灣是我的家，我生於斯土，也應死於斯土。

妳曾經說過，人的一生雖然痛苦多過歡樂，但妳對人生沒有抱怨。我曾祈禱過，向媽祖祈禱能讓妳過些好日子，少一點折磨，媽祖可能沒聽到我的祈禱，或者不願意聽。我做錯許多事，害苦許多人，但我唯一不後悔的便是對妳的情感，一生最快樂的日子便是一九六三年與妳的重逢。

那次不但成功地返回台灣，執行爆破計畫，並得以與妳見面，但是我所策畫的聯繫工作卻被破壞，只能再度匆匆離開台灣。離去前，因不敢再上門，我隱身大甲鎮瀾宮內，希望與前來進香的妳不期而遇，而最後一次好不容易等到妳時，卻看到有人一路跟蹤妳來，我因此不敢現身，那一刻，我曾在媽祖前發願，如果我能做什麼，包括縮短壽命，而能帶給妳一點歡樂，我都願意。

這一生最悲痛的事當然還是兄長的死。多少次從噩夢中醒來，多少次從悲憤中醒來，兄長為我而死，但我卻因他而活了下來，我發願要為他的死負責，我一生都在試著為台灣做點事。

我做得顯然不夠，雖然的確是盡了力。兄長的死無時無刻不激勵我投入革命事業，且不敢再言私情。在巴西數十年來培訓了多位成員，這些優秀的成員一定會再接再厲。

「魂靈是不可能漂洋過海的呀！」那一次妳哭腫眼睛這麼說，我怎麼敢忘記！綾子，如果我這一生有悔恨，便是對妳。我不但無法在台灣定居，甚至無法返回自己的島。而妳不願吾兄魂靈不能歸家，所處之情境比我更為不易，綾子，妳是否想過，妳的不幸並不是戰爭，也不是國民黨人，妳的不幸便是我啊。

台灣，埋冤，多少世紀已埋下多少冤魂。而我如今也即將成為冤魂之一，我這一生走過許多冤枉路，現在我們的路將逐漸靠攏，那麼多年，讓妳一個人孤獨地走，我是多麼痛心！

多少次，敵人向我招手，要我投降，並答應讓我返台，只要我招認過去所做的一切。多少次，我心志軟弱，幾乎要投降，但感於吾兄的冤死，無論如何都忍不下這口氣。

綾子，如果重來一趟，我仍無法放棄革命事業，即便它是如此微不足道，我肯定的是，有一天當人們記得我們所受過的痛苦時，那也就是革命成功的時刻。我盼望這個時刻將會降臨，我們的兒女也因此會知道，他們的父親是怎麼樣的一個人。他並沒有白活過這一生！

綾子，我必須在走之前，給妳留下這內心深處的隻言片語，我一直說不出來，怕招妳恥笑。過去幾十年，若沒有妳的暗中援助，我勢必更加孤單，在這人世間也更無依靠，這冷漠的人世間，若沒有妳，我不可能有所溫暖。

綾子，是妳讓我活下來，是妳讓我安心而死。我不但明白，現在將帶著這個信念離開，因為愛你，我的一生已是幸福。

綾子吾愛，我最後只有一個希望：既然生無法相守，死則盼能相聚。我請心如將此信交給妳，她是上帝送來的禮物，可以見證我的心意，我請妳考慮讓我死後葬在妳和兄長之旁。

與你們同在！

秩男於聖保羅

父親是父不詳
——心如阿姨的身世祕密

一九六三．台灣台中

心如出生時，二二八事件已過了一年。她小時候從來沒聽過「二二八」這個字，一直到三十多歲，才第一次聽人提起。跟她提起的人是她遠在巴西的二叔父。

她出生時，父親便失蹤了。從來沒見過父親，一直不能體會，沒有父親的女兒跟別人有什麼不同，最多從母親的身上感受到一種壓力，母親的眼神似乎有一絲怨懟，但更多時候是安慰，母親好像在說：妳是沒有父親，但是妳有我啊。

因為母親的態度，所以她也有這樣一個想法：雖然沒有父親，還好有個母親。她總是想起鄰居葉家二兒子的事，他和別村孩子玩彈弓，不小心被一個小孩以龍眼子打中瞳孔，後來可能中醫師給錯了藥膏，搽塗了一陣子後，一隻眼睛便瞎了，葉媽媽好像是平埔族人，她親口告訴綾子媽媽，「沒關係啦，另一隻眼睛還好好的，也是看得到嘛。」

上學以後，第一次要填家庭資料時，填到父親欄，她母親告訴她，父不詳。她不會寫那三個字，母親不再說話，她當下就出去向鄰居借字典回來，母親說，妳就寫父不詳，還遞給她一個字條，不知何人的筆跡，三個字，父不詳。剛開始時，她以為她的父親叫父不詳，後來她與母親爭執，「我的父親是林正男嘛！」她大聲抗議，但母親綾子總有難看的臉色，不再理會她沒完沒了的詢問。

她忘不了有一次母親抓著她的肩膀：「妳不要寫父親林正男，也不要說父親是林正男，好嗎？好嗎？」母親用日文問她，她點頭答應母親，看到母親的眼淚流下來了，她想幫她擦去，才掏出手帕要遞給媽媽，母親就用力把她抱住，指甲都陷進她的手臂，哭了起來。母親把她抱得緊緊的，她聞到好聞的痱子粉味，就那樣靠在母親的懷抱裡。好久，好久，那時她大概才八、九歲吧。

*

那時她便在母親的眼神裡看到一些疑問，看到母親靈魂深處有一個祕密。但她年紀太小了，沒有辦法提出具體的問題，等她稍為大一點，她也想過，母親的悲傷一定跟父親不在有關，她卻一直沒大到可以問母親這個問題，她從小最大的希望便是快一點長大。

她慢慢才發現，母親的眼神不像從前照片上那麼炯炯發光，且腰再也沒那麼挺直，母親綾子幾乎不再怎麼打扮，她經常穿白或灰襯衫，套一條長裙，再也不穿什麼好看的衣服了，更別提她華貴的和服了。

少女年代，她老想看母親穿上和服，她央求過母親，母親會回答：那是特別要留給妳做嫁妝的喲。她偶爾又會嘀咕：日本和服的時代早就過時，留著這些古裳也沒什麼意思，妳真的想要嗎？母親問她，和服穿在身上很重呢！而她總是點頭，她不是想穿那衣服，她只是想保留跟母親有關的一切，不只衣服，她母親給她的禮物，像一只寫著生財的日式撲滿，像母親為她鉤製的圍巾，她把母親寫給她的每一張字條都收在一只塑膠袋裡。

那些字條都是用漢字寫的，母親怕她看不懂，有時還畫了一些插圖，像醬油瓶、襯衫扣子、像紙傘和人力車。母親還為她畫過娃娃和幾件衣服，她曾把紙人剪下來，為紙人換穿衣服。她覺得母親畫的娃娃好美，眼睛水汪汪地，似乎像要哭出來。好幾年間，她一個人儘玩這些紙人，自言自語。那是她唯一的玩具。

*

記憶裡的童年，半夜常有人來查戶口。每次半夜有人敲門，母親都像驚弓之鳥，怕得心都快停止似的，會快速地收起一些物件，甚至要她躲在棉被裡假裝睡著，她每次都聽到母親小心翼翼地回答查戶口的人各種問題，偶爾那些來人很凶，母親便話不多，但偶爾碰到客氣的人，母親會招呼人家喝碗深夜街上叫賣的麵茶，只要對方不拒絕，她便會悄悄向查戶口的人詢問父親的下落。所以，心如一直認為父親還活著，只是還未返家。但大部分查戶口的人都很凶，根本不理會母親的感受。

那些人都會站在廚房，有時也會脫鞋走上榻榻米房間東查西看，那時大哥已常不在家，在外打架滋事，在賭場混，有一陣子還住過少年管訓處，後來，大哥和朋友去日本，從此沒和家人聯絡。

好幾次那些人來，母親幾乎只是點頭或搖頭，有時雙方有一點小誤會，對方聽不懂母親的台語，或者是綾子母親讀不懂什麼文件，她便要靜子姊姊即時翻譯給她聽。也曾經有人諷刺媽媽，你不要再假裝了，琉球也是中國嘛，現在裝成日本人對妳是一點好處也沒有了。她媽媽綾子總是不停地點頭鞠躬又稱是，重複幾次後，對方才會住嘴。

*

很多年後，心如想起那段時光也會心酸。那時，媽媽的日子多麼陰沉啊，一個人忙著照顧樓下的剃頭店生意，不但得打聽父親的去處，還經常擔心哥哥的下落。母親那時到底相不相信自己的丈夫已步上黃泉路了呢。

可能相信了吧。日子久了，母親便逐漸不再向查戶口的人詢問父親的事了。隔一陣子，大哥從日本偷偷回來了，改名叫「馬沙」，很多人說他已經變成徹底的浪人了，和人合開過賭場，之後賭場又關了。他每次回家都是來和母親要錢，母親好像也準備好似的，連他三更半夜回家，母親都能從特定的抽屜拿出錢來。不說二話便把錢交給他。有時大哥留下來吃碗母親下的麵，有時他連坐一下都不肯就走了。最後一次，他要把戶口名簿取走，綾子母親站在廚房緊緊地握著那本子，她死也不放，大哥坐在餐桌前瞪著她，過一會，便走了，從此再也沒回來過。

＊

他們始終不知道父親為什麼不回家來，有一天她為了想知道父親的下落而跟姊姊吵架，姊姊罵她：被人抓走了啦，妳吵什麼吵，不怕被抓嗎？她立刻不哭了，她想知道父親為什麼被抓走，「妳還知道什麼嗎，姊姊？」她問。但姊姊靜子神情嚴肅，就像大人一樣。

懂事後，她有點嫉妒姊姊，不但姊姊知道的事情比她多，且她在一些照片上看到穿著軍裝的父親抱著姊姊，她姊姊靜子保有父親送給她的禮物，而她沒有從父親那裡得到任何東西，她從生出來到現在，連看過父親一眼都沒有，她只能憑那些照片回憶父親。她少女時便喜歡這麼做，會在母親綾子和室的櫃子找出那只中國式的化妝木盒，共三層，最上層木板翻過來便是一只架鏡，第一層是口紅，第二層是髮夾和髮飾，最底下一層是她母親收藏的照片，她會拿出來，對著那些灰黃的相片，一看再看，想像她父親去過的地方，想像父親和母親相處的日子。

她的父親在日本航空學校跟一群同學站在一架停放在草坪上的飛機前，她父親與同學站在京都的櫻花樹下，父親穿著日式長袍抱著哥哥，或抱著姊姊，父親與同學騎著有載包箱的摩托車，父親與武藏的合影，那些照片上都註明拍攝的年代和地點。最新的一張，是她父親從南洋回來後與全家人的合照，那是一九四七年，那時她媽已懷了她，但她看不出母親的肚子有什麼異樣，她總覺得父親的眼神很空洞，又好像正凝視著遠方，反而是母親比較篤定，彷彿那個家都靠著她的力量支持著，否則就會倒下。

多少次，她就一個人坐在母親的房間裡反覆地看著照片。她凝視照片時，一只老時鐘便在耳邊滴答作響，那些照片堆中也有一些是她父母的合照、結婚照，也有一些他們二叔父在台中一中時代的照片，還有一張她個人坐在地上玩的照片，在照片上她看起來很開心，他們都說她是一個很乖的孩子，一個人見人愛的孩子。

她雖然沒看過父親，卻對父親一清二楚，每次大人提到父親她都會豎直耳朵傾聽，她常常對同儕提到父親，「是飛行英雄，得過日本政府的獎狀。」或者「他會飛零式戰鬥機，曾把敵軍大本營炸過一個大洞。」後面那一句是出自她的想像，她其實連敵人是誰都不知道，只知道崇敬父親，在學校作文裡，她也把父親形容成萬人崇拜的英雄。

＊

有一天，她的小學老師親自上門來拜訪。老師是外省女人，說得一口字正腔圓的京片子，姊姊靜子必須坐在老師和母親之間做翻譯。老師走了後，她問媽媽老師到底說了什麼。媽媽說，老師沒說什麼，只說妳的作文寫錯了，不能那樣寫，以後妳絕不可以那樣寫。老師還說，那是殖民主義思想，我們現在是中華民國，有一個真正的民族英雄蔣介石，蔣介石很偉大，他對日本人本著以德報怨的精神。老師還叫我們在家不要再說日文或閩南語，只能說「國語」，綾子媽媽愈說愈愁雲慘霧。她和姊姊在學校都學過ㄅㄆㄇㄈ，會講「國語」，可是綾子媽媽不會說國語呀，怎麼辦呢？心如看著母親，母親用閩南語回答她，「未按怎？以後嘸愛講話就好了。」

女老師來過家裡好幾次，好像滿喜歡綾子母親。後來她還來和綾子學日文，送給母親一條十八K金的十字架念珠項鍊，聖誕節那一陣子，還特地要她邀母親一起去教堂做彌撒。是半夜十二點喔，在市區的聖心堂，母親都不為所動，她對心如說，「她的聖母是瑪麗亞，我的聖母是媽祖嘛。」老師先後來了幾次，還帶禮物上門，有一次是一大盒鐵罐的金雞餅乾，而心如每每看到母親謹慎並微笑著和那位老師告別，她知道她也喜歡女老師來拜訪。

＊

忘了是哪年冬天，有一天，綾子母親拿著一封信，悄悄地對她說：「妳不是想要父親嗎？有一個人要做妳父親哪，妳說你答不答應？」母親的眼睛注視著她，彷彿想說服她：「妳在巴西的二叔父，他說他要收養妳，以後要帶妳去巴西。」

綾子媽媽說，二叔父早先便寫過很多信來，說好要收養她。「二叔父為什麼要收養我呢？」她曾不解地問。「二叔父沒有女兒，他一直想要個女兒。」一陣子以來，母親不再提起林正男父親，反而常提到人在聖保羅的二叔父。「不，不要，我又不認識二叔父。」她不是真心拒絕，她只是驚覺到萬一被收養後必須離開母親到巴西去。

印象中，她的二叔父對她全家都很慷慨，每年都會從巴西寄來很多外國人的東西。有玩具也有食物，最多的就是咖啡，綾子母親好喜歡喝他寄來的咖啡，她喝的時候都不加糖，好苦好苦的咖啡。她想，綾子母親可能是為了喝咖啡才對二叔父那麼好吧，她受到姊姊的影響，對二叔父的印象也不好，「都是他害死爸爸。」姊姊偷偷告訴她。她有一種直覺，不但是她父親，連這個二叔父也是個祕密，大人一提到他們都會東張西望，不敢大聲。

＊

不過，她對一些神神祕祕甚至鬼鬼祟祟的行為早已習慣了。街上電線杆到處都貼有「檢舉匪諜，必有重賞」紙條，她們巷子裡也有一家鄰居走私外國和大陸來的菸，偶爾有人會在半夜在鄰居家牆外吹口哨，她在大白天也看過有人以人力推車來推銷柑橘，她嚷著要買，而那人堅持不賣，還以不悅的表情看著她。一些夜晚，她看到天邊有人放天燈，看得入神，她媽媽便說過，好看是好看，等一下可能有人會被捕。那是訊號。她曾問母親什麼訊號，但是母親不肯多說。

＊

小時候她養了好多年蠶，她為牠們採集桑葉，一葉一葉將葉子洗乾淨，並鋪在紙盒裡，看著牠們一口一口地吃著桑葉，然後吐絲化為一個個繭，她照顧牠們，像母親照顧孩子，她問綾子媽媽，為什麼老師說「作繭自縛」是不好的意思呢？她覺得每個人都活在自己的繭裡面，像蠶那樣不是很安全、很好嗎？

後來她長大後，她還是這麼覺得。

＊

小學四年級，一個春天，綾子媽媽說，「二叔父專程從巴西來看妳了，我們要去台北機場接他。」她們去的火車旅程上，綾子母親有點緊張，深怕找不到松山機場，或者誤了什麼事。而她覺得綾子母親將拋棄她了，想把她丟給二叔父，沿路和母親鬧脾氣，她不明白為什麼媽媽老是堅持要她讓二叔父收養，在去台北之前，她幾次向母親抗議，「不管怎麼樣，我都不要去巴西，如果妳不答應，我就不去台北。」

綾子媽媽三十年來只去過台北幾次，是為了到警備總司令部去打聽父親下落，有次是姊姊靜子陪她去，姊姊說，媽媽身上帶著請人寫好的陳情書，可是警備總司令部並沒有人要收下那封信，綾子媽媽想找人陳述，立刻有幾個憲兵出來攆她們走。

綾子母親每次聽人提到台北，都會說她再也不要去那個「鬼地方」了，她的生活空間就只是這個家，最多大甲。姊姊說，那一次她們在台北時，母親還順便向人打聽馬場町，但沒有人知道馬場町在哪裡。「馬場町？」她問姊姊，姊姊不情願又沒好氣地告訴她，「就是殺頭的地方。」

這次姊姊卻不肯一起去台北了，姊姊靜子激烈地和母親抗議、吵架，甚至暗中威脅她，如果她去，姊姊再也不會和她說一句話。綾子媽媽很為難，她一個人去廟裡拜媽祖，那個晚上，媽媽和姊姊在燈下談了很久，她一直偷偷傾聽，但她們都壓低聲音說話，一點都聽不清楚內容。

第二天清晨，她起床後看到姊姊已經把剃頭刀都磨好了，一個人在吃稀飯，她問姊姊，「妳不是說二叔父害死爸嗎？為什麼媽媽對他那麼好呢？」姊姊只以憤怒的表情看著她，丟下碗筷便走出門。那件事過不久，姊姊便離家出走了，跟一個外省人。

但是她和媽媽在松山機場那天並沒接到二叔父。她們站在機場旅客出口處好幾個鐘頭，一直到最後一班飛機旅客都走了，也都沒看到二叔父。她們坐夜車半夜趕回家來，第二天清晨，郵局有人送電報來，綾子母親一看電報便呆住了。好幾天後，姊姊才幸災樂禍地告訴她，「你們那個二叔父呀，他是黑名單人士，被遣送回巴西了。」

*

一九六三年冬天，心如那時在彰化讀高商，有一天，學校降了半旗，並宣布停課半天，她高高興興地搭火車回家，在車上她聽到有人說美國總統甘迺迪已被謀殺了。她才知道這世界上除了蔣總統外，還有一個甘迺迪總統。就在隔週的一個下午，她家出現了一個陌生的中年男子，對方身材很高，戴著一頂電影裡才有人戴的絨布帽，他和母親坐在廚房談天，一看到她走進門便站起身來，「心如，這是，他是，妳二叔父。」綾子媽媽神情古怪地看著她。她轉身看了男人一眼，想知道為什麼眼前這個男人要收養她。

她在二叔父眼睛裡看不到什麼答案。他目光如炬，充滿著熱情，但她也在他的眼神裡看到漂泊（好幾年後她這麼回想）。二叔父很禮貌地讓位給她，她覺得好新奇，怎麼會有大人要讓位給小孩呢？「多謝，我嘸愛坐。」那是她的第一句話，然後，她看到男人從桌上拾起他的香菸，用拇指和食指夾起來，放進嘴裡吸著，很多年後，她仍然對這個畫面印象深刻。那個期待她叫他父親的人用日文說，「如子，我知道妳是個心地很好的孩子，但是我還不知道原來妳是這麼漂亮的孩子！」他的聲音低沉，彷彿每個字都鍍了金屬。

母親帶她去她的房間，指給她看二叔父給她帶來的禮物：香水盒、巴西藍寶石項鍊、洋裝、錄音機。那些東西整齊地擺在榻榻米上，一件一件清清楚楚。現在這間以前哥哥住的房間已是她的房間，她姊姊的女兒也暫時住在那裡，那天下午和鄰居小孩去打芒果去了。「他為什麼要送我這些？」她小聲地在房間裡問。「他要收養妳做他女兒，妳就快點答應吧。」母親也小聲回答，「走吧，出去叫他一聲爸。」然後，她母親便走出去招呼那個要認她做女兒的男人，她的二叔父。她一直待在房間裡沒走出去，她聽到母親在叫她，但她故意沒反應，幾次後，她和衣躺在榻榻米上睡著了。

她醒來時，二叔父已走了。「他去哪裡？」她問，「不知道，但是他過幾天會再回來，到時妳不要再讓他失望了。」母親把男人帶來的皮箱藏在榻榻米木板下（她大哥也曾為了躲警察躲過那裡），一邊以埋怨的語氣對她說話。

但是二叔父再也沒回來過，很多年後她才知道，二叔父是從香港搭貨船回台，來看母親幾次後，感覺似乎被人跟蹤，便再也不敢上門，隔了幾個星期，又偷偷搭上一艘漁船輾轉回巴西去了。她本來以為，她從來沒叫過他二叔父一聲父親，可能令他大感失望，會不會有一天他要把這些禮物收回去呢？她滿喜歡那兩件漂亮的洋裝，雖然有點大，但母親已幫她修改過了，還有那個錄音機，可以保留自己的聲音，她那麼喜歡唱歌，她一首又一首地錄下來，〈雨夜花〉及〈綠島小夜曲〉等等學校教唱的歌。那時的台灣沒有幾個人有錄音機，很多人聽到錄音機裡她的歌聲都有點不可置信。

*

高商畢業後，她在家裡幫客人洗頭（她不會剪髮）。過了兩年，母親打算將理髮店頂讓給別人，在一個老師的介紹下，她到台中一家報關行做事，從實習生做起，抄報表、打一些她看不太懂或者句子其實也不通順的英文書信。她的老闆是個事業有成的中年人，才看一眼，根本沒問她的學歷背景便錄用她。公司裡有六個職員、一名工友及沒有工作經驗的她，老闆從來沒有要求她做什麼，剛開始時，她沒有事做，老闆說，「那妳可以背背英文片語嘛。」他還送她一些工具書，她打開其中一本《柯旗化英文法》，從第一頁開始讀，每天讀兩、三頁。辦公室是一間大房間，有九張桌椅，大家都面對面坐著，只有老闆對著大家，她就坐在工友的對面，每天複誦著英文生字和片語。

職員的年紀都比她大很多，有一個姓王的女人年紀只稍微比她年長，對她很不客氣，有時甚至故意誣賴她，她也發現，對方常在下班後等著老闆一起回家，老闆會開車送她，但老闆也送過別人。當老闆開始把一些英文信拿給她重打時，姓王的女人都會趁老闆不在時把工作搶走。有一天，老闆靠近她問，「早上那兩封信很重要，妳打好了嗎？」她急得快說不出話來，姓王的女人便接腔：「早就打好了。」她看得出來老闆有些錯愕，那一天，她一直想找機會向老闆解釋，但老闆誰也不理便走了。

*

她感覺到辦公室裡再也沒人搭理她了，她老覺得自己像孤島，很難與外界聯繫。她在內心掙扎了好幾天，一天上午，她要跨進辦公室那棟樓房時，老闆坐在車內喊她，老闆說，「妳今天不必上班，我要帶你去一個地方。」她跟老闆去了，他們去了豐原，開車的路上，老闆都在講他自己的故事。他當過日本傭兵，被派去海南島，有一個日本長官對他很照顧，那時日子過得還算可以啦，反正還年輕，不過也差點沒命。回來後被逼婚，他妻子家是地方望族，他的婚姻生活是多麼悲慘，多麼不幸福，為了孩子，他實在不忍心離婚。

老闆先去找一個開建材行的親戚談事情，她一個人坐在車子裡等著，從車窗望出去，她看到老闆的親戚試圖看清楚坐在車內的她，而她別過頭去。然後，老闆帶她去公老坪，他們站在山坡上看風景時，風很大，她的臉被吹得有點冰涼，老闆用他溫熱的手掌替她暖頰。她不便拒絕他的好意，便低著頭，沒說話。

她其實很感動，老闆這麼真誠地對待她，把所有的事都告訴她。她一直覺得老闆對她很好，有機會應該回報，如果她可以為老闆做任何事，她都會做，她這麼告訴老闆。老闆握著她的手說，「我不要妳做什麼，只要有空陪陪我，聽我說說話就好了。」

*

很快地，她和老闆發生關係。老闆說，「小女孩，妳還是處女，我不敢碰妳。」她安慰老闆，「沒關係，你怎麼碰我都沒關係，我都心甘情願。」當他進入她時，他問她會不會痛，她點點頭說嗯有一點，但還好，老闆的聲音聽起來令人難過，「心如，我從來沒有這麼愛過一個人，真的，從來沒有。」他停下來，先躺直在床上又轉身坐在床邊沉思，然後他拿出香菸，先遞一根給她又立刻收回，「小姑娘，不能抽菸，不好看。」他一直嘆息，她覺得自己好像一個母親在安慰她的孩子。她老闆那時已是四十多歲的人了。

他又重複地開始他的動作，一夜之中他可以重新一遍又一遍，他說，「我從來沒有過這麼高欲望。」她也問他，「這就是做愛，做愛就是這樣嗎？」他笑了，他撫摸著她的臉，「對，就是這樣。」然後他又呻吟起來。心如覺得很好，如果能讓他這樣呻吟也很好吧。她都靜靜地配合著老闆，老闆問她舒不舒服，「嗯，有點。」她回答得像個成年人，是的，她想，認識老闆後，她變成成年人了，老闆也都像成年人那樣對待她。

＊

她覺得跟他在一起很安全，天塌下來也無所謂。她每天去上班，感覺到那個姓王的女人是多麼恨她，因為老闆再也不送對方回家了，且老闆逐漸把一些重要的公務交給她做，譬如去合作社付錢或領錢。下班後，老闆都會先帶她去吃飯，然後他們會一起去賓館或去看電影，十點半便送她回家，她住在家裡，欺騙綾子母親她都在加班，但也每個月都把全部的薪俸原封不動交給媽媽。

這樣的日子也過了將近一年，心如後來想，那可能是她人生中最美好的一段時光吧，但是接著下來卻是悲哀及漫長的一年。她又想，如果神明事前可以讓她做選擇的話，無論如何她都要認識老闆，就算再大的代價，她也不能錯過。她寧願後來的苦痛也要認識老闆。

如果不是姓王的女人通知警察，警察也不會到賓館臨檢，而如果警察不臨檢的話，老闆不會和他的妻子簽下切結書。他必須切結掉和她的關係，最後一次他們相見時，「看不到妳，我可能會痛苦死喔，一定比妳看不到我還痛苦。」他這麼告訴她，且他一直在流淚。她還來不及想那麼多，也還不知道通姦罪有多嚴重，她只知道，她從此不能去上班，也不能看到他了，她還來不及相信這些都將成為事實。她一直在家裡等著他的消息，她等不到他了。他就像一隻斷線遠去的風箏。

＊

幾個月後，她聽說老闆生病住進醫院。她向從前那位不討厭她的工友打聽，「我想去看他一眼，行嗎？」對方建議，「最好不要吧，他妻子每天都在醫院。」心如忍耐著內心的煎熬，後來再也無法忍耐，便獨自前往醫院，他的病房門開著，她遠遠地看著躺在病床上的他，似乎睡著了，床邊坐了一個中年女人也在打盹，那大概是他的妻子吧，她想。她站著的醫院走道兩旁臨時病床上躺了許多呻吟或哭泣的病人，那些噪音在她耳裡嗡嗡地響著，現實已將他和她完全隔絕了，他再也看不到她，摸不到她，而她無法移步向前，也無法離開現場，好像有什麼把她綁住了。

＊

整整一年過了，她都沒有他的消息。前三個月她每天都躺在床上，偶爾會吃幾片桔子，喝一點沖泡的牛奶，她什麼都吃不下，也睡不好，急速地變瘦，為了進食，綾子母親幾乎快與她決裂了，她只好順從母親將食物吞進去。有一天，她出門散步走著走著便走到以前的辦公室去，報關行還是老樣子，她站在大門口許久，終於按了鈴，「妳還有臉來呀，不要臉。」那姓王的女人坐在桌前，其眼光和羞辱的話幾乎同時狠狠地射來。老闆不在，她低聲下氣，「我只是想知道老闆最近怎麼樣而已。」他們之中有人正在吃芒果，她聞到芒果的香味，但沒人回答她，沉默一會，女人說，「很好呀，活得很好，妳說會怎麼樣呢？」

＊

她黯然離開。離開她的青春。她覺得靈魂早已經離開自己身體了，她的身體卻不知道，自己是一具屍體，一具行走的屍體，一個無人的所在。她從此只能過著不能思想沒有人愛的生活，任憑肉體的支配，譬如她不能不醒來或如廁，她但願自己能不再醒來。那樣過了幾個月後，她決定出家當尼姑了。綾子母親怎麼和她談，都沒有辦法改變她的心意。一個清晨，她帶著一個小行李箱，留下字條給綾子，沒吵醒她母親，便到火車站搭車到新竹去了。

她剃光了頭髮，在頭上烙下印記，從此在獅頭山度過好幾年歲月。第一年，她負責廟裡的打掃工作，每天早上五點起床，晚上十時入寢，起床後第一件事便是打坐，然後便是打掃。第二年起，她負責廟裡的採買工作，偶爾也必須出外化緣托缽。廟是由心慧法師主持，她是一個有修行的法師，教的是數息打坐，從一數到十，再從一數到十，一遍又一遍，她覺得很好，這個世界只剩下呼吸。她每天打坐，否則便是讀《心經》，只有這樣，她才能不想到老闆，也不再想到媽媽，她雖然覺得自己的心差不多已死了，但她還是會想到他們，她也想過孟子的句子，哀莫大於心死，但有時她不確定自己的心究竟死了沒有。

至少她的心逐漸平靜下來，在出家前她便聽說老闆的身體已復元，現在老闆一定平安無事了，但想到綾子母親時，心如常有一絲罪惡，她知道綾子母親可能正在到處找尋她，她可以想像母親是多麼絕望。但她對自己說：我就是無能為力，我一點辦法都沒有了。她只能那樣活著。

＊

新竹共有三十幾家廟寺吧，新竹一家派出所的警員告訴綾子，只有兩家有比丘尼傳統。過了一年，她終於找到心如出家的廟宇，但心如不願與綾子見面，躲藏起來，母親拜訪了好幾次，最後一次時日已晚，法師同情她讓她留下來過宿，綾子整夜未眠，靠在窗邊，清晨四時餘，她突然看見庭院中出現一個路過的女尼，那身影如此熟悉，如此瘦，就算穿上灰色的僧袍，也輕飄飄地彷彿隨時可以被風吹走，她一眼就認出來，「如子，」她毫不思索地叫了起來，她叫的是小女兒的日本名字，她衝出去和女兒相認，緊緊地抱著自己的骨肉。心如雖然神情鎮靜，但眼皮不停地跳動，「媽，回去吧，我在這裡過得很好，真的。」她說。

「如子，妳雖然過得好，但媽媽過得不好。這一、兩年來，每天都思念著你，心神不寧，日夜擔心妳的安危，實在很痛苦。」綾子和女兒坐在長滿苔蘚的台階上說話，她拿出袋子裡的物件，她在這一年中一針一線為她女兒縫製的毛衣毛襪，和一大袋心如最喜歡吃的菱角，「毛衣不會有機會穿了，菱角也不能收，出家人不能犯口忌。」心如平靜地說，綾子媽媽含淚點頭。她的女兒已經變成一個沒有物欲的人，一個她會敬重的人，她也看到女兒臉上有莊嚴的神情，她覺得有些陌生而遙遠，彷彿女兒已不是她的女兒，她不敢詢問，只能在心裡一遍又一遍地問自己：心如，妳就這樣離開媽媽了嗎？

與法師商量後，她們母女約好半年見面一次。一次由綾子母親來，一次則由她返家。那幾年中綾子還是忍不住多來了幾次，法師也都寬容接待她，讓她在廟宇邊間多住幾天，綾子會修補衣服，廟宇沒有縫紉機，她便一針一針為女尼修補僧衣和布鞋。

＊

那時綾子已將理髮店轉讓他人，她靠跟老鼠會和自助會過活，她的生活雖不寬裕但過得去，她不但養了兩隻狗也還養好些隻貓（那些貓來來去去，她也分不清楚是不是自己養的）。七十年代中，甚至被推選為里長，有時會在鄰里間走動，協助衛生所的防蚊、節育、飯前洗手飯後漱口等等的活動。

那時只剩她的次子還住在家裡，他念過高工後也曾在代書事務所做過幾年事，隨後因為人擔保不當扯上訴訟，差點入獄，從此便不務正業，四處賭博，尤其愛推牌九和十八。綾子託人為他找工作，但她兒子總有各種理由推託，他的理由不外，「這是什麼爛政府，他們外省人當政，我們台灣人能出頭嗎？」他說的是氣話，但聽起來像藉口，她的次子一直到三十多歲才結婚，對象是一個客家女孩，她改變了次子的人生，使他搬了出去，不但成家立業（女方家在台中開了兩家棉被店），並且生了兩個孩子。但是才幾年不到，他又開始豪賭起來，很快就身敗名裂了。他的妻子帶了兩個孩子也不告而別。

*

好幾年間，綾子每一、兩個月便會到新竹來找心如，那乎變成她的生活重心。她向女兒學習出家人的道理，她總是說，「跟妳學就好了，是二手貨也沒關係。」她聽女兒解釋佛法，看她們早晚誦經，觀察女兒沉靜的神情，她是那麼不捨，但同時也逐漸接受了女兒出家的事實。

她不知道，她每一回來寺廟拜訪女兒，就像帶來一陣風雨。每次看著母親收拾行李下山的背影，心如的內心激動還是久久不能平息，她既盼望她來，又很希望她再也不要出現。她覺得自己有負於母親太多太多，她根本無能回報。

*

一九七五年冬天，綾子都沒來過獅頭山。有一天姊姊靜子寫信給心如，轉告她母親身體微恙，不能走動，所以不能再來探望。一直等到舊曆年元宵節，心如決定回家探望母親。原來綾子得了怪病，連醫生也說不清楚是什麼病，她身體浮腫，呼吸困難，再也不能下床。姊姊回來過，照顧母親幾個星期後，不能置台北的家於不顧，就先回去了。她每隔兩週的週末會回來，其他時日改由心如的嫂嫂照顧，但她嫂嫂逢人訴苦，表示自己受盡委屈，她不但要照顧兩個孩子，還要照顧重病的婆婆！而且她不會說閩南語，跟婆婆無法溝通，每天只能帶一個鋁盒便當過去，有時也幫婆婆盥洗，她說，她的責任是「至少不讓她餓死」此外，他們無法提供更多。心如聽著嫂嫂說話，眼淚忍不住地掉下來，可憐的媽媽，她又想，她是一個出家人不可以掉眼淚，但她怎麼都忍不住，眼淚盈眶溢出再盈眶。

在幾番思索後，心如決定先告假，回家照顧母親。一個星期後，她返回獅頭山，對自己的不孝卻無法釋懷，常常擔心母親，也開始作噩夢（她在出家的那幾年間從來沒作過夢，至少她不記得自己作過夢）。她夢到母親到處打聽她的下落，輾轉來到山裡，全身傷痕累累，先是老虎後來是會飛的紫色毛毛蟲，都追獵著她，她帶著母親躲逃，她們一再逃亡，逃到幾乎跑不動了，只能任憑那些怪物追來，她怕極了。她猶豫了幾週，在與法師深談幾次後，心慧法師認為她不能切斷世俗的煩惱，不如還俗回家，法師並未怪罪她，她才寬心地回家了。

＊

她帶著母親四處看病，她聽人說神岡鄉那邊有一個神醫，她扶著母親坐三輪車去，那是個中醫，她說綾子的病是過度操心及傷神造成風濕癱瘓，中醫師給她開了一個草方，綾子以前幫夫家賣草藥，那個藥方連她也從來沒看過：

白朮　白芷　薑活獨活　黃芩　川芎　薄荷　厚朴　荊芥　木瓜桑　寄生細辛以上各二錢
杜仲　牛膝　續斷　當歸　威靈　仙鑽　地風　千年健　以上各錢半
防風一錢一分　草烏一錢　五加皮一錢　秦艽一錢　桂枝一錢　豬肋四兩
用雞一隻重量一斤為重殺之拔毛　不可見水不要腸臟　用瓦鍋同前藥
燒酒五斤同蒸　取雞先食　酒早晚隨飲

誰也不知道究竟是不是那藥方真的有效，在心如的照料下，服用幾次後，綾子的病逐漸好轉，也可以下床。中醫師還教綾子甩手功，早晚將左右手前後甩動，過不久綾子便可以走動了。

*

*

一九八二年，在綾子母親的鼓勵下，心如第一次出國去見她的二叔父林秩男，也就是她的養父。她的行李內裝滿了綾子母親要帶給她二叔父的禮物，多半是她自製的煙腸和毛衣，以及台中的特產太陽餅等等。

她要離開台灣前，母親告訴她，「如果喜歡聖保羅，也許可以考慮在那裡定居吧！可以就近照顧二叔父。」她深深不以為然，「為什麼要留在那裡？照顧他，那妳呢？誰來照顧妳呢？」綾子母親沒回答她，只說，「妳先去了再說。」

*

她的二叔父在機場大廳等她。他戴一頂帽子，穿著米色風衣，看到她時，像外國人一樣擁抱她，並且在她臉頰上吻了一下。她很不自在，她覺得她的二叔父很怪異。他開車載她去他家，穿過整個聖保羅市區，二叔父用閩南語介紹當地文化，偶爾夾雜幾個葡萄牙語，他不停抽菸，爾後她也看到他抽雪茄。他孤身獨影，不太願意提到他的家人，他曾離過婚，第二任妻子是日本人，前年得癌症突然在短短幾個月間過世了，兩個兒子都成家立業了，好像都和當地人結婚，一個經營花店，一個經營餐館。

二叔父的家在聖保羅東區，是一棟獨棟住宅，他向她介紹居家環境，幫她將行李安頓下來，她將有一個自己的房間，「希望妳喜歡這裡。」她二叔父在她房間裡布置了花瓶，擺了新的床單。那是他大兒子以前住的地方，書架上全是外文書，還有全家合照，一張女人的照片，可能是兒子的母親吧，她想。那一夜，她睡不著（她不知道那是時差），便起床在房間裡走動。為了喝水，她走入廚房，經過其他房間時，她停步在一間透出燈光的房間。

她走進去，那是一間書房，牆上掛著一幅很大的台灣地圖，並掛帶各式各樣的大小槍枝，另一面牆上則釘了一面白底、紅色台灣地圖旗幟，上面有三個英文字母UFI，「UFI？」她走回自己的房間，剩餘的夜晚她躺回床上，對二叔父的職業感到好奇起來。軍人？軍火製造商？綾子母親不是說過，二叔父經營農場以種花維生，種花的人為什麼會在牆上擺那麼多槍呢？

＊

那一次旅途中，她知道了兩件事，兩件事皆與她有關，其中一件並且與她至關緊要。她抵達的第二天，二叔父帶她到他兒子開的餐館，「這是聖保羅唯一的台灣餐館，這裡只賣台灣菜，不是中國菜。」二叔父面帶得意地說，他的兒子林保羅自己下廚，菜單上是擔擔麵、魯肉飯、燒肉粽、蚵仔麵線及雞捲。

他們請她吃了一頓豐盛的大餐，為她接風。二叔父問她，想不想留在巴西，「妳可以在這裡再開一家台灣菜館呀！」她還沒想那麼多，「我們會把媽媽接來。」二叔父那天喝醉了，「把我心愛的人接來。」二叔父說，「如子，妳也是我心愛的人，妳知道嗎？」心如搖搖頭，她覺得醉酒的叔父更古怪，她突然想家，覺得外國的一切簡直莫名其妙。她的二叔父好像外國人。

那是在餐館的靠窗角落，她二叔父不停地喝啤酒，一瓶又一瓶，而她什麼也沒喝，看著鄰座的巴西情侶，他們旁若無人地吻來吻去，心如的二叔父，完完全全醉了，把頭擱在桌上睡著了。她真是不明白眼前這個人，他來信邀請她到巴西來，來了以後他卻醉得一塌糊塗，趴在桌上睡覺。

但她突然在整個印象中看到了什麼。她明白，她二叔父的話一定與她命運有關，或者與她母親綾子有關，她明白，母親鼓勵她到巴西來，可能就是為了那些話。那一夜，她只意識到事情如水墨滲透紙張，可以認出一種隱形的形狀，那時她尚不知道命運裡的細節。她還說不出來她看出了什麼。

*

二叔父又帶她到農場，現在位於聖保羅南郊的農場已交給別人管理了，除了種花還經營蜂膠生意，「妳願意的話，我可以安排妳來這裡工作，來種花。」自從她來到聖保羅後，二叔父一直在替她介紹工作，「妳願意留在巴西嗎？」他又問了一次，「妳想一想，妳願意離開台灣嗎？」

「台灣總是出生的地方吧。」心如的話像自言自語，「總是自己的家吧。」她加上一句。

那句話卻改變了二叔父的心情，他突然偏過頭以奇怪的表情看著她，「妳在台灣聽過二二八事件嗎？」

「好像沒有。」心如回答。

「有就有，沒有就沒有，怎麼會說好像沒有。」二叔父的表情看起來很痛苦，他走回他的車子，幫她打開車門（她來巴西後看到外國人都這樣），發動車子的引擎，他又問起，「兩年前的美麗島事件，國民黨在高雄拘捕大批台灣獨立運動人士，聽說了嗎？」

「聽說了。」她心裡支吾著，難道美麗島及二二八那些字都跟她家有關，跟那些她從小知道的鬼祟的事情有關，她突然好奇地問，「二二八是不是跟我爸有關係？」二叔父把菸捻熄，眼光望著前方，就那樣坐了一會又一會，心如覺得他似乎眼睛濕潤，便不敢看他，一直低著頭或直視車窗前面。一輛小貨車正好駛進農場，那車裡的駕駛和二叔父打招呼，二叔父立刻拉下車窗也以葡萄牙文和對方說話。她想，葡萄牙文聽起來很好聽，說的人好像在唱歌。

「二二八事件跟妳切身相關，妳不但不能不知道，也不該遺忘，永生都不能忘。」二叔父說完便發動引擎將車子駛出去。

心如那時有一種奇特的感覺，她的生命就這樣駛出去了，她還不知道將會抵達何地，而車子彷彿已駛入另一個時空。他們經過一個又一個香蕉園，沿途看到的都是頂著頭籃的巴西工人，那些籃子上全堆滿綠色的香蕉。而這個景象讓她想起小時候的台灣。而坐在她旁邊的人不管是二叔父或養父，好像已與她的命運緊緊綁在一起。

＊

二叔父當年從台灣高雄偷渡流亡日本，並在橫濱停留了數年，那時原先在香港成立「台灣再解放聯盟」的廖文毅已前來日本，成立了「台灣民主獨立黨」，之後他召集了一些成員返台成立「台灣再解放聯盟台灣支部」，但是那一次有幾位先行返台的同志已被台灣當局逮捕，隨後被軍法處以懲治叛亂條例起訴並判刑，一度想回台灣的二叔父因此未返台。過了幾年，台灣的情治人員甚至滲透至日本要設法收買當地的日本警察，一些支持國民黨的旅日黑道人士也放話要暗殺他，因此他再度移民到巴西。

廖後來成立「台灣共和國臨時政府」，爾後台灣政府挾持大批人質，要求廖出面投降，廖最後被迫返回台灣。一九五六年，在美國的費城有台灣留學生成立「台灣人的自由台灣」（ＦＦＦ），這是北美洲第一個台灣獨立運動團體，兩年後改組「全美台灣獨立聯盟」（ＵＦＩ），在美麗島事件之後，各獨立運動組織成立「台灣獨立建國聯盟」，並設有總本部及世界各地分部。

＊

「我便是南美洲分部的負責人，」二叔父看著她的眼睛，「現在，我要來告訴妳，有關妳父親的故事。」她聽說亞馬遜河在瑪瑙斯會合時是兩條不同顏色的支流，一條是白河，一條是黑河。她也聽說巴西和烏拉圭邊境上有一個伊瓜蘇大瀑布，她二叔父要帶她到那兩個地方。

他們坐飛機去，她沿途有些尷尬，她愈來愈不願意與任何男人單獨相處，即便是自己的叔父。但她鼓起勇氣去了。他們兩人在黃昏時站在瑪瑙斯的歌劇院門口，那時，他們已走近亞馬遜河邊，她叔父開口說話時她還以為她的耳朵聽錯了。

「如子，妳首先要知道的第一件事是，我就是妳的親生父親。」

阿凸仔叫你來的噢
——千里眼與順風耳是我們的媒人

二〇〇一．台灣台北

千里眼與順風耳是我們的媒人，媽祖是我們的保護神，我們結婚時，不但你父母姊妹，心如也應該參加婚禮，你喝著茶，徵詢我的意見。你不知道你的話受到我的歡迎，怎麼形容呢？就像旱田迎接甘霖，手臂接納衣袖。

我已經決定要和你結婚了。其實這根本不需要決定，冥冥中一切都自然決定了，我只要跟隨生命之路的走向，我只要往前走。你陪著我來台北才幾天，我已覺得我們像活在一起好幾年了。我聽著你說話，我字字句句都聽進去，這些話語嵌雕入我心裡，已經成為我的命運之句。

「但我母親可能不會答應心如參加。」這麼多年，誰都無法使她們兩個姊妹說話，她們彷彿活在一場是或非的戰爭裡。我母親尤其不肯讓步。彷彿她一讓步，人生就會背棄她。

你說你要跟我母親談談。好呀，你可以試試，但你不要抱太大希望，我怕多事而勸起你。出乎我的意料之外，母親對你印象很好，她不但願意聽你說話，也很欣慰我要和你結婚，應該說，她很欣慰你要和我成婚。她可能想，她的女兒脾氣這麼壞很可能嫁不出去。在你之前，她從來不認識任何一個外國人，這麼一個藍眼高鼻子的外國人，這麼高的人，她認識的人裡誰也沒有那樣的高度。

＊

你和母親談起話，請我翻譯。母親坐在餐桌前的樣子看起來好像來補習英語的學童，她從來沒想到和一個外國人一對一地面談，她也從來沒想到有人要來和她談內心裡的事。

你說，你要告訴我母親一件你家的事。

事情是從你父親開始，你父親在二次大戰時為納粹出征到俄羅斯，差點喪命，那些年的戰地生活十分艱險，他度過許多悲慘的日子，都遵從老天的安排，反正別無他擇，但回家後的打擊卻使他幾乎站不起來。回到德國後，發現妻子對他不忠，不但以為他根本再也不會回來了，去申報他戰歿，以便領津貼，還和別人同居，那時，他的女兒才兩歲。你父親不敢相信自己愛過這麼一個女人，他在俄國時夜以繼日都在想他的妻子。事發後，他如此沮喪失望，再也不要看到她，連女兒都不想再看一眼了。他甚至懷疑她根本不是他女兒。

你父親離開了北德城市，到別的城市發展，他斷然揮別不堪的過去。大戰結束後，他在南方認識了一個孤單少女，你的母親，兩人胼手胝足建立了一個家，你的父母執意忘掉所有的不幸，只有這樣的決心可以讓他們活下去。在那個戰敗的社會裡，哪些人沒有悲慘黯淡的記憶？人可以切斷重生，也只能切斷重生，就像蚓類。他們全心照顧家庭，辛勤工作，愛護你和你哥哥。他把全部的生命力量都奉獻給這個家。他們在這個家找到新生的力量。

那時你父親在冰淇淋公司上班，你上小學時每天放學回家前都會順路去找父親，你不但有吃不完的冰淇淋，還可以帶牛奶回家。你的童年在巴伐利亞鄉村長大，無憂無慮，一直到十七歲才離開家，到別的城市讀大學。他們是那麼支持你，你到今天都感受到他們的信任，你和他們經常聯繫，你無法想像沒有父母的人生。

你一直不知道你還有一個姊姊。

當你是孩子的時候，你從未謀面的姊姊有一天來敲門。那一天你剛好在家，你打開門來，敲門的大女孩說，「我要找我父親約翰尼斯。」你瞪著她說，「鬼扯，你找錯人，約翰尼斯不是你父親，是我父親。」女孩不肯走，坐在門前台階，一直等到你媽回來。

你母親請女孩進來坐。你母親對那女孩很和氣，拿東西給她吃。你一直瞪著那女孩，想知道父親回家後會怎麼說。父親回家後，一言不發走進臥室更換衣服，過了好一會才走出來，他看了一眼那個女孩，第一句話便是：「你是全世界我最後一個想看到的人，你知不知道？」那個女孩聽不懂他的意思，然後約翰尼斯父親走到門邊拉開門說，「請妳回去，再也不要上門來，好嗎？」

你從此再也沒看到那個大女孩，你同父異母的姊姊。

你後來才知道，你姊姊小時候是如何渴望見到父親。她度過沒有父親的童年，她的繼父嫌惡她，母親也不愛她，母親覺得她長得太像她父親了，看到她就悔不當初。她懂事後便開始尋找親生父親，她找了許久。終於知道父親搬到南德，好不容易等到十二歲，她貯了好久的零用錢，才從北德搭火車一路南下。

那一天她很興奮地抵達父親住的小城，從火車站起便到處詢問冰淇淋工廠，她問了很多人，包在街上看到有人騎三輪車賣三明治時也趨前詢問，你認識我父親嗎？沒有人認識她父親，當然沒有人認識她父親。後來她輾轉到了冰淇淋工廠已是晚上了，又是週末，沒人上班。她等了又等，終於坐在大門口睡著了，有人發現後，怕她凍著，讓她上門洗澡和吃了一頓飯，並且用車子將她載到你家來。

但你不知道的是她後來離開你家後是怎麼回去？做了什麼？是否流了許多淚？是否從此恨

她的父親？你都不知道，她十二歲以後的人生會不會更困難？她應該如何記憶那位見過一面的父親？

你雖然想過，但你也不是那麼在乎她後來怎麼樣了。也許你潛意識是站在母親那邊，你可能想過這件事是你父母的挫敗和陰影，你不該去碰觸它。一直到前幾年，有一天你母親告訴你，你姊姊寫了信來。在多年後，她第一次寫信來給她的父親。親愛的父親，她寫，我的生命沒有剩下多少日子了，我仍然希望能見到你最後一面。

你的姊姊得了癌症，將不久於人世。但是你的父親仍然不願意見她。沒有人勸得了他，連你母親也勸不了。當你答應你母親要動身前往瑞士去見她之前，你接到姊姊的訃聞。

你也不知道她死前如何想起自己的父親。

母親聽完你的故事，臉上表情古怪，她似乎不明白你家的故事，以及你為什麼要告訴她這些。她想了很久才說話，聲音倒爽快，「你是一個好孩子，」以及，「家家有本難唸的經，」我正要翻譯，她又說，「人生的事情，唉呀，三言兩語說不清。」然後揮揮手阻止我，便踱回她的房間。

她在房間裡看起日本連續劇，她經常看日本或韓國連續劇，那也是她的生活儀式之一。她把許多情感投注在那些誇張的劇情裡，她常常在電視機面前拭淚，但是她不知道如何對親人表達感情。

我也差不多，我想我和母親都是一樣武斷的人，過去，我會為很多事情和她爭辯，但現在我卻說不出話來，我知道我們爭辯的只是情感的處理方式。而我終於明白那根本不需要爭執。我更驚訝的是我對你的熟悉，你所描繪的情感經驗我都生活過了，你和我一定是一樣的人。你說的話我都明白。

母親兩三天沒和我們說話。有一天我們要出門時，母親剛好從外面購物回來，告別時，你和她擁別（你習慣如此），母親卻十分羞澀，她僵硬地站在我們面前，好像要走卻又不走，你拍拍她的肩，得意地以你學來的中文問她：你好嗎？母親詫異了一下，隨即，話語尚未說出口，眼淚卻流了出來。她急忙轉身走了。

隔天，我的母親若無其事地說，既然你們都對媽祖那麼有興趣，「我們到北投關渡宮上個香吧。」你考慮了一下，說你只能下午去。我看到你臉上有一種曖昧的表情，我本來不明白為什麼你堅持要下午去，後來才終於明白。

而這一切如此之快，我甚至來不及覺察，事情全都發生了。

在母親的說明協助下，你試著擲筊，結果不但是吉筊，你抽的籤也是上上籤。我們花了好多時間為你解釋籤文。隨後母親跪在跪木上，祈禱了很久。然後輪到我，過去我那麼渴望向海神祈禱，但是經常辦不到，現在我卻可以祈禱了，我和媽祖說話，我只消說出來。

祈禱時我感受到自己純然的內在，一種熟悉的渴望終於完成，我終於回到家。儘管也許只是片刻，但我活在此片刻中，而且感受到展現在我生命之前的一切，我不會再逃避或恐慌了。我因這樣的自由而流下欣喜的淚。我多麼盼望我的人生有更多這些短短的片刻呀。

我和母親一直跪在那裡，沒注意到你已經把一個人帶到我們身邊。那是心如阿姨，她聽從你的安排，一大早便從台中搭車北上，姊姊陪著她一起來到廟裡。

母親看到心如出現時，似乎早有預感她，但她仍然不聽內心使喚，轉身便走。我和姊姊上前去勸服她，但我們也沒話可說，只能站在那裡，或者就那麼徒然地呼喚著，媽，媽，「給阿姨一個機會好不好？」姊姊冒出這一句，我們一直陪著母親走到廟門外廣場，我看到廟內中庭大爐的香煙裊裊，看到你和心如一起走過來。我們一群人都站在那裡，你、姊姊、我和那一對數年來沒說過話的姊妹。

「姊姊……」心如阿姨開口了，她的聲音充滿感情。媽媽的心裡一定有什麼東西溶解了，她的表情顯得非常平如，她欲言又止。

「嗯，妳好，」然後母親開口了，「阿凸仔叫妳來的噢。」阿姨點點頭，兩人都笑了。過一會便一起走回廟裡，媽媽在為阿姨買香火和蠟燭了，心如阿姨則忙著掏錢包。而你對著賣香火的老人說，「我是阿凸仔，請多多包涵。」老人沒聽懂你的發音，但走上來圍觀的一群小孩當場都笑了。

你後來告訴我，你還沒把你姊姊後來的故事說完，「妳母親先不必知道那麼多。」你不好意思地笑了，彷彿在嘲笑自己說話像個先知。但你沒有任何不安。

當年你父親在那樣無情面對首度尋訪他的女兒後，逐漸感到後悔，他託人重新找到他的女兒，為的是每個月固定匯給她一些錢，他也定時寫信給她，寄給她各種禮物。你父親那樣做了好幾年後，他長大的女兒開始以不同的名目向他要錢，她編造許多理由，那些理由是如此戲劇化，沒有人會覺得是謊言，包括她住入急診，需要動大手術，或者人在南美洲錢包全部被偷，回不了家；又或者說她買下一棟便宜的公寓，希望父親能資助她。你的父親多次發現女兒找他只是為了錢，因多次受騙而大感失望，她並未出國也未購屋，你父親到女兒三十五歲那年才發現更嚴重的真相，不但那些錢都不見了，女兒還欠下大筆債務。他中斷了聯繫。

從那時起，你父親再度覺得她的女兒不像他的女兒，他再也不想去想這個女兒。反而是你偶爾想起你這個同父異母的姊姊，你想像她人生那麼多時日都沒有父親可以依靠，因為對愛的渴求，她編織著各種幻想和謊言，她因無父而堅強，她也因無父而墮落。你從來沒有機會和她再度見面，你也從來沒有機會和你父親談起這些。

認識心如後，你立刻又記起你姊姊。一種新的想法在你內心復活了，你說。因為認識我家的故事，你突然更明白你自己的家庭，彷彿這兩個家庭的故事是同一個故事，彷彿我們本來便是故事的一部分。我們必須依賴對方才能把自己看清楚。

這是為什麼你覺得你有必要把這個故事告訴靜子母親。

我真是無語。過去多年，一個人走了多長多久的路啊，我真是不知道我怎麼會遇到你。

我真是沒想到我終於擁有一個家。

【婚禮需知】

古代結婚六禮中有「問名」、「訂盟」、「納采」、「納幣」、「請期」、和「迎親」六項。現代社會多將上述六禮中前三項的「訂盟」和「納采」合辦(現代人已不可能不知對方姓名，所以多半省去「問名」項目)，俗稱「訂婚」。

訂婚時，男方要準備相關禮品(聘金、喜餅、糖果禮品、牲禮、兩份金香燭炮、上頭布六件、伴頭花及紅包等)，準新人偕媒人、親友共同前往女方家，送訂婚禮品。雙方在完成點交聘禮、奉茶及戴訂婚戒儀式後，上香敬告女方家神明及祖先，待女方宴請雙方親友午宴後，退回部分禮品，並贈送男方相關禮品(如未來女婿結婚禮服或紅包)，然後由男方返回男家上香敬告神明及祖先完成訂婚的喜訊。

在結婚前，男方擇吉日先將完聘的禮品扛送至女家供女方祭祖用，也有在結婚當天一起送去。完聘時準備金香燭炮各兩份，豬、羊、雞、魷魚、皮蛋、麵線、喜糖、冬瓜糖、檳榔和冰糖等取雙數，以偶數數目的方形木盒送到女方家，當男方抵達女方家，先將捧花交給房內的新娘後，請新娘出房門上香拜神明祖先，稱為「辯祖」。

新娘由好命之人或媒人牽出，與新郎合站，再由女方舅父或長輩點燭祝福新人，再點香由新人告女方家神明和祖先，並叩別女方父母，在過米篩、擲扇後，再與新郎一同驅車而去。

當男方迎親隊伍將新娘迎娶返回後，在新娘被好命的婦人手持米篩或黑傘為新娘遮頭頂，並導引新娘踩破瓦、過火爐後，可謂達到驅邪及日後昌旺的喻意，之後新娘被引導進入男方家大廳，與新郎合站，並由男方長輩或男舅主持「拜堂」儀式，亦即入門敬拜男方家神明和列祖列宗，以及叩拜男方父母，敬告神明及祖宗，從此家裡添加了一位媳婦。

媽祖回到祂的「保鏢」身邊

二〇〇一・台灣台北

那麼多年，千里眼與順風耳到底在想什麼？祂們是否生我氣？是否原諒我的無知？我雖帶著祂們四處遷移，卻根本沒把祂們放在眼裡。這樣想起來，我確實有點荒唐。有時候我也想，神應該都是寬容的，那是祂們之所以是神。但我不知的是祂們是否早已預知，在茫茫人海中你會找到我。或者是祂們促成了這件事？

而媽祖呢？祂看著這個家庭，成員的消長和分離，感情的毀滅和重生。媽祖當年從福建跨海渡洋而來，祂忍受過多少次海難與颱風，祂聽過多少次死亡對人的召喚，祂一直是苦難者的救護，祂怎麼會拋棄我們呢？雖然我們並未走在祂暗示的路上，雖然我們總喜歡以我們自以為是的眼光來看祂？

我不像我的母親和外婆那樣信仰媽祖，更不像大多數的媽祖信徒那樣。我只用我的方式信仰媽祖，我感覺到祂的存在。當她在一千多年前仍是個少女時，她如何善讀詩書，貯存她的精神能量，她如何在夢中拯救正遭海噬的父兄，她如何幫助身心破碎的人們，我知道，是她的貞廉和決心使她的靈魂留了下來，使她成為一個有無比精神力量的老靈魂。我試著靠近這樣的老靈魂。

我又回到療養院去見我的父親，你陪著我。父親危危顫顫地道歉著，他說，他當年不該把母親的神像丟掉。我不知道他在對誰道歉，對千里眼與順風耳嗎？媽祖？還是對母親？還是我？「你不必道歉，你信奉的基督教教義裡要求你們不要崇拜偶像。」你鄭重其事地告訴我父親。

父親聲音斷續而微弱，令人擔心，他說，但我也不需要把神像扔掉呀。他雖衰弱，但我第一次發現，他的眼神裡有一種特別的氣質，很容易使人著迷或者上當，他真像個蒙古戰士，即使在這麼幽暗的病床上，他仍然眼睛發著光。

我突然看到當年年輕的父親站在基隆碼頭等待他的愛人，他心痛如絞地離開基隆，我也看到為生活瞎忙為外遇奔波的父親，看到一個不合群而在軍隊飽受排擠的父親，看到一個見到女人便流露心饞表情的父親，看到一個憤怒無言剛從監獄返家的父親。而眼下的父親慈祥和藹，又無比衰弱，與以前都不一樣，父親是又老又病的父親，但卻是我的父親。

我曾經引以為恥並再也不想見面的父親。

我遲疑了一會，終於走近病床邊。爸，謝謝你的禮物。那是家譜，他從中國大陸帶回來的家譜。我打開來看，又把它合起。我覺得我應該握他的手，或者上前擁抱他。但我做不到，我就是做不到，彷彿身體不聽我的使喚。

父親點點頭，然後困難地將眼光移向你。

你輕而易舉地便走上前擁抱了他。

幾個小時之後，我們前往法院公證結婚，我們一共才認識十六天。

明夏，在這裡結婚你必須取一個中文名字，我們站在法院走道上急著一起為你取了這個名字。姊姊說這個名字好聽，妹妹說筆畫數目很吉祥。你唸著這個名字，好像這幾個字是一個魔法。你一唸它，你的生命從此打開新的一章。我們也將從此走進另一個生活。光明的夏天，那是你的名字。你說你十八歲時讀過蒲松齡的小說，那個輕柔細語的世界，人物總是被明亮的月光照耀或清麗的湖畔襯托，女人輕輕地走在蓮花葉上，男人會在瓦礫牆上飛走，你說，你一直對那樣的世界很嚮往。

你十八歲時，我正就讀這一家法院對面的女中。那時，我的書包裡總是一本本課外書，我對教科書不感興趣，開始讀卡繆、叔本華，我尤其被赫塞感動，我在文學世界中看到了人生的可能，那時雖然是孤獨無助的少女，但對人生懷抱希望，渴望愛與被愛。要到多年後我才知道，儘管我以為自己在追尋的是愛，但我從來不知道，什麼是愛？怎麼去愛？從前我的生活中都是災難，我似乎逐漸習慣災難，再也不知道溫情是什麼。

但現在有一個人出現了。你說，離開災難，到我身邊來吧。那麼多年都過了，我竟然回到此地，並且站在這裡等著公證結婚。我真不敢相信，我從此將有一個自己的家。

母親說要辦喜宴，我們也同意了。我們在台北舉行喜宴時，心如阿姨也來了，而媽祖像與祂的保鏢們一起擺在婚宴致詞的講台上，媽祖好像心滿意足地低首不語，看著我們兩人（我感覺到祂在看著我們），祂身邊的兩位「保鏢」則護主心切，幾乎要張牙舞爪起來。

在林家墓園

二〇〇二．台灣台中

幾個月後，我們再度回到台灣。

為了準備二叔公林秩男的二度葬禮，心如阿姨已特地前往巴西將她父親遺骨迎回來（她也為叔公的遺骨買了機位，希望能一起飛行，但是航空公司不答應）。遺骨置於骨罈中只能進貨櫃艙，使得心如在那次旅途非常傷心，回來也重病了一場。

我們站在墓園內（山坡的一個東南角落），母親和心如在這幾個月當中，已和風水師做過討論，那位著名的祖墳風水師說這塊山坡地風水還好，建議將祖先的墓位做略向東的方位遷移，但規模不變，看起來也較不擁擠（母親常說在台灣這種小地方有這麼一塊墓地已很難得了，是綾子的先見之明）。

在外婆綾子右邊是外公林正男的墳墓，因為擔心外公的魂魄沒有地方可以休憩，母親終於決定把外公最喜歡的華格納、貝多芬唱片全放進一具空的棺木中，還有那架外公出事前還在聆聽的留聲機。那具全新棺木是以外公的身材訂做（棺木上頭也寫上他的姓名）。此外，便是外公當年收集的飛機造型和獎狀徽章，螺旋槳，外公南洋當傭兵時穿的制服（到處是破洞），千人巾，一幀外公和綾子的結婚照。靜子母親在外婆家時依依不捨地將每一件物品從紙箱取出，放入棺木中，那時她看起來非常安靜和虔誠。

左邊更遠稍後則是二叔公林秩男的墳墓。在綾子和外公的墳碑後面，我們看著心如小心地將已經撿骨過的骨罈置入土中，我們一行人不斷地燒銀紙，彷彿怕他們在冥間錢不夠用，那時半邊天都是煙火，燒了許久。

心如阿姨和母親在下山的路上沒說話，但對你充滿感謝的眼神，沒有你，她們將沒有機會再見面，也就沒有今天。

且她們已經又不約而同地警告起我，妳都不知道你是多麼多麼幸運啊。尤其是我的母親，她又開始那無奈的聲音，「唉啊，妳得好好地把握妳的幸福啊。」

夜幕逐漸降臨這塊山坡地。我們一路走回平地，當我們一起回頭看著那塊山坡地，就在此時，天邊的星星全都在一剎那間像奇蹟般亮了起來。

【出生禮需知】

依照漢民族的傳統習俗，當孩子剛出生時，並不以水洗澡，而是以麻油擦洗身體，再用父親的舊衣服包裹嬰兒。直至第三天才正式以水為嬰兒洗澡，並在女方結婚所攜來的嫁妝浴盆內放桂花芯、柑橘葉或龍眼葉（象徵孩子富貴、吉祥、子孫滿堂）。一顆或三顆石子（象徵孩子頭腦堅硬、身體勇壯）以及十二文銅錢（有財運亨通之意），為孩子洗澡，並準備相關供品稟告神明、床母及祖先，祈求他們繼續庇祐孩子，稱為「三朝」。當祭拜後，再將相關油飯、麻油母雞酒等供品送往外家（女方娘家），上香敬報女方家神明和祖先子嗣的降臨，女方再回贈一些補品，即稱「報酒」。以前按照古代男尊女卑的觀念，若是生男孩，則還要準備油飯、全雞和米酒等贈品送給媒人作為謝禮。因媒人愈來愈少，現在不但生男孩，很多人在生女孩也一樣為親友準備這些謝禮了。

附錄

丈夫以前是妻子
——評論家丈夫明夏專訪小說家妻子陳玉慧

明夏（Michael Cornelius）・文
陳玉慧・譯

我正在聽雷奧納・柯恩（Leonard Cohen）的《奇蹟》，「他們說那是莫札特，但聽起來像泡泡糖。」我想起九四年冬天我在台北一家劇場看《奧蘭朵》的首演，那是陳玉慧改編自維吉妮亞・吳爾芙的舞台劇，那天也是我和陳玉慧結婚的日子。到那一天為止我們才認識二十三天，在慕尼黑一家電影院門口認識，兩個流浪靈魂的神奇遭遇，決定立刻結婚，並且印了婚卡，上面寫著：丈夫以前是妻子。我們以前便是伴侶，可能是在中國的明朝。在柯恩的歌曲中，大幕徐徐拉上了，一本大型木製的精裝書（盒）在柯恩深沉的歌聲和柔和的燈光中旋轉再旋轉，超現實及隱喻的人生，一個憂鬱和華麗的圖像，文學的起舞，然後旋轉的書靜止下來，書盒打開後，裡面走出飾演奧蘭朵的舞者。

這本從生活中走出來的舞蹈之書，一直便是陳玉慧文學風格的景像。無論是戲劇或文學，她都在尋找真實、美感和愛。她是憂鬱的，但並不是一般人說的那種憂鬱，因為她比別人清楚，真實或美感都只存在片刻當中，而愛只是一種姿態，她因此深沉，像跌入永恆深沉的時光（deep time）。她的確在追尋永恆，在每一個作品中探索最純粹和獨特的形式，而閱讀她的書使我感受到輕微的痛苦，因為那是孤獨者的心穹，那是渴望愛的叫喊，那是向真理的絕對追尋。但我也逐漸上了癮，彷彿她的文字有神奇的魔力，使我總是想不斷地聽下去。

陳玉慧的很多作品都是一個旅程，她去徵過婚，在咖啡館、酒吧與應徵者互動，她在許多人的人生中看到文學，看到自己；她進入一個雙生姊妹的尋人傳奇，經過社會和政治的事件，瞥見台灣與個人的處境；她在自家都像去了遠地，她的眼光幽晦但又銳利，她在不同的人生旅途中看到並經驗文學，留下一卷卷心靈地圖，那些地圖彷彿像吟唱般記錄下來，只有作者個人擁有那樣的旋律和節奏，每一個文學作品都像絕唱，沒有一首歌重複。

而和陳玉慧談過話的現在，我又看到那本旋轉中的文學之書了，而這次從書中走出來的人是她本人。

明夏（以下簡稱M）：妳為何寫作？我是說妳多才多藝，不但在新聞工作上表現傑出，戲劇作品也令人嚮往有之，妳為何選寫作？妳非寫不可嗎？

陳玉慧（以下簡稱陳）：寫作能幫助我從心靈風暴抽離，能使我安靜，能讓自己更清楚自己的來歷，我是一個相當無政府主義的人，寫作能協助自己看清自我的質疑和立場。還有這要命的表達欲望，我喜歡說故事，樂於表達想法，就是這一點讓我不可能出家，而且得繼續寫下去。只有寫作才讓我放心，感覺自己還活著。還有，寫作是一個人便可以完成的事，它不像戲劇需要眾人合力，或者像新聞工作常與新聞當事人有關，有時我都覺得自己只合適獨處，與任何人久處我都會覺得不自由，寫作逐漸成為自處之道。我非寫不可。

M：我們剛認識時，妳對我描述妳的生活，那時我總有一個畫面：在城市高樓的一角，妳一個人面對書牆在寫作。我們結婚後，我發現一些事與我原先的想像有些出入，但妳寫作這個畫面卻留著。雖然我們結婚了，但只要妳坐書桌前，妳就成為另一個人，立刻進入妳自己的世界，就像妳在某篇散文中寫道：上帝是孤獨的，所以祂創造了世界。妳可以想象你不寫作嗎？

陳：寫作使我留在家裡，使我有時候活得像隱士。但因為不喜固定，且必須出門，我開始在路上寫。當我開始在路上寫時，我才發現寫作對我而言是建立一個家或者自我之家的唯一可能，寫作時的我是最自然的我，這有點像心理治療，但有些時候寫作像淨化（catharsis）的過程，是亞里斯多德的殘酷劇場，人經過害怕和同情，靈魂因此藉由提升和淨化。寫《海神家族》時的我彷彿置身殘酷舞台，感同身受。另一些時候，像寫散文或甚至寫書信日記的時候，只要一開始流露情感，我可能便開始流淚。文字可以向別人表達感知的功能總是使我吃驚，我在文字中找尋真實和美感，那些真實和美的感覺在現世生活中十分匱乏，只好回到寫作，寫作逐漸成為活下去的一個希望。

我沒辦法想像不寫作，那應該是極大的懲罰。

M：人們在尋找真理時有各種嘗試，連佛陀都試過學狗吠及食牛糞，一些人可能多年進行心理治療，另外一些人可能到高山或沙漠去，妳寫了《海神家族》，這是妳尋求真實的方式嗎？

陳：應該是，寫作本來便是追求真實自我的方式。寫《海神家族》的過程中在一定程度上像心理治療，一些心理分析的基礎問題對我產生某些作用，如父親和母親模式與我的情感需求，父母模式如何形成我自己和社會的關係。我也看到家庭祕密對一個人心靈的潛在影響。更早之前，我與父母有許多問題，我以前想，他們不但不了解他們的孩子也從來沒愛過他們的孩子，在寫作中，我能夠意識到當時他們忙著維生及處理自我心理的衝突和矛盾，哪有時間愛孩子？他們連自己都不太了解自己如何了解他們的孩子？而且最神奇的是，在寫完《海神家族》後，我終於知道，感情和行為方式是可能遺傳的，且連命運都可能遺傳，我也徹底明白：我的父母可能真的沒有愛過我，但有誰愛過他們？這個認知使我完完全全接受他們，使我對人世少一點質疑，多一點寬容。

M：妳在國外已經住了人生一半的時光，有時我覺得妳像一顆孤星，就像台灣在國際的孤單處境，妳的根在哪裡？妳覺得這是巧合嗎，一個像妳這樣無家的人必須寫台灣家族小說？

陳：應該不是巧合，我自己覺得透過距離才能把事情看清楚，關於根與失根，這些說法可能聽起來有點牽強：我的根便是我的母語文化，而不是一個地方。你不是說過嗎，你不一定要住在異地才覺得失家，你很可能活在自己的土地都像去了異鄉。沒錯，我和台灣都是孤獨的星球，但不管我怎麼移動，我的人生仍然圍著台灣繞行，像行星。我很清楚：你只有知道自己從哪裡來，你才有可能知道你要到哪裡去。

M：妳的根既然是妳的母語文化，而妳卻在國外住了相當長的時間，這些國外和多國語言經驗是否影響妳的文字？有時我們說話時妳會使用不同的語言和特定文字……

陳：法國是一個尊重個人的地方，個人可以充分展現其完整的個性，甚至可以強調其個性，這就是法國，這是為什麼法國民族的個性這麼明顯。我在巴黎學習戲劇，卻到德國來寫作，德國人的徹底和務實與我性格的一部分並不違背。而紐約對我最好的影響是開放和自由。二十四歲那年和戲劇學院的同學從巴黎到紐約去玩，我們帶著一些資料到外外百老匯去爭取場地演出，那是一個叫 Limbo lounge 的藝術空間，主持人翻翻資料，看了我們一眼，說了一句 Why not？我們兩個巴黎來的學生便在外外百老匯演出貝克特的無言劇，不但有人來打燈和換布景，還得到一筆賣票所得。

我的國外經驗使我關心的主題和住在台灣的作家自然有點不同，即便如此，我仍覺得國外經驗只是擴大自我探索的角度，而外國語言對寫作的文字沒有什麼影響，雖然我會用法文寫日記，或以德文入夢，甚至不知不覺就講起英文，使用不同的語言單字是因為某些單字更為傳神，如德國人說的 gemütlich（舒適），那幾乎是德國生活文化的重心，我到現在就還未找到合適的中文翻譯。

我覺得影響是在思考方式上，因為語言的關係我得以接觸不同文化，因此間接影響思維。如果說法文句法的分析感很強，那德文簡直就像在解剖，我有時以中文做新聞寫作時很感困擾，因為要以中文來客觀呈現事實困難的確不少，或者你必須離開現有的新聞敘述方式，這時我覺得德文語法中的間接引述語法（indirekte rede）相當清楚，因為動詞變化的關係，讀者立刻可以分辨話語出自引述與否。還有所謂的過去未來式，你在過去的夢中夢到未來……，用中文描述時，你必得用冗長或分裂的句子才能形容那情景。

但我對能用中文寫作這件事感到榮幸，我不但習於中文也只能以中文寫，也許因為外語的關係，我慣用精簡文字，不耐煩瑣的造句。我未出國前的文字傾向差不多就是如此。外語只不過幫助我更清楚去看待文字。

M：寫作最困難的事情是什麼？

陳：孤獨，頸椎疼痛。以前我總以為寫作只與紀律有關，有一陣子我甚至要求自己每天都得寫一些字，我認為若寫得少一定是因為自律不夠。後來我更發現，是主題性使然，你的生活或生命必然使你與一些主題緊密相關，你有那樣的主題或你沒有，如果沒有，那你根本不需要寫。

M：我看妳寫《海神家族》受到折磨，有時半夜還坐在電腦前發呆，妳如何保持寫作的熱情，難道妳沒有抱怨？

陳：沒有抱怨，我已經認清寫作的目的。寫時身體的疼痛逐漸浮現，但可能與寫作也無關。我感受到做為台灣人的苦痛，無父的悲哀，身分的懷疑，認同的渴望，歷史命運的影響，我感受到自己的命運和台灣有多相像。你只能寫，但你心裡還有幻覺，你以為這世界還需要一本這樣的小說，當幻象消失時，你實在寫不下去。當然有時思維阻塞，的確寫不下去，只能等；勉力寫，最後還是只能刪除。

M：怎麼會想到去寫自己家族的故事？

陳：無家（或家）是我的人生課題之一。你記得？五年前我邀請父母到德國小住，卻與他們難以相處，我幾乎帶著責難他們的態度，使他們也很為難。之後我陷入嚴重的情緒低潮，我決定重新固定去做心理分析。有一天，心理分析師在我面前擺了兩把椅子，要我和父母對話，開始時有點困難，不過，當我開始跟椅子說起話後，小說人物就自己做開場白了。

這個家族的人來自不同的地方，在台灣住了下來，離家或成家，而這幾乎便是台灣的故事。另外，你一再問我童年的故事，對我訴說的一切充滿好奇，當然也是助力。

M：我代替讀者發問：這本小說是妳的自傳體小說嗎？它與妳的生命有什麼關聯？

陳：《海神家族》是基於我對家族真實情感，在這個基礎上做題材的增添或刪減，一部分是真實的家族故事，另一部分則在這個情感基礎上虛構出來，是一個混合式的自傳體，家族與歷史的故事平行發展，是我的逆向旅途，或者可說是我的回溯之旅。我年輕時急於離開家和台灣，我在小說中檢視過去的斷絕，且意識到自己與台灣勢必無法分割。我現在做的便是回到自己出發的地方，小說中人名、家族人物場景可能有所變動，但調性則無更改，就像我上面所說，這些家族成員在台灣定居成家，他們雖多半意識到這裡便是他們的家，但歷史和命運卻使他們身不由己。與我的生命關連便在於，我是從幻滅出發，個人家國情調幾乎已底定，我常懷疑，但我無需懷疑，像我這樣的人便是台灣人。

M：《海神家族》的寫作跟以往有無不同？不管是寫作態度或形式上。妳是否必須蒐集許多資料？這是一個超過七十年以上的故事，我在聽妳翻譯敘述《海神家族》時，總是驚訝於妳有那麼多細節，讓我很容易想像歷史的現場，妳是如何做到的？

陳：每一個作品的寫作態度都不大相同。在《海神家族》之前有兩個作品都是日記體或札記，寫時只要忠於自己的當下，並且有個脈絡方向便成，《海神家族》的背景和時空都擴大了，且人物較多，寫作時不但得做筆記且得找資料，對呈現小說故事的方式考慮比較久。家人都不擅於言談，對許多事仍忌諱有之，使我必須自己找資料，也使我讀了許多台灣民俗及歷史、人物回顧。

在那些年當中，我曾有過一些長途旅行如到中國大陸或巴西，路途很遠，當時覺得毫無收穫，但寫時卻突然跑出一些畫面，因此又會覺得旅途值得。

我大量讀過歷史資料後，把它們放在腦裡，構思人物時，這些場景和對白便會自動跑出來，有時我自己都覺得我化身為小說裡的家族人物，任何人物。我把歷史資料拼湊出線索，又從這些線索製造現場，我覺得好像自己陪著這些家族人物回到現場，並且開始記錄。

M：妳花了多少時間寫這本小說？寫得順利嗎？

陳：一九九九年開始寫，但寫寫停停，不能說順利，因為過程中遇到奇怪的身體病痛，從此花許多時間在照顧身體健康，有兩年多小說被我存成檔案丟在抽屜裡。我擔任台灣媒體的歐洲特派員，那一陣子巴爾幹半島發生烽火及馬其頓科索伏的問題，經常必須報導重大新聞，不過寫寫停停總是很快可以接得上，且內容幾乎不必更動，彷彿是出自口述；事實上，我的家人從未主動說出什麼，許多細節都必須透過資料尋找和想像。我覺得最大的困難便在真實與虛構中間，找出一個讀者的角度，使讀者翻開第一頁就想讀到最後一頁。

M：小說的結構對妳有多重要？可否談談《海神家族》的結構？

陳：我寫長篇時必須先分章節，這便是我的結構，章節必須有名稱，這些章節經常更動，以至於必須常常更換章節表——我早已不用手寫稿了，但章節表卻仍是手工抄寫，抄好了便貼在牆上。《海神家族》的結構最初便是我所說的兩把椅子，後來椅子增多了，空間也擴大了。我覺得小說裡每個人物都像一顆寶石，我的結構便是把這些寶石串連成一條項鍊。我當然會想先串連哪一顆……。

既然是家的故事，我也將家的物質結構分成幾個房間，每個房子有自己的人物和故事。除此之外，它也是一個返鄉之旅，回家之旅。既然是一個旅程就必然會不停地發現，甚至出現意外及驚喜，一個發現自我的旅程，一個人生的旅程，它是一個婚姻的開始也是一個安葬的結束，家庭祕密的開啟，與父母的和解和親人之間的歸屬，同時也是全然的新生。

M：妳的首句經常很精采，像《海神家族》的首句便吸引人想讀下去，首句對妳有多重要。

陳：首句非常重要，沒有首句幾乎寫不下去，海神家族的首句想好以後，我繼續寫了十五萬字去說明。

M：妳的寫作風格一向純粹簡化，文字準確，意象極為豐富，妳是如何找到妳的風格？

陳：我沒去想風格的事，對我而言，內在的聲音比較重要，我在找的是這個聲音，它就在我自己裡面，我認為這聲音形成了我的文字，而文字決定風格。

M：妳的「聲音」相當女性化——如果妳不反對這樣的說法，非常動人。

陳：敏感，悲傷，有時喃喃自語，有時有點激動，我比較喜歡沉靜和優雅的時候。

M：妳曾經在一篇散文中提到：妳看著這個世界，以那雙被強暴過的眼睛。我覺得妳過去焦慮的注視已經有所移轉，妳自己是否察覺？妳仍然銳利專注，但同時也有更多憐憫？

陳：我有時會試著演練一種客觀的眼光，我像第三者一樣記錄周遭發生的事物，那時我便問過，所謂的「第三者」的眼光是什麼眼光？像攝影機嗎？是像造物主那樣的眼光，全知及全能？還是天使那般的眼光，甚至惡靈？應該都不是，不過，那是一個無關緊要的第三者，還是一個至為重要的第三者？我完全明白為什麼普魯斯特那麼想化身服侍沙龍貴婦的僕役，只有如此他才能知道那些貴婦不為人知的生活。

在一個朋友給我看過挪威畫家 Odd Nerdrum 的作品後，我開始明白：「第三者」的眼光，便是創作者自身，也是人類靈魂。就像中世紀一些畫家的人物畫像，那些人物的眼光雖注視著一個地方，但你從任何角度看，人物的眼光都與你同在。我想那是因為創作者同理與同情，而且處於永恆的現場，也因此得以「看到」，而正因為看到，那眼光使創作者見證並創作下去。並且活下去。

M：對我，妳的散文就像詩，因為文字如此純粹，沒有虛飾，妳可以把悲傷甚至醜陋的事情寫成詩。妳的散文主題通常是無家（Heimatlos），孤獨若是主旋律，《海神家族》伴隨而來的創作動機如身分的迷惘及家國的毀滅和重生等，這些重量的聲音與主旋律重疊交會，背景空間擴大，形成更大的交響。如果散文和短篇是妳的夜光曲，那麼《海神家族》確實是一齣大型交響樂，磅礴寬廣，但也深入靈魂。妳在寫作《海神家族》時，是否曾經想起什麼音樂呢？或者音樂對妳的寫作有無幫助？

陳：我試著多聽華格納，但並未常聽。如果說氣勢磅礴那一定是他，我注意華格納歌劇音樂副旋律裡的動機。我倒常聽印度音樂，在寫《海神家族》的開始時，常會想起吉普賽悲歌。我只在歡喜時聽音樂，悲傷時不會聽音樂。音樂有時會加強我的靈感，有時不會。我非常非常嚮往音樂做為藝術形式的純粹，我偶爾在樂聲中想像文章應如何寫。

M：讓我們再談談《海神家族》的主題，有關父權的部分似乎占很重要的一席，妳過去也在德國媒體發表過一些類似的散文，有一篇中妳甚至寫道：妳已將父親殺死過無數次了。妳是如何看待父親形象（father figure）？

陳：西方文學中常出現弒父的主題，但在中國文學裡並不多見，女兒弒父更是不可能。在一些古典文學作品，女兒經常被迫嫁給非愛的人，但女兒最多只與情人私奔。我自己個人對父親角色是愛恨交加，我的確在心裡將父親的形象殺過不知多少遍了。生長在父權思想濃厚的台灣社會，我的父親剛好也是一個威權的父親，甚至，我也常不能忍受中國政府動輒以父權的口氣指責台灣，我真是滿心想反叛，我覺得，若不殺死這些父親形象，我根本不能成長為完整的個人。但你知道我的父親還活著。

我理想中的父親形象是溫和理性，懂得愛人，不會隨便處罰兒女的人。這聽起來似乎要求不多，但對我已是無法想像。東方傳統父親的威權令人憎恨，他們總是把自己和孩子隔離出來，他們的責任限制他們，而他們又反過來限制孩子。我父親處罰過我，他處罰我的方式令我想到他人生的遭遇，我確定那些遭遇因而轉換成他內心的憤怒和渴望，使他會想到用那種極為抽象和屈辱的方式處罰孩子。

M：母親形象呢？《海神家族》的女性角色似乎都不能自己主宰自己的命運？

陳：困難。對母親形象也不信任。母親讓我憂鬱，讓我在小孩時沒有機會當個孩子，我從小便被迫當成人。我天性同情弱者，所以總是站在母親那邊，後來我知道我錯了，我以前美化了母親形象，如外婆和母親，雖則我心裡再清楚不過，我絕對不要像她們那樣地活，她們所倖存的社會讓她們別無選擇，謝天謝地，我絕對不願也不會像她們那樣繼續。另一方面，我渴望母親的愛，如同渴望回到大自然，因從來沒有獲得那樣的情感，我的一生有了缺陷，也必然受苦。我不但在尋找父親，終生也在尋找一個母親。

M：台灣是那個在尋找父土（fatherland）的海島嗎？還是那個無父（fatherless）的海島？

陳：無父的海島。台灣被出賣割讓，台灣被殖民宰割，集體潛意識裡有無父及弒父的恐懼和糾纏，光那些恐懼和糾纏已幾乎快動彈不得。

M：是的，無父，故事中七個女兒都沒有父親，父親在家族中缺席了，她們必須自己活下去。

陳：她們不需要殺死父親，她們從來沒有父親。

M：《海神家族》像個謎語，也像台灣的馬賽克拼圖，小說從一九三〇年寫到今天，三代的台灣家庭人物來自不同的地方也分散在不同地方，每一個章節都可以自行獨立，像短篇小說，但合在一起令人想一口氣讀完，像一部史詩電影……妳寫的是一個回家（home coming）的故事，不但妳自己回到家，神像也找到自己的母神，每個家族成員以不同的形式都回到家，包括已逝的魂靈。

陳：全書結合幾個短篇小說和散文，是可以分開讀，每一章都是獨立的，但每一章都是謎語的暗示，你只有讀完才知道謎底。我在寫時腦馬手裡儘是電影畫面，我也從那些畫面開始書寫。

M：我在台灣時頗為驚訝，居然一個小島上有那麼多神祇，有樂透神、財神，也有管交通安全的神，甚至連妓女都有自己的神。妳寫了海神媽祖，妳是否有宗教信仰？還有，妳相不相信輪迴呢？

陳：在台灣，很多人信神是基於世俗生活實用的考量，所以有些人在祈願不成後竟然毀壞神像以資洩憤，這才讓我驚訝。我比較虛無，我同意荒謬作家尤斯柯的說法：我相信我想相信。我寧願我相信，也很想相信。輪迴是極有想像力的哲學理念，也是佛教的中心思想，我傾向相信。但也逐漸覺得，不管我有幾個生命，我都先該好好活在此時此刻的生命中。

M：我深信不疑，我不覺得我只會在這裡一次，我沒有宗教信仰，但我認為所有的宗教幾乎都有這樣的概念，就算是一個小說作品，或者一個流傳下去的想法，一首歌，或者就是一張紙條，多少年後，當有人讀起它並且開始想像那張紙條書寫著的生活時，那就證明妳其實並未死去。

陳：這是為什麼你還在寫……

M：《海神家族》中妳以台灣歷史事件為主軸，我們姑且稱為「公歷史」，與妳個人的「私歷史」形成對照與呼應，妳是怎麼看待公歷史那部分呢？

陳：私歷史如卷，公歷史則為軸，當卷軸展開時，私歷史的輪廓會更明晰，而公歷史也因為私歷史的關係被加強了屬性。我儘求以客觀的角度看台灣歷史，我關心邊緣人物，而非主流人物，持女性觀點而非父權的觀點，我更清楚的是迫害者或受害者的角色可能錯置或重疊，或者相互轉化，歷史的悲劇便由此而生。我看台灣歷史，覺得台灣其實與過去的台灣一樣，仍然把自己的命運交在別人手上，台灣人因缺乏安全感而從未長遠計畫，也沒辦法長遠規畫，台灣人習慣反抗而不習慣團結，台灣仍然跟自己的身分過不去。

M：在妳眾多的作品中身分認同一直是妳關心的主題之一，妳為什麼關切這樣的主題？

陳：我來自一個身分混合的家庭，對身分認同的態度本來有點曖昧，後來我發現，我一直是旁觀者，但卻不是默不作聲的旁觀者。剛到巴黎時，我便看到自己的問題跟台灣的政治處境相仿，台灣尋求國際認同，早年內心也在尋求外在的肯定和情感。不但台灣身分難定，我跨過多個領域，別人也可能會覺得我面貌多端，我究竟是戲劇導演、劇作者或新聞特派員，還是作家？我想我畢生都在詢問：我是誰？這個詢問就像英國作家恰特溫說的：質詢只是活下來的另一個藉口。這個詢問因此與我緊密有關，寫作成為質詢的方式，而逐漸地，寫作也開始回答這個質詢。寫作成為這個問題的答案。

M：妳喜歡讀書，閱讀這件事對妳的寫作重要嗎？妳最喜歡讀哪一作家的書？

陳：在不同年代讀不一樣的書，愈讀愈雜，有時候反而一點都不喜歡讀文學作品。閱讀當然重要，但並不全對寫作而言，比較是求知欲的滿足，宇宙浩瀚，而我所知如此少，如此少！且雖常讀書，但因記性不好，很多內容不斷地遺忘，這又讓人擔心。我喜歡的作家不少，隨著年齡會改變，高中時代是赫塞，之後是卡夫卡，最近我又重新讀普魯斯特，且發現現在讀普魯斯特的心境和過去大不相同，閱讀書籍其實到最後是在閱讀自己。不同時期也讀不一樣的書，最近讀奧地利作家史尼則勒（Arthur Schnitzler），看到史氏描繪人性心理機制的前瞻性，使我對他十分好奇，而我又不一定只讀文學作家，有一年我都在讀海絲密斯（Patricia Highsmith）的偵探小說。我想雷蒙・卡佛的極簡主義寫作風格應該對我的短篇創作有影響，他從不費力解釋小說人物的內在想法，只企圖呈現他們的外在行為。我很欣賞這種簡潔、意在言外的寫法，但我的問題是，當我在書寫人物時，我因太容易設想人物的心靈，因而忍不住想為他們說話。

M：下一本書什麼時候開始寫？是什麼樣的題材？

陳：說起來是這樣，創作時並不需尋找主題，我有那樣的主題或沒有，很多時候主題與你交會，就像我們認識的過程一樣，你遇見我。你在心裡對自己說：這就是了。我知道下一本書是一個簡單的題材，愈簡單愈好，絕對不要像《海神家族》那麼龐大。我有時也會莫名其妙地安慰起自己：以後再也不要寫了。但那樣的想法都沒有持續。

海神家族 / 陳玉慧 (Jade Y. Chen) 著 . -- 一版 . -- 臺北市 : 時報文化出版企業股份有限公司 , 2023.06
面 ; 14.8×21 公分 . --

ISBN 978-626-353-755-2(平裝)

863.57 112005485

ISBN 978-626-353-755-2
Printed in Taiwan.

海神家族

作者　陳玉慧 Jade Y. Chen｜**主編**　林正文｜**行銷企畫**　鄭家謙｜**封面設計**　陳文德｜**排版**　辰皓國際出版製作有限公司｜**董事長**　趙政岷｜**出版者**　時報文化出版企業股份有限公司　108019台北市和平西路三段240號7樓　**發行專線**—(02)2306-6842　**讀者服務專線**—0800-231-705．(02)2304-7103　**讀者服務傳真**—(02)2304-6858　**郵撥**—19344724時報文化出版公司　**信箱**—10899　台北華江橋郵局第99信箱　**時報悅讀網**—http://www.readingtimes.com.tw｜**法律顧問**　理律法律事務所　陳長文律師、李念祖律師｜**印刷**　紘億印刷有限公司｜**一版一刷**　2023年6月30日｜**定價**　新台幣420元｜缺頁或破損的書，請寄回更換

時報文化出版公司成立於一九七五年，
並於一九九九年股票上櫃公開發行，於二〇〇八年脫離中時集團非屬旺中，
以「尊重智慧與創意的文化事業」為信念。